小公女セーラ

バーネット／作
田邊雅之／訳
日本アニメーション／絵

★小学館ジュニア文庫★

もくじ

1　セーラ

暗《くら》い冬《ふゆ》の日《ひ》でした。ロンドンの通《とお》りには黄色《きいろ》っぽい霧《きり》が深《ふか》く、どんよりと立《た》ち込《こ》めています。まるで夜《よる》にでもなったかのように街灯《がいとう》が灯《とも》され、お店《みせ》のショーウインドーもガス灯《とう》で明《あか》るく輝《かがや》いていました。そんな中《なか》、風変《ふうが》わりな一人《ひとり》の少女《しょうじょ》がお父《とう》さんと馬車《ばしゃ》に乗《の》り、大通《おおどお》りをゆっくりと通《とお》り過《す》ぎていきました。

少女《しょうじょ》は膝《ひざ》をまげて座席《ざせき》に座《すわ》り、肩《かた》に手《て》を回《まわ》してくれるお父《とう》さんにもたれかかりながら、過《す》ぎゆく人《ひと》たちを眺《なが》めていました。大《おお》きな目《め》には、大人《おとな》びた思慮《しりょ》深《ぶか》い雰囲気《ふんいき》をたたえています。そんな表情《ひょうじょう》をたたえているのが、まだ幼《おさな》い子《こ》どもだとは、誰《だれ》が想像《そうぞう》したでしょう。12歳《さい》の子《こ》どもだったとしても大人《おとな》びて見《み》えたはずですが、セーラ・クルーはまだ7歳《さい》だったのです。

この時《とき》、セーラは船旅《ふなたび》のことを思《おも》い出《だ》していました。お父《とう》さんのクルー大尉《たいい》と共《とも》に、インドのムンバイから渡《わた》ってきたばかりだったのです。大《おお》きな船《ふね》のこと、船《ふね》の中《なか》を静《しず》かに行《ゆ》き交《か》うラスカーと呼《よ》ばれるインドの船員《せんいん》のこと、熱《あつ》くなった甲板《かんぱん》の上《うえ》で遊《あそ》び回《まわ》る子《こ》どもたちのこと、そしてセーラに話《はな》しかけてきて、セーラが言《い》うことをおもしろがって笑《わら》った、若《わか》い将校《しょうこう》の奥《おく》さんたちのことを。

セーラがもっぱら考《かんが》えていたのは、自分《じぶん》がなんと奇妙《きみょう》な体験《たいけん》をしているのだろうということでした。日差《ひざ》しの照《て》りつけるインドにいたかと思《おも》えば、次《つぎ》には海《うみ》の真《ま》っただ中《なか》に船《ふね》で出《で》ていき、見慣《みな》れぬ乗《の》り物《もの》に乗《の》って、見慣《みな》れぬ通《とお》りを移動《いどう》している。しかも昼間《ひるま》なのに、辺《あた》りは夜《よる》のように暗《くら》くなっています。セーラはとても戸惑《とまど》ってしまったので、お父《とう》さんのほうにさらに体《からだ》を寄《よ》せました。

「パパ」

セーラは低《ひく》い、神秘的《しんぴてき》な小《ち い》さな声《こえ》で、まるでささやくように言《い》いました。

「おや、どうしたんだい？」

クルー大尉《たいい》は娘《むすめ》をさらに抱《だ》き寄《よ》せ、顔《かお》を覗《のぞ》き込《こ》みながら答《こた》えました。

「ここが、あの場所《ばしょ》なの？」

セーラはささやきながら、お父《とう》さんにさらに寄《よ》り添《そ》いました。

「そう、ここだよ。ついに着《つ》いたんだ」

セーラはまだ7歳《さい》でしたが、お父《とう》さんが明《あか》るく答《こた》えながらも、心《こころ》の中《なか》では悲《かな》しんでいることに気《き》がつきました。

「あの場所《ばしょ》」といつも呼《よ》んでいたところに行《い》くために、もう何年《なんねん》も前《まえ》から、心《こころ》の準備《じゅんび》をしてきたような気持《きも》ちがします。お母《かあ》さんはセーラが生《う》まれたときに亡《な》くなっていたため、セーラにはお母《かあ》さんの記憶《きおく》がありません。だから、お母《かあ》さんのいないことを寂《さび》しく思《おも》ったりもしませんでした。

セーラには、この世界《せかい》で自分《じぶん》と縁《えん》があるのは、若《わか》くてハンサム、お金持《かねも》ちで、自分《じぶん》をかわいがってくれるお父《とう》さんしかいないように思《おも》えました。二人《ふたり》はいつも一緒《いっしょ》になって遊《あそ》びましたし、お互《たが》いのことが大好《だいす》きでした。

お父《とう》さんがお金持《かねも》ちだということを知《し》ったのは、周《まわ》りの人《ひと》たちがそう言《い》っているのを聞《き》いていたからでした。周《まわ》りの人《ひと》たちは、セーラが話《はなし》を聞《き》いているとは思《おも》っていませんでしたが、セーラにはあの子《こ》も大《おお》きくなったらお金持《かねも》ちになるだろうと話《はな》しているのが聞《き》こえました。お金持《かねも》ちになるというのがどういうことなのか、セーラにはよくわかっていませんでした。セーラたちは、バンガローと呼《よ》ばれるインドのきれいなお屋敷《やしき》に住《す》んできましたし、多《おお》くの召使《めしつか》いたちがうやうやしく頭《あたま》を下《さ》げながら「お嬢《じょう》さま」と呼《よ》び、なんでも好《す》きなようにやらせてくれる光景《こうけい》を自分《じぶん》の目《め》で見《み》てきました。

セーラにはたくさんのおもちゃが与《あた》えられていましたし、かわいいペットも飼《か》ってもらっていました。また、とても大切《たいせつ》にしてくれる乳母《うば》もいました。お金持《かねも》ちといわれる人《ひと》は、こういう生活《せいかつ》ができるのだということを、セーラは少《すこ》しずつ理解《りかい》していきました。でも、そのくらいのことしか、わかっていなかったのです。

それまで生《い》きてきた短《みじか》い人生《じんせい》の中《なか》で、セーラを悩《なや》ませたのはたった一《ひと》つのことでした。いつか自《じ》分《ぶん》が連《つ》れていかれる「あの場所《ばしょ》」のことです。

インドの気候《きこう》は子《こ》どもたちにとって厳《きび》しすぎたので、子《こ》どもたちはなるべく早《はや》いうちに他《ほか》の国《くに》へ送《おく》り出《だ》されました。たいていの場合《ばあい》はイギリスに行《い》き、学校《がっこう》に入《い》れられたのです。

セーラは他《ほか》の子《こ》どもたちが遠《とお》くの国《くに》に行《い》くのを見《み》てきましたし、子《こ》どもたちのお父《とう》さんやお母《かあ》さんが、受《う》け取《と》った手紙《てがみ》について話《はな》しているのを聞《き》いてきました。

セーラは、いつかは外国《がいこく》に行《い》かなければならなくなるのを知《し》っていました。お父《とう》さんが話《はな》してくれる船旅《ふなたび》の話《はなし》や、新《あたら》しい国《くに》の話《はなし》にワクワクすることもありましたが、お父《とう》さんと離《はな》ればなれになるということを考《かんが》えると、不安《ふあん》になりました。

「その場所《ばしょ》には、一緒《いっしょ》に行《い》ってもらえないの、パパ？」

セーラは5歳《さい》のときに尋《たず》ねてみたことがあります。でも、お父《とう》さんはいつもこう言《い》うのでした。

「そんなに長《なが》い間《あいだ》、離《はな》ればなれで暮《く》らさなければならなくなるわけじゃないよ、セーラ。きれいなお家《うち》に住《す》めるし、そこには同《おな》じ年頃《としごろ》の女《おんな》の子《こ》もたくさんいる。一緒《いっしょ》に遊《あそ》べるんだ。それに本《ほん》をたくさん送《おく》ってあげる。ここに戻《もど》ってきて、パパのお手伝《てつだ》いができるぐらい立派《りっぱ》で賢《かしこ》い大人《おとな》の女性《じょせい》になるまで、あっという間《ま》に感《かん》じるよ」

セーラはそういう未来《みらい》の暮《く》らしについて考《かんが》えるのが好《す》きでした。

お父《とう》さんのために家事《かじ》をして、一緒《いっしょ》に馬《うま》に乗《の》る。お父《とう》さんがディナーパーティーを開《ひら》くときには、お父《とう》さんと一緒《いっしょ》のテーブルに着《つ》き、一番《いちばん》いい席《せき》に座《すわ》る。そしてお父《とう》さんと話《はなし》をしたり、お父《とう》さんの本《ほん》を読《よ》んだりする。それができるようになるためにイギリスの「あの場所《ばしょ》」に行《い》かなければならないのなら、セーラは勇気《ゆうき》を出《だ》して決心《けっしん》しなければなりません。

セーラは他《ほか》の女《おんな》の子《こ》たちにあまり興味《きょうみ》がありませんでしたが、たくさんの本《ほん》があれば、寂《さび》しさをまぎらわせることができます。セーラは何《なに》よりも本《ほん》が好《す》きな少女《しょうじょ》でした。すてきな物語《ものがたり》をいつも一人《ひとり》で創作《そうさく》して、時々《ときどき》お父《とう》さんにも話《はな》してあげました。お父《とう》さんもセーラと同《おな》じぐらいにお話《はなし》を気《き》に入《い》ってくれました。

「ねえパパ」

セーラはやさしい声《こえ》で言《い》いました。

「ここまで来《き》たんだから、もうあきらめたほうがいいのよね」

お父《とう》さんは、笑《わら》ってキスをしてくれました。実《じつ》はお父《とう》さん自身《じしん》、決心《けっしん》がついていたわけではありません。でも、本心《ほんしん》は隠《かく》しておかなければならないと思《おも》っていました。

お父《とう》さんは、セーラと一緒《いっしょ》にいるのが大好《だいす》きでした。だからきっと寂《さび》しくなると思《おも》っていました。離《はな》れて暮《く》らせば、お屋敷《やしき》に帰《かえ》っても、白《しろ》いワンピースを着《き》た小《ちい》さな女《おんな》の子《こ》が自分《じぶん》のほうに駆《か》けてきて、出迎《でむか》えてくれることもありません。

お父《とう》さんは、がらんとしていて、暗《くら》い感《かん》じのする広場《ひろば》に馬車《ばしゃ》が入《はい》っていくときに、セーラをしっかりと抱《だ》きしめました。その広場《ひろば》には一軒《いっけん》の建物《たてもの》が立《た》っていました。二人《ふたり》の目的地《もくてきち》です。

それは、レンガ造《づく》りの大《おお》きくて陰気《いんき》な建物《たてもの》で、通《とお》りに並《なら》んだ他《ほか》の家《いえ》と瓜二《うりふた》つでした。でも正面《しょうめん》の玄関《げんかん》のところには、「ミス・ミンチン　選抜制女学院《せんばつせいじょがくいん》」と黒《くろ》い文字《もじ》で書《か》かれた、真鍮《しんちゅう》製《せい》のプレートが光《ひか》っていました。

「さあ着《つ》いたよ。セーラ」

お父《とう》さんは、できるだけ明《あか》るい声《こえ》で言《い》いました。そしてセーラの体《からだ》を持《も》ち上《あ》げて馬車《ばしゃ》から降《お》ろすと、階段《かいだん》を上《のぼ》ってベルを鳴《な》らしました。

後《のち》にセーラはこの建物《たてもの》が、なぜかミンチン先生《せんせい》にそっくりだと、思《おも》うようになります。立派《りっぱ》な家《いえ》ですし、家具《かぐ》もきちんと揃《そろ》っているのですが、建物《たてもの》の中《なか》にあるすべてのものが、美《うつく》しくないのです。肘掛《ひじか》け椅子《いす》などは、まさに硬《かた》い骨《ほね》が中《なか》に入《はい》っているようでした。玄関《げんかん》ホールにあるものはすべてピカピカに磨《みが》かれていましたが、よそよそしい感《かん》じを受《う》けます。隅《すみ》にある背《せ》の高い柱時計《はしらどけい》には、文字盤《もじばん》にお月《つき》さまが描《えが》かれていました。お月《つき》さまの頬《ほお》は赤《あか》く塗《ぬ》られていますが、そのお月《つき》さまでさえ、ひどくいかめしくて、うわべだけを取《と》り繕《つくろ》ったような顔《かお》つきをしていました。

セーラとお父《とう》さんが通《とお》された客間《きゃくま》には、四角《しかく》い柄《がら》のじゅうたんが敷《し》かれていました。その上《うえ》に置《お》いてある椅子《いす》も四角《しかく》ければ、重厚《じゅうこう》な大理石《だいりせき》でできた暖炉《だんろ》の上《うえ》には、これまた重《おも》い大理石《だいりせき》の時計《とけい》が置《お》いてあります。

マホガニーという木材《もくざい》でできた座《すわ》り心地《ごこち》の硬《かた》い椅子《いす》に腰掛《こしか》けながら、セーラは自分《じぶん》の周《まわ》りを眺《なが》めてみました。

「ここは好《す》きじゃないわ、パパ」

セーラは言《い》いました。

「でも兵隊《へいたい》さん……勇敢《ゆうかん》な兵隊《へいたい》さんだって……戦争《せんそう》に行《い》ったりするのは、本当《ほんとう》は好《す》きじゃないはずだし……」

クルー大尉《たいい》は、セーラの言葉《ことば》を聞《き》いて噴《ふ》き出《だ》しました。セーラが大人《おとな》びたおかしな台詞《せりふ》を口《くち》にするのを心《こころ》から楽《たの》しんでいたのです。

「ああ、セーラ、そんなふうにまじめなことを言《い》ってくれる人《ひと》が誰《だれ》もいなくなったら、僕《ぼく》はどうすればいいんだい？　お前《まえ》ほどまじめな人《ひと》は他《ほか》にいないよ」

「まじめな話《はなし》を聞《き》いて、どうしてそんなに笑《わら》うの？」

「そういうことを言《い》うときの、お前《まえ》がすごくおもしろいからさ」

クルー大尉《たいい》はさらに笑《わら》いながら答《こた》えました。それからセーラを抱《だ》きしめながら、とても強《つよ》くキスをしました。笑《わら》いは一瞬《いっしゅん》でおさまり、目《め》からは涙《なみだ》がこぼれ落《お》ちそうになっていました。

ミンチン先生《せんせい》が部屋《へや》に入《はい》ってきたのは、まさにその時《とき》でした。

（この人《ひと》は、このお家《うち》にそっくりだわ）

セーラはそう感《かん》じました。背《せ》が高《たか》いのに、ぱっとしなくて、上品《じょうひん》ぶっているのに、きれいではないのです。

ミンチン先生《せんせい》は大《おお》きくて冷《つめ》たい、魚《さかな》のような目《め》をした人物《じんぶつ》でしたし、大《おお》きな口《くち》を魚《さかな》のように開《ひら》いて笑《わら》うときも、冷《つめ》たい印象《いんしょう》を与《あた》えました。ミンチン先生《せんせい》はセーラとクルー大尉《たいい》を見《み》ると、さらに大《おお》きく口《くち》を開《ひら》いて笑《え》みを浮《う》かべました。

ミンチン先生《せんせい》は、自分《じぶん》の女学院《じょがくいん》をクルー大尉《たいい》に推薦《すいせん》した女性《じょせい》から、クルー大尉《たいい》に関《かん》するいい話《はなし》をたくさん聞《き》かされていました。ミンチン先生《せんせい》が一番喜《いちばんよろこ》んだのは、クルー大尉《たいい》が大金持《おおがねも》ちで、幼《おさな》い娘《むすめ》のためなら大金《たいきん》を惜《お》しまないつもりだという話《はなし》でした。

「こんなにきれいで将来有望《しょうらいゆうぼう》なお子《こ》さんの世話《せわ》ができるのは、とても名誉《めいよ》なことです」

ミンチン先生《せんせい》はセーラの手《て》を取《と》って、さすりながら言《い》いました。

「メレディス夫人《ふじん》は、セーラさんがとても聡明《そうめい》なお子《こ》さんだとおっしゃっていました。聡明《そうめい》なお子《こ》さんは、わたくしが運営《うんえい》しているこの女学院《じょがくいん》にとってかけがえのない宝物《たからもの》なのです」

セーラはじっと立《た》ったまま、ミンチン先生《せんせい》の顔《かお》を凝視《ぎょうし》していました。

（どうしてこの人《ひと》は、わたしがきれいな子《こ》どもだなんて嘘《うそ》を言《い》ったのかしら？）

セーラは考《かんが》えていました。

（わたしは全然《ぜんぜん》きれいじゃない。きれいというのは、グレインジ大佐《たいさ》の子《こ》ども、イソベルのような女《おんな》の子《こ》のことだわ。あの子《こ》はえくぼもあるし、頬《ほお》もバラのような色《いろ》をしているし、長《なが》い髪《かみ》は金色《きんいろ》ですもの。わたしの髪《かみ》は短《みじか》くて黒《くろ》いし、目《め》も緑色《みどりいろ》。それに痩《や》せていて、肌《はだ》の色《いろ》だって全然白《ぜんぜんしろ》くない。わたしは自分《じぶん》がこれまで見《み》た中《なか》で、もっともかわいくない子《こ》どもの一人《ひとり》なのよ。この人《ひと》は最初《さいしょ》から嘘《うそ》をついている……）

でも、自分《じぶん》のことをかわいくない子《こ》どもだと思《おも》っていたのは間違《まちが》いでした。確《たし》かにセーラは、イソベル・グレインジにこれっぽっちも似《に》ていません。イソベルは、インドにいる連隊《れんたい》の中《なか》でも一番《いちばん》の美人《びじん》です。でもセーラにも、独特《どくとく》な魅力《みりょく》がありました。

体《からだ》は細《ほそ》くしなやかでしたし、歳《とし》の割《わり》には背《せ》が高《たか》いほうでした。小《ちい》さな顔《かお》も意志《いし》の強《つよ》そうな表情《ひょうじょう》をたたえていて魅力的《みりょくてき》です。毛先《けさき》だけがカールした髪《かみ》の毛《け》は量《りょう》も多《おお》くて真《ま》っ黒《くろ》でしたし、瞳《ひとみ》は灰色《はいいろ》がかった緑色《みどりいろ》でしたが、黒《くろ》くて長《なが》いまつげが大《おお》きな瞳《ひとみ》をさらに際立《きわだ》たせていました。

セーラは自分《じぶん》の髪《かみ》の毛《け》や瞳《ひとみ》の色《いろ》が好《す》きではありませんでしたが、多《おお》くの人《ひと》にはチャームポイントに映《うつ》りました。それでも自分《じぶん》はかわいくない女《おんな》の子《こ》だと、固《かた》く信《しん》じていたので、ミンチン先生《せんせい》にお世辞《せじ》を言《い》われても、決《けっ》して舞《ま》い上《あ》がったりしなかったのです。

後《のち》にミンチン先生《せんせい》という人《ひと》のことがよくわかってくると、セーラはミンチン先生《せんせい》がお世辞《せじ》を言《い》った理由《りゆう》を理解《りかい》するようになりました。ミンチン先生《せんせい》は、自分《じぶん》の学校《がっこう》に子《こ》どもを連《つ》れてきたお父《とう》さんやお母《かあ》さん全員《ぜんいん》に、同《おな》じことを言《い》うのです。

セーラはいわゆる「特別寄宿生《とくべつきしゅくせい》」として迎《むか》えられることになっていましたが、一般的《いっぱんてき》な特別寄宿《とくべつきしゅく》生《せい》よりも、さらに特別《とくべつ》な待遇《たいぐう》を受《う》けられることになっていました。きれいなベッドルームと、自分《じぶん》専用《せんよう》の居間《いま》もあるのです。さらにはポニーと馬車《ばしゃ》も与《あた》えられますし、インドで面倒《めんどう》を見《み》てくれていた乳母《うば》に代《か》わって、一人《ひとり》のメイドが世話《せわ》をしてくれることにもなっていました。

「教育《きょういく》についてはまったく心配《しんぱい》していません」

クルー大尉《たいい》はセーラの手《て》を取《と》ってやさしくポンポンと叩《たた》きながら、陽気《ようき》に笑《わら》って言《い》いました。

「大変《たいへん》なのは、この子《こ》があまりに多《おお》くのことを、あっという間《ま》に覚《おぼ》えたりしないようにさせることでしょうね。いつも椅子《いす》に座《すわ》って、かわいい鼻《はな》を本《ほん》に突《つ》っ込《こ》むようにして本《ほん》を読《よ》んでいるんです。いや、本《ほん》を読《よ》むんじゃないんです、ミンチン先生《せんせい》。セーラは小《ちい》さな女《おんな》の子《こ》というよりは、まるで小《ちい》さな狼《おおかみ》にでもなったかのように、本《ほん》をむさぼるんです。

この子《こ》は夢中《むちゅう》になって読《よ》める本《ほん》を、いつも飢《う》えたように探《さが》し回《まわ》っています。しかも大人《おとな》向《む》けの本《ほん》……立派《りっぱ》で大《おお》きくて、分厚《ぶあつ》い本《ほん》を読《よ》みたがるんです。英語《えいご》の本《ほん》だけじゃなくてフランス語《ご》やドイツ語《ご》で書《か》かれた本《ほん》、歴史《れきし》の本《ほん》や伝記《でんき》、詩集《ししゅう》、ありとあらゆる種類《しゅるい》の本《ほん》をね。

もし、あまり本《ほん》ばかり読《よ》んでいるときには、やめさせてください。その代《か》わりに外《そと》の通《とお》りでポニーに乗《の》らせたり、新《あたら》しい人形《にんぎょう》を買《か》いに行《い》かせたりしてください。もっと人形遊《にんぎょうあそ》びもしてもらわないと困《こま》りますから」

「パパ、ねえ、もし何日《なんにち》かおきに新《あたら》しい人形《にんぎょう》を買《か》いに出《で》かけたりしたら数《かず》が増《ふ》えすぎて、みんなをかわいがれなくなってしまうわ。お人形《にんぎょう》さんとは親友《しんゆう》にならなければいけないの。わたしの親友《しんゆう》にはエミリーがなってくれるわ」

クルー大尉《たいい》とミンチン先生《せんせい》が顔《かお》を見合《みあ》わせます。ミンチン先生《せんせい》はセーラに尋《たず》ねました。

「エミリーとは、どなたのことかしら？」

「教《おし》えてあげなさい、セーラ」

クルー大尉《たいい》が笑《わら》いながら促《うなが》します。セーラは灰色《はいいろ》がかった緑色《みどりいろ》の瞳《ひとみ》に、とても真剣《しんけん》な、それでいてとてもやさしい表情《ひょうじょう》を浮《う》かべながら答《こた》えました。

「エミリーというのは、まだわたしが持《も》っていないお人形《にんぎょう》さん、パパがわたしに買《か》ってくれるお人形《にんぎょう》さんのことなんです。わたしはパパと一緒《いっしょ》に出《で》かけて見《み》つけようと思《おも》っています。パパがインドに帰《かえ》った後《あと》は、その子《こ》が友《とも》だちになってくれる予定《よてい》です。わたしはエミリーと、パパの話《はなし》をしたいんです」

ミンチン先生《せんせい》は、大《おお》きな口《くち》を開《あ》けて嫌《いや》な感《かん》じのする笑顔《えがお》を作《つく》りながら、さらにお世辞《せじ》を言《い》いました。

「なんて独創的《どくそうてき》な考《かんが》え方《かた》をするお子《こ》さんなんでしょう！　なんてかわいらしいのでしょう！」

「そうなんです」

クルー大尉《たいい》は、セーラをそばに引《ひ》き寄《よ》せながら言《い》いました。

「この子《こ》は、とても愛《あい》らしい子《こ》どもなんです。わたしのためにも、くれぐれも世話《せわ》をよろしくお願《ねが》いしますね、ミンチン先生《せんせい》」

ミンチン先生《せんせい》の女学院《じょがくいん》を訪《たず》ねた後《あと》、セーラは何日間《なんにちかん》か、お父《とう》さんとホテルに泊《と》まりました。お父《とう》さんがインドに向《む》かって再《ふたた》び船出《ふなで》するまで一緒《いっしょ》に過《す》ごして多《おお》くのものを買《か》い込《こ》んだのです。クルー大尉《たいい》はせっかちな性格《せいかく》でしたし、まだ若《わか》く、世間知《せけんし》らずなところもありましたので、セーラが気《き》に入《い》ったものや、クルー大尉自身《たいいじしん》が見《み》とれたものを、全部持《ぜんぶも》たせてやりたいと思《おも》っていました。そのため、二人《ふたり》は、7歳《さい》の子《こ》どもにはあり余《あま》る衣装《いしょう》を買《か》い揃《そろ》えてしまいました。

高《たか》い毛皮《けがわ》の飾《かざ》りがついたベルベットのドレス、レースのドレス、刺繍《ししゅう》の飾《かざ》りがあるドレス、大《おお》きくて柔《やわ》らかなダチョウの羽《はね》がついた帽子《ぼうし》、オコジョという動物《どうぶつ》の毛皮《けがわ》のコートとマフラー、さらにはいくつもの箱《はこ》に入《はい》ったマフと呼《よ》ばれる筒形《つつがた》の手袋《てぶくろ》やハンカチーフ、絹《きぬ》のストッキングなどです。

あまりに数《かず》が多《おお》かったために、カウンターの向《む》こう側《がわ》にいた女性《じょせい》の店員《てんいん》さんたちは、セーラのことをどこかの国《くに》のプリンセスに違《ちが》いない……おそらくはインドの王族《おうぞく》の幼《おさな》い娘《むすめ》なのでは、とささやき合《あ》いました。

セーラとお父《とう》さんは、何軒《なんけん》ものおもちゃ屋《や》さんを訪《たず》ね歩《ある》き、人形《にんぎょう》を見《み》て回《まわ》りました。

「あんまりお人形《にんぎょう》らしく見《み》えないほうがいいの」

セーラは言《い》いました。

「お話《はなし》をするときには、話《はなし》をちゃんと聞《き》いているんだなって思《おも》いたいの……」

セーラは首《くび》を片方《かたほう》にかしげて、物思《ものおも》いにふけりながら話《はな》し続《つづ》けました。

「お人形《にんぎょう》さんの場合《ばあい》は、どうしても話《はなし》を聞《き》いているようには見《み》えなくなってしまうわ。それが問題《もんだい》なのよ」

おもちゃ屋《や》さんに入《はい》っては、がっかりするということを何度《なんど》も繰《く》り返《かえ》した後《あと》、セーラとお父《とう》さんは通《とお》りを歩《ある》いて、ショーウインドーを見《み》ることにしました。馬車《ばしゃ》には乗《の》らずに、後《うし》ろからついてこさせたのです。やがて次《つぎ》のお店《みせ》が近《ちか》づいてきました。それほど大《おお》きくないお店《みせ》です。その瞬間《しゅんかん》、セーラは突然《とつぜん》ピクリと体《からだ》を動《うご》かして、お父《とう》さんの腕《うで》を掴《つか》みました。

「パパ！」

セーラが叫《さけ》びました。

「エミリーがいる！」

セーラの顔《かお》がさっと赤《あか》くなります。灰色《はいいろ》がかった緑色《みどりいろ》の瞳《ひとみ》には、まるで大好《だいす》きな人《ひと》の姿《すがた》に気《き》づいたときのような表情《ひょうじょう》が浮《う》かんでいました。

「あそこでわたしたちを待《ま》っていたんだわ！　あの子《こ》のところに行《い》ってあげましょうよ」

「おやおや」

クルー大尉《たいい》が笑《わら》います。

「誰《だれ》かに頼《たの》んで、僕《ぼく》たちのことを紹介《しょうかい》してもらう必要《ひつよう》があるみたいだね」

「パパはわたしを紹介《しょうかい》しなくちゃいけないわ。パパのことはわたしが紹介《しょうかい》するから。でもわたしは見《み》た瞬間《しゅんかん》にわかったの……」

セーラが腕《うで》に抱《かか》えてみると、その人形《にんぎょう》は確《たし》かに賢《かしこ》そうな表情《ひょうじょう》を瞳《ひとみ》に浮《う》かべていました。大《おお》きな人形《にんぎょう》ですが、簡単《かんたん》に持《も》ち運《はこ》べないほど大《おお》きくはありません。髪《かみ》は金色《きんいろ》がかった茶色《ちゃいろ》で自然《しぜん》にカールしており、マントのようにふわりと下《さ》がっています。瞳《ひとみ》の色《いろ》は深《ふか》く、透明感《とうめいかん》のある灰色《はいいろ》がかった青《あお》で、柔《やわ》らかくて濃《こ》いまつげがついています。そのまつげは単《たん》に線《せん》が描《か》かれているのではなく、本物《ほんもの》の毛《け》があしらわれていました。

「この子《こ》よ」

セーラは人形《にんぎょう》を膝《ひざ》に抱《だ》きかかえ、顔《かお》を見《み》つめながらお父《とう》さんに話《はな》しかけました。

「間違《まちが》いないわパパ、この子《こ》がエミリーだわ！」

こうしてエミリーはセーラとお父《とう》さんに買《か》われることになりました。そして子《こ》ども服《ふく》の仕立《した》て屋《や》さんにも連《つ》れていかれて、寸法《すんぽう》を測《はか》られました。セーラと同《おな》じくらい多《おお》くの洋服《ようふく》を揃《そろ》えるためです。エミリーもまたレースのワンピースや、ベルベットの服《ふく》、モスリンという綿《めん》で織《お》られた服《ふく》、帽子《ぼうし》やコート、レースのついたきれいな下着《したぎ》、手袋《てぶくろ》、ハンカチーフ、毛皮《けがわ》を揃《そろ》えてもらいました。

「この子《こ》には、いいお母《かあ》さんに育《そだ》てられている子《こ》どものような服装《ふくそう》をしていてほしいの」

セーラは言《い》いました。

「わたしがこの子《こ》のママなのよ。わたしは、お友《とも》だちにもなるつもりだけど」

クルー大尉《たいい》はセーラとの最後《さいご》の買《か》い物《もの》を心《こころ》ゆくまで楽《たの》しみましたが、心《こころ》の中《なか》では悲《かな》しい気持《きも》ちを拭《ぬぐ》えずにいました。セーラに服《ふく》を買《か》ってあげたり、人形《にんぎょう》を一緒《いっしょ》に探《さが》してあげたりするといったことは、自分《じぶん》が愛《あい》してやまない、小《ちい》さなパートナーと離《はな》ればなれになることを意味《いみ》したからです。

クルー大尉《たいい》は、真夜中《まよなか》にベッドから抜《ぬ》け出《だ》してセーラのそばに行《い》くと、エミリーを腕《うで》に抱《だ》いて眠《ねむ》っている娘《むすめ》の様子《ようす》を、立《た》ったままじっと見《み》つめていました。

セーラの黒《くろ》い髪《かみ》は枕《まくら》の上《うえ》に広《ひろ》がり、エミリーの金色《きんいろ》がかった茶色《ちゃいろ》の髪《かみ》と絡《から》まっています。二人《ふたり》はどちらもレースのフリルのついたナイトガウンを着《き》ていましたし、長《なが》くて先《さき》がカールしたまつげが頬《ほお》に触《ふ》れていました。エミリーが本物《ほんもの》の子《こ》どものようだったので、クルー大尉《たいい》は心強《こころづよ》く思《おも》いましたが、大《おお》きくため息《いき》をつくと、自分《じぶん》の口《くち》ひげを引《ひ》っ張《ぱ》りながらつぶやきました。

「お前《まえ》がいなくなるとパパがどんなに寂《さび》しくなるか、わからないだろうな」

翌日《よくじつ》、クルー大尉《たいい》はセーラをミンチン先生《せんせい》の学校《がっこう》に再《ふたた》び連《つ》れていき、娘《むすめ》を預《あず》けました。次《つぎ》の日《ひ》の朝《あさ》には出航《しゅっこう》する予定《よてい》だったのです。

クルー大尉《たいい》はミンチン先生《せんせい》に対《たい》して、イギリスではバロウ&《アンド》スキップワースいう法律事務所《ほうりつじむしょ》が代理人《だいりにん》になり、セーラに関《かん》するあらゆる相談事《そうだんごと》に、そこの事務弁護士《じむべんごし》が対応《たいおう》することなどを説明《せつめい》しました。クルー大尉《たいい》は週《しゅう》に2回《かい》、セーラに手紙《てがみ》を出《だ》すことになっていましたし、セーラが望《のぞ》むものは、なんでも与《あた》えてもらえることにもなっていました。

「あの子《こ》は分別《ふんべつ》のある子《こ》どもです。自分《じぶん》のためにならないものは絶対《ぜったい》に欲《ほ》しがったりしません」

クルー大尉《たいい》はミンチン先生《せんせい》にこう言《い》うと、娘《むすめ》と一緒《いっしょ》にセーラの居間《いま》に入《はい》り、お別《わか》れの挨拶《あいさつ》をしました。セーラはひざまずいてコートの襟《えり》を小《ちい》さな手《て》で握《にぎ》りながら、大好《だいす》きなお父《とう》さんの顔《かお》を長《なが》い間《あいだ》、しっかりと見《み》つめました。

「ねえセーラ、パパの顔《かお》を覚《おぼ》えようとしているのかい?」

クルー大尉《たいい》は、セーラの髪《かみ》を手《て》ですきながら尋《たず》ねました。

「違《ちが》うわ。パパの顔《かお》ならもう覚《おぼ》えているもの。パパはわたしの心《こころ》の中《なか》にいるんだから」

セーラとクルー大尉《たいい》は抱《だ》き合《あ》って、キスをしました。その様子《ようす》は、絶対《ぜったい》に離《はな》ればなれになりたくないと、心《こころ》の中《なか》で言《い》っているようでした。

クルー大尉《たいい》を乗《の》せた馬車《ばしゃ》が、女学院《じょがくいん》から遠《とお》ざかっていきます。セーラは自分《じぶん》の居間《いま》の床《ゆか》に座《すわ》り、両手《りょうて》の上《うえ》にあごをのせながら、馬車《ばしゃ》が広場《ひろば》の角《かど》を曲《ま》がるまで目《め》で追《お》っていました。

やがてミンチン先生《せんせい》が、妹《いもうと》のミス・アメリアに、セーラの様子《ようす》を見《み》に来《こ》させました。しかし部屋《へや》のドアは開《あ》きません。

「鍵《かぎ》をかけました」

部屋《へや》の中《なか》から一風《いっぷう》変《か》わった、でも丁寧《ていねい》な返事《へんじ》が聞《き》こえました。

「一人《ひとり》っきりでいたいんです。よろしいかしら」

ミス・アメリアはずんぐり太《ふと》った女性《じょせい》で、お姉《ねえ》さんのミンチン先生《せんせい》をとても怖《こわ》がっていました。ミンチン先生《せんせい》に比《くら》べれば、本当《ほんとう》は性格《せいかく》のいい人《ひと》だったのですが、決《けっ》してミンチン先生《せんせい》の命令《めいれい》に背《そむ》きませんでした。セーラの声《こえ》を聞《き》いたミス・アメリアは、驚《おどろ》いたような顔《かお》つきで、下《した》の階《かい》に下《お》りていきました。

「あんなおかしな子《こ》どもは見《み》たことがないわ、姉《ねえ》さん。鍵《かぎ》をかけて閉《と》じこもって、物音一《ものおとひと》つ立《た》てないのよ」

「足《あし》をばたつかせて泣《な》きわめいたりするよりは、はるかにましだわね。そういう子《こ》もいるから」

ミンチン先生《せんせい》が答《こた》えました。

「あれほど甘《あま》やかされて育《そだ》った子《こ》どもなんだから、部屋《へや》の中《なか》を全部《ぜんぶ》めちゃくちゃにするだろうと思《おも》っていたけど……あの子《こ》は、なんでも好《す》き勝手《かって》を許《ゆる》されてきた子《こ》どもの典型《てんけい》なのよ」

「あの子《こ》のトランクを開《あ》けて、荷物《にもつ》を外《そと》に出《だ》していたんだけど」

ミス・アメリアが説明《せつめい》します。

「あんなものは見《み》たことがないわ……コートにはテンやオコジョの毛皮《けがわ》がついているし、下着《したぎ》にはフランスのヴァランシエンヌで作《つく》られた本物《ほんもの》のレースがついているの。姉《ねえ》さんも何着《なんちゃく》か見《み》たでしょう？　どう思《おも》う？」

「まったくバカげているわ」

ミンチン先生《せんせい》はぴしゃりと言《い》いました。

「でも学校《がっこう》の生徒《せいと》たちを教会《きょうかい》の日曜学校《にちようがっこう》に連《つ》れていくとき、ああいう服《ふく》を着《き》た子《こ》を列《れつ》の先頭《せんとう》に立《た》たせるとすごく見栄《みば》えがするわね。あの子《こ》はまるで小《ちい》さなプリンセスのようだから」

その頃《ころ》、鍵《かぎ》のかかった上《うえ》の階《かい》の部屋《へや》では、セーラがエミリーと一緒《いっしょ》に床《ゆか》に座《すわ》り、馬車《ばしゃ》が消《き》えていった曲《ま》がり角《かど》を見《み》つめていました。一方《いっぽう》、クルー大尉《たいい》は後《うし》ろを振《ふ》り返《かえ》り、ずっと手《て》を振《ふ》り、投《な》げキスをしていました。まるで、そうせずにはいられないかのように。

2 フランス語《ご》の授業《じゅぎょう》

次《つぎ》の日《ひ》の朝《あさ》、セーラが教室《きょうしつ》に入《はい》っていくと、クラスの誰《だれ》もが大《おお》きく目《め》を見開《みひら》き、好奇心《こうきしん》にあふれた表情《ひょうじょう》で見《み》つめてきました。その頃《ころ》には、もうすぐ13歳《さい》で、自分《じぶん》はもう子《こ》どもじゃないわと思《おも》っているようなラヴィニア・ハーバートから、まだ4歳《さい》で学校《がっこう》の生徒《せいと》にとって赤《あか》ちゃんのような存在《そんざい》になっていたロッティ・レイまでが、セーラについて多《おお》くのことを耳《みみ》にしていたからです。

生徒《せいと》たちは、セーラがミンチン先生《せんせい》の自慢《じまん》の生徒《せいと》になっており、自分《じぶん》の学校《がっこう》が由緒正《ゆいしょただ》しいことを示《しめ》す証拠《しょうこ》だと考《かんが》えていることも、正《ただ》しく理解《りかい》していました。

生徒《せいと》の中《なか》には、セーラの面倒《めんどう》を見《み》るフランス人《じん》のメイド、マリエットの姿《すがた》を見《み》た人《ひと》も数人《すうにん》いました。マリエットは前《まえ》の晩《ばん》に到着《とうちゃく》していたのです。ラヴィニアはドアが開《あ》いている隙《すき》に、セーラの部屋《へや》の前《まえ》を通《とお》ってみましたが、そこではマリエットがいくつかのお店《みせ》から夜遅《よるおそ》くに届《とど》いた箱《はこ》を開《あ》けていました。

「レースのフリルがついたペティコートがたくさん入《はい》っていたわ……本当《ほんとう》にフリルだらけよ」

ラヴィニアは地理《ちり》の教科書《きょうかしょ》の上《うえ》に体《からだ》をかがめながら、友《とも》だちのジェシーにささやきました。

「メイドが箱《はこ》を振《ふ》って、中《なか》からペティコートを出《だ》しているのを見《み》たの。ミンチン先生《せんせい》がミス・アメリアに、あの子《こ》の服《ふく》は立派《りっぱ》すぎるし、子《こ》どもにあんな服《ふく》を着《き》させるのはバカげてるって話《はな》しているのも聞《き》こえたわ。あたしのママは、子《こ》どもはシンプルな服装《ふくそう》をすべきだって言《い》っているの。今《いま》もペティコートを着《き》てるわ。座《すわ》る時《とき》に見《み》えたの」

「穿《は》いているのはシルクのストッキングだわ！」

今度《こんど》はジェシーが、地理《ちり》の教科書《きょうかしょ》の上《うえ》にかがみながらささやきました。

「それになんて小《ちい》さな足《あし》！　あんな小《ちい》さな足《あし》は見《み》たことがないわ」

「あらまあ」

ラヴィニアが意地悪《いじわる》そうに鼻《はな》で笑《わら》いました。

「そういうふうに上履《うわば》きが作《つく》ってあるのよ。あたしのママは、腕《うで》のいい靴屋《くつや》に頼《たの》むと、足《あし》の大《おお》きな人《ひと》も小《ちい》さく見《み》せられるって言《い》ってたわ。

でも、全然《ぜんぜん》かわいくないわ。あの子《こ》の目《め》は、あんなに変《へん》な色《いろ》をしているじゃないの」

「他《ほか》の人《ひと》たちとは違《ちが》うかわいさね」

ジェシーが教室《きょうしつ》の向《む》こう側《がわ》をさっと盗《ぬす》み見《み》ながら相《あい》づちを打《う》ちます。

「でも、もう一度《いちど》見《み》てみたくなる顔《かお》ね。まつげはすごく長《なが》いわ。目《め》の色《いろ》はほとんど緑色《みどりいろ》だけど」

セーラは自分《じぶん》の席《せき》に座《すわ》って、先生《せんせい》の指示《しじ》を静《しず》かに待《ま》っていました。

セーラは多《おお》くの生徒《せいと》から注目《ちゅうもく》を浴《あ》びても、戸惑《とまど》ったりはしませんでした。むしろ自分《じぶん》を見《み》つめている生徒《せいと》たちに興味《きょうみ》を持《も》ったのです。他《ほか》の生徒《せいと》たちは何《なに》を考《かんが》えているのかしら、ミンチン先生《せんせい》のことは好《す》きなのかしら、授業《じゅぎょう》は好《す》きなのかしら、そして生徒《せいと》の中《なか》にわたしのパパのような父親《ちちおや》を持《も》つ人《ひと》は、はたしているのかしらと考《かんが》えていました。その日《ひ》の朝《あさ》も、セーラはエミリーと、パパについて長《なが》く話《はな》し合《あ》ったばかりだったのです。

「エミリー、パパは今《いま》、海《うみ》の上《うえ》にいるわ。わたしたちは大《だい》の仲良《なかよ》しにならなきゃいけないし、お互《たが》いの話《はなし》をしなきゃならないの。わたしを見《み》て。あなたの目《め》みたいにきれいな瞳《ひとみ》は見《み》たことがないわ……あなたが話《はな》せたらいいのに」

セーラは想像力《そうぞうりょく》にあふれ、独特《どくとく》なものの考《かんが》え方《かた》をする子《こ》どもでした。人形《にんぎょう》のエミリーが生《い》きていて、自分《じぶん》の言《い》うことをわかってくれている――そう思《おも》うようにするだけでも、気持《きも》ちがなぐさめられるのです。

授業《じゅぎょう》に出《で》るために、マリエットに濃紺《のうこん》のワンピースを着《き》せてもらい、同《おな》じ濃紺《のうこん》のリボンで髪《かみ》を結《むす》んでもらった後《あと》、セーラはエミリーのところに話《はな》しかけに行《い》きました。エミリーは自分《じぶん》の椅子《いす》に座《すわ》っていたので、セーラは一冊《いっさつ》の本《ほん》を渡《わた》しました。

「わたしが下《した》の階《かい》にいる間《あいだ》は、この本《ほん》を読《よ》んでいてね」

マリエットが自分《じぶん》を好奇心《こうきしん》に満《み》ちた目《め》で見《み》ているのに気《き》づくと、セーラは小《ちい》さな顔《かお》にまじめな表《ひょう》情《じょう》をたたえて、こう話《はな》しかけました。

「わたしはこう信《しん》じているの。お人形《にんぎょう》さんは、いろんなことができるってね。エミリーは本当《ほんとう》に本《ほん》を読《よ》んだり、話《はな》したり、歩《ある》いたりできるのよ。でもそういうことをするのは、部屋《へや》の中《なか》に人《ひと》がいないときだけなの。それがあの子《こ》の秘密《ひみつ》なのよ。

ねぇ、いい？　世間《せけん》の人《ひと》たちにお人形《にんぎょう》さんたちもいろんなことができるということを知《し》られたりしたら、働《はたら》かされちゃうじゃない。だからたぶん、お互《たが》いに秘密《ひみつ》を守《まも》っているのよ。あなたが部屋《へや》にずっといたら、エミリーはそこに座《すわ》って、同《おな》じところを見《み》つめているだけだわ。

でもあなたが部屋《へや》の外《そと》に出《で》ると、本《ほん》を読《よ》んだり、窓《まど》の近《ちか》くに行《い》って外《そと》を眺《なが》めたりし始《はじ》めるの。そしてわたしたちのどちらかが部屋《へや》に戻《もど》ってくる足音《あしおと》を聞《き》きつけると、もとの場所《ばしょ》に走《はし》って戻《もど》って自《じ》分《ぶん》の椅子《いす》に飛《と》び乗《の》るんだわ。そしてずっとそこに座《すわ》っていたようなふりをするのよ」

（なんておかしな女《おんな》の子《こ》なのかしら！）

マリエットは、心《こころ》の中《なか》で叫《さけ》びました。そして下《した》の階《かい》に行《い》ったときに、一番歳上《いちばんとしうえ》のメイドにその話《はなし》をしました。

でもマリエットは、とても賢《かしこ》そうな顔《かお》をしていて、非《ひ》の打《う》ちどころのないマナーを身《み》につけている、この風変《ふうが》わりな女《おんな》の子《こ》のことを好《す》きになり始《はじ》めていました。

マリエットが世話《せわ》をしてきた子《こ》どもたちは、これほど礼儀正《れいぎただ》しくありませんでした。セーラはとても礼儀正《れいぎただ》しく、とても上品《じょうひん》な子《こ》どもで、感謝《かんしゃ》の気持《きも》ちを込《こ》めながらものを言《い》うのです。「お願《ねが》いできますか、マリエット」「ありがとう、マリエット」といった言葉遣《ことばづか》いは、とてもチャーミングでした。マリエットは一番歳上《いちばんとしうえ》のメイドに、セーラはまるでレディにお礼《れい》を言《い》うように、自分《じぶん》にも感謝《かんしゃ》をしてくれるのよと言《い》いました。

(この子《こ》にはプリンセスのような雰囲気《ふんいき》があるわ。まだ小《ちい》さいのに)

マリエットはこう独《ひと》り言《ごと》を言《い》いました。実際《じっさい》、マリエットは自分《じぶん》が新《あら》たにお世話《せわ》をすることになった「小《ちい》さな奥《おく》さま」にすごく好感《こうかん》を持《も》っていましたし、ミンチン女学院《じょがくいん》という新《あたら》しい職場《しょくば》もとても気《き》に入《い》っていました。

他《ほか》の生徒《せいと》に見《み》つめられながら、セーラが教室《きょうしつ》の席《せき》にしばらく座《すわ》っていると、ミンチン先生《せんせい》が机《つくえ》をおごそかに叩《たた》きました。

「いいですかみなさん、あなたたちに新《あたら》しいお友《とも》だちを紹介《しょうかい》したいと思《おも》います」

生徒《せいと》は全員《ぜんいん》、自分《じぶん》の席《せき》のところで立《た》ち上《あ》がりました。セーラもです。

「みなさん、ミス・クルーに親切《しんせつ》にしてあげてください。この子《こ》はすごく遠《とお》いところ……インドから来《き》たばかりです。授業《じゅぎょう》が終《お》わったら、すぐにお互《たが》いにご挨拶《あいさつ》をなさってください」

ミンチン先生《せんせい》の話《はなし》が終《お》わると、生徒《せいと》たちは形式《けいしき》ばった会釈《えしゃく》をしました。セーラも両手《りょうて》でスカートをつまみながら膝《ひざ》を曲《ま》げ、片足《かたあし》を後《うし》ろに引《ひ》いてきちんと会釈《えしゃく》をしました。それから生徒《せいと》たちは席《せき》に座《すわ》り、再《ふたた》び、顔《かお》を見合《みあ》わせました。

「セーラ、いいかしら」

ミンチン先生《せんせい》は、授業《じゅぎょう》のときのような口調《くちょう》になり、机《つくえ》から一冊《いっさつ》の本《ほん》を取《と》り出《だ》してページをめくり始《はじ》めました。

「あなたのお父《とう》さまは、あなたのためにフランス人《じん》のメイドをお雇《やと》いになったのですから」

ミンチン先生《せんせい》は話《はな》し始《はじ》めました。

「特《とく》にフランス語《ご》を覚《おぼ》えてもらいたいと願《ねが》っていらっしゃるのでしょう」

セーラは少《すこ》し困《こま》ってしまいました。

「パパがあの人《ひと》を雇《やと》ってくれたのは……」

セーラは自分《じぶん》の考《かんが》えを説明《せつめい》しようとします。

「わたしが気《き》に入《い》るだろうと、パパが思《おも》ったからだと思《おも》います、ミンチン先生《せんせい》」

「わたくしが思《おも》うに」

ミンチン先生《せんせい》は、苦笑《にがわら》いしながら答《こた》えます。

「あなたはとても甘《あま》やかされて育《そだ》てられてきた子《こ》どもだから、自分《じぶん》が好《す》きか嫌《きら》いかという理由《りゆう》だけで、物事《ものごと》が決《き》まると思《おも》っているんじゃないかしら。あなたのお父《とう》さまは、あなたがフランス語《ご》を覚《おぼ》えることを望《のぞ》んでいらっしゃる。わたくしはそういう印象《いんしょう》を持《も》ちました」

ミンチン先生《せんせい》はとても他人《たにん》に厳《きび》しく、押《お》し付《つ》けがましい態度《たいど》を取《と》る人《ひと》でしたし、セーラはフランス語《ご》などまったく知《し》らないはずだと、思《おも》い込《こ》んでいるようでした。

でも事実《じじつ》は違《ちが》っていました。セーラは物心《ものごころ》がつかないほど小《ちい》さな頃《ころ》からフランス語《ご》を知《し》っていたのです。セーラのお父《とう》さんは、赤《あか》ちゃんのときから時々《ときどき》フランス語《ご》で話《はな》しかけてきましたし、セーラのお母《かあ》さんはフランス人《じん》です。クルー大尉《たいい》は妻《つま》の国《くに》の言葉《ことば》が好《す》きだったので、セーラはいつもフランス語《ご》を耳《みみ》にし、フランス語《ご》に親《した》しんできたのです。

でもセーラは、ミンチン先生《せんせい》の間違《まちが》いを指摘《してき》するのは、失礼《しつれい》な振《ふ》る舞《ま》いにあたると感《かん》じていました。

「わ、わたしはフランス語《ご》を勉強《べんきょう》したことはありません。でも、でも……」

セーラは自分《じぶん》のことをわかってもらおうと、恥《は》ずかしそうに説明《せつめい》し始《はじ》めました。

一方《いっぽう》、ミンチン先生《せんせい》には、密《ひそ》かに悩《なや》んでいることがありました。その一《ひと》つは、フランス語《ご》を話《はな》せないことです。ミンチン先生《せんせい》は、その忌々《いまいま》しい事実《じじつ》を隠《かく》そうとしていました。

「もう結構《けっこう》です」

ミンチン先生《せんせい》は丁寧《ていねい》な口調《くちょう》で、でもきっぱりと言《い》いました。

「もし習《なら》っていないのなら、今《いま》すぐに始《はじ》めなければなりません。フランス語《ご》の先生《せんせい》、ムッシュー・デュファージがじきにここにいらっしゃいます。この本《ほん》を持《も》って、先生《せんせい》がいらっしゃるまで見《み》ていなさい」

セーラは頬《ほお》が熱《あつ》くなるのを感《かん》じながら、席《せき》に戻《もど》って単語《たんご》の本《ほん》を開《ひら》きました。そして真剣《しんけん》な表情《ひょうじょう》で最初《さいしょ》のページを眺《なが》めました。こういう時《とき》に笑《わら》いを浮《う》かべたりするのは失礼《しつれい》にあたるということを知《し》っていましたし、失礼《しつれい》な行動《こうどう》を取《と》らないようにしようと固《かた》く心《こころ》に誓《ちか》っていたのです。

とはいえ、「ル・ペール」がお父《とう》さん、「ラ・メール」はお母《かあ》さんと書《か》いてあるような、初歩的《しょほてき》な本《ほん》を熱心《ねっしん》に読《よ》ませられるのは、とても変《へん》な気分《きぶん》がしました。

そんなセーラの様子《ようす》を、ミンチン先生《せんせい》が詮索《せんさく》するような目《め》つきで眺《なが》めました。

「お気《き》に召《め》さないようね、セーラ。フランス語《ご》の勉強《べんきょう》が気《き》に入《い》っていただけなくて残念《ざんねん》です」

「フランス語《ご》は大好《だいす》きなんです。でも……」

セーラはもう一度自分《いちどじぶん》のことを説明《せつめい》しようと思《おも》いながら、答《こた》えました。

「何《なに》かをするように言《い》われたときには、『でも』と言《い》ってはいけません。もう一度《いちど》、本《ほん》に目《め》を通《とお》しなさい」

セーラは言《い》われた通《とお》りにしました。

（ムッシュー・デュファージが来《く》れば、わたしのことをわかってもらえるわ）

心《こころ》の中《なか》でそう思《おも》っていたのです。ムッシュー・デュファージは、すぐに教室《きょうしつ》にやってきました。とても感《かん》じのよくて知的《ちてき》な、中年《ちゅうねん》のフランス人男性《じんだんせい》でした。セーラは行儀《ぎょうぎ》よく振《ふ》る舞《ま》おうと、フランス語《ご》の単語《たんご》が載《の》っている小《ちい》さな本《ほん》を夢中《むちゅう》で読《よ》んでいるふりをしています。ムッシュー・デュファージは、そんな姿《すがた》に興味《きょうみ》を持《も》ったようでした。

「この子《こ》が新《あたら》しい生徒《せいと》ですか、マダム・ミンチン？　そうであってくれればうれしいですね」

ムッシュー・デュファージはミンチン先生《せんせい》に尋《たず》ねました。

「この子《こ》のお父《とう》さま――クルー大尉《たいい》は、フランス語《ご》の勉強《べんきょう》を始《はじ》めてほしいと望《のぞ》んでいらっしゃるんです。でもこの子《こ》ときたら、フランス語《ご》に対《たい》して子《こ》どもじみた先入観《せんにゅうかん》を持《も》っているらしくて。乗《の》り気《き》ではなさそうなんです」

「それは残念《ざんねん》だね、マドモワゼル」

ハッシュー・デュファージはセーラにやさしく話《はな》しかけました。

「でも一緒《いっしょ》に勉強《べんきょう》をし始《はじ》めたら、チャーミングな言葉《ことば》だということを、教《おし》えてあげられると思《おも》いますよ」

セーラは椅子《いす》から立《た》ち上《あ》がりました。名誉《めいよ》を傷《きず》つけられたようで、少《すこ》し投《な》げやりな気持《きも》ちになっていたのです。セーラは灰色《はいいろ》がかった大《おお》きな緑色《みどりいろ》の瞳《ひとみ》で、ムッシュー・デュファージの顔《かお》を見上《みあ》げました。その無垢《むく》な瞳《ひとみ》には、気持《きも》ちが強《つよ》く表《あらわ》れていました。自分《じぶん》が話《はな》し始《はじ》めれば、ムッシュー・デュファージにはわかってもらえる。そう信《しん》じていたセーラは、かわいらしい、そして滑《なめ》らかなフランス語《ご》で、簡単《かんたん》に自分《じぶん》のことを説明《せつめい》し始《はじ》めたのです。

「……マダムにはわかっていただけませんでした。わたしはフランス語《ご》をきちんと――教科書《きょうかしょ》を使《つか》って勉強《べんきょう》したわけではありませんが、パパや他《ほか》の人《ひと》たちはいつもフランス語《ご》で話《はな》しかけてきてくれましたし、英語《えいご》で読《よ》み書《か》きをするのと同《おな》じように、フランス語《ご》でも読《よ》み書《か》きをしてきました。

パパはわたしがフランス語《ご》で話《はな》すのを喜《よろこ》んでいましたし、わたしもフランス語《ご》で話《はな》すのが好《す》きでした。パパが喜《よろこ》んでくれるからです。大好《だいす》きなママは、わたしが生《う》まれたときに亡《な》くなりましたが、フランス人《じん》でした。

わたしはムッシューが教《おし》えてくださることなら、なんでも喜《よろこ》んでお勉強《べんきょう》したいと思《おも》います。わたしはマダムに、この本《ほん》に載《の》っている単語《たんご》なら、もう知《し》っているということを説明《せつめい》したかっただけなんです……」

セーラが話《はな》し始《はじ》めると、ミンチン先生《せんせい》は仰天《ぎょうてん》しました。そしてセーラの話《はなし》が終《お》わるまで、じっと見《み》つめていました。そのまなざしは、明《あき》らかにムッとしていました。

ムッシュー・デュファージは笑《え》みを浮《う》かべ始《はじ》めました。目《め》の前《まえ》にいる子《こ》どもが、とても簡単《かんたん》な表現《ひょうげん》ながらも、こんなにかわいらしい声《こえ》で、自分《じぶん》の国《くに》の言葉《ことば》をチャーミングに話《はな》している。セーラの声《こえ》を聞《き》いていると、ムッシュー・デュファージは、生《う》まれ故郷《こきょう》にいるような気分《きぶん》になりました。薄暗《うすぐら》く、霧《きり》が立《た》ち込《こ》めているロンドンにいると、フランスは、世界《せかい》のはるか遠《とお》くにあるように思《おも》えることもしばしばあったのです。

セーラがフランス語《ご》で話《はな》し終《お》えると、ムッシュー・デュファージは愛情《あいじょう》に満《み》ちた目《め》でセーラを見《み》つめながら、単語《たんご》の本《ほん》を受《う》け取《と》りました。そしてセーラではなく、ミンチン先生《せんせい》に話《はな》しかけたのです。

「マダム、わたしがこの子《こ》に教《おし》えられることはほとんどありませんな。この子《こ》はフランス人《じん》そのものです。発音《はつおん》は申《もう》し分《ぶん》ありません」

「それならそうと、わたくしに言《い》っておくべきだわ」

大恥《おおはじ》をかかされたミンチン先生《せんせい》は、声《こえ》を荒《あら》らげました。

「わ……わたしはそうしようとしました。たぶん説明《せつめい》の仕方《しかた》がいけなかったんだと思《おも》います」

教室《きょうしつ》の生徒《せいと》たちは、このやりとりに聞《き》き耳《みみ》を立《た》てています。ラヴィニアとジェシーは、フランス語《ご》の文法《ぶんぽう》の教科書《きょうかしょ》の陰《かげ》に隠《かく》れて、クスクス笑《わら》っていました。その様子《ようす》を見《み》たミンチン先生《せんせい》はカンカンに怒《おこ》り出《だ》しました。

「みなさん、お静《しず》かに！」

ミンチン先生《せんせい》が机《つくえ》をパシンと叩《たた》きました。

「今《いま》すぐ、静《しず》かになさい！」

ミンチン先生《せんせい》は、この瞬間《しゅんかん》から、自慢《じまん》の生徒《せいと》だったはずのセーラに、怨《うら》みのような気持《きも》ちを抱《いだ》くようになったのです。

3 アーメンガード

女学院《じょがくいん》で迎《むか》えた1日目《にちめ》の朝《あさ》、セーラは生徒全員《せいとぜんいん》が自分《じぶん》を観察《かんさつ》しているのを感《かん》じていました。そのときセーラは、小《ちい》さな女《おんな》の子《こ》の存在《そんざい》にすぐに気《き》がつきました。同《おな》じくらいの年頃《としごろ》の女《おんな》の子《こ》が、明《あか》るい色《いろ》の、でも少《すこ》し曇《くも》った青《あお》い瞳《ひとみ》で、自分《じぶん》を一生懸命《いっしょうけんめい》に見《み》つめているのです。太《ふと》っていて、およそ賢《かしこ》そうには見《み》えませんでしたが、唇《くちびる》をちょこんと尖《とが》らせた顔《かお》つきは素直《すなお》そうです。亜麻色《あまいろ》の髪《かみ》は後《うし》ろできつく三《み》つ編《あ》みにされ、リボンで結《むす》んで、首筋《くびすじ》にかけられていました。その子《こ》は机《つくえ》に肘《ひじ》をつき、結《むす》んだリボンの端《はし》を噛《か》みながら、新入生《しんにゅうせい》のセーラを不思議《ふしぎ》そうな目《め》で見《み》つめていたのです。

ムッシュー・デュファージがセーラに話《はな》しかけ始《はじ》めたとき、その子《こ》は少《すこ》しおびえたような表情《ひょうじょう》でその様子《ようす》を盗《ぬす》み見《み》ました。さらにセーラが何《なに》かを訴《うった》えかけるような目《め》で、ムッシュー・デュファージにフランス語《ご》で話《はな》し始《はじ》めたときには、びっくりして椅子《いす》の上《うえ》で飛《と》び上《あ》がってしまいました。尊敬《そんけい》と驚《おどろ》きの入《い》り交《ま》じった気持《きも》ちを抑《おさ》えることができなかったのです。

その女《おんな》の子《こ》は英語《えいご》ならきちんと話《はな》せましたが、フランス語《ご》の単語《たんご》がどうしても覚《おぼ》えきれずに、泣《な》いて過《す》ごしてきました。そんな女《おんな》の子《こ》にとって、自分《じぶん》と同《おな》じ歳《とし》の子《こ》どもが、フランス語《ご》を話《はな》しているというのは、信《しん》じられないような出来事《できごと》だったのです。

しかもセーラは、自分《じぶん》が覚《おぼ》えるのに苦労《くろう》した単語《たんご》だけでなく、他《ほか》のたくさんの単語《たんご》も知《し》っているようですし、いとも簡単《かんたん》に、動詞《どうし》と組《く》み合《あ》わせて話《はな》していました。

その子《こ》はあまりに熱心《ねっしん》にセーラを見《み》つめたばかりか、お下《さ》げを結《むす》んでいるリボンを猛烈《もうれつ》な勢《いきお》いで噛《か》み始《はじ》めたため、ミンチン先生《せんせい》に目《め》をつけられてしまいました。ミンチン先生《せんせい》は、かなりイライラしていたので、すぐに八《や》つ当《あ》たりしたのです。

「ミス・セント・ジョン！」

ミンチン先生《せんせい》は厳《きび》しい口調《くちょう》で叱《しか》りました。

「そんな真似《まね》をして、どういうおつもりかしら？　机《つくえ》についた肘《ひじ》をどかしなさい！　口《くち》にリボンをくわえるのもやめて、姿勢《しせい》を正《ただ》しなさい。今《いま》すぐにです！」

ミンチン先生《せんせい》に叱《しか》られて、その子《こ》はもう一度《いちど》席《せき》から飛《と》び上《あ》がりました。ラヴィニアとジェシーがクスクス笑《わら》うと、さらに顔《かお》が真《ま》っ赤《か》になりました。ぼんやりとした子《こ》どもっぽい瞳《ひとみ》には、悲《かな》しげな表情《ひょうじょう》が浮《う》かんでいます。涙《なみだ》がこぼれそうになっているようにも見《み》えました。

セーラはその子《こ》の様子《ようす》を見《み》て、すごくかわいそうだと思《おも》いました。ちょっと好《す》きになり始《はじ》めていましたし、友《とも》だちになってあげたいとも思《おも》うようになりました。誰《だれ》かが嫌《いや》な思《おも》いをさせられたり、悲《かな》しい気持《きも》ちにさせられたりしたときには、思《おも》わず手《て》を差《さ》し伸《の》べてしまう。それがセーラという少《しょう》女《じょ》だったのです。

「もしセーラが男《おとこ》の子《こ》で、何世紀《なんせいき》か前《まえ》の時代《じだい》に生《い》きていたら……」

お父《とう》さんは、よくこんなふうに言《い》っていました。

「剣《つるぎ》を抜《ぬ》き国中《くにじゅう》をめぐって、苦《くる》しんでいる人《ひと》たちを助《たす》けたり、守《まも》ってあげたりしていただろうね。この子《こ》は困《こま》っている人《ひと》たちを見《み》ると、いつも戦《たたか》ってあげようとするんだ」

セーラは、太《ふと》っていて、おっとりしたその女《おんな》の子《こ》のことが気《き》になって、午前中《ごぜんちゅう》はずっとミス・セント・ジョンのほうを見続《みつづ》けていました。そしてミス・セント・ジョンが勉強《べんきょう》を大《だい》の苦手《にがて》にしているらしいことや、自慢《じまん》の生徒《せいと》として甘《あま》やかされてしまう心配《しんぱい》など、一切《いっさい》ないことにも気《き》がつきました。

フランス語《ご》の授業《じゅぎょう》は、さんざんな内容《ないよう》でした。発音《はつおん》を聞《き》いたムッシュー・デュファージは、いけないとわかっていながら思《おも》わず笑《わら》いを浮《う》かべたほどですし、ラヴィニアとジェシー、そしてもっと勉強《べんきょう》が得意《とくい》な少女《しょうじょ》たちは、クスクス笑《わら》うか軽蔑《けいべつ》したような表情《ひょうじょう》でミス・セント・ジョンを見《み》つめました。

でもセーラは笑《わら》いませんでした。セーラには気性《きしょう》の激《はげ》しいところがありました。誰《だれ》かが笑《わら》いものにされたり、バカにされたりしているのを見《み》ると、がまんできなくなるのです。

（おかしくなんかない）

教科書《きょうかしょ》の上《うえ》に体《からだ》をかがめながら、セーラは声《こえ》に出《だ》さずにつぶやきました。

（あの人《ひと》たちは笑《わら》ったりすべきじゃないわ）

授業《じゅぎょう》が終《お》わると、生徒《せいと》たちはいくつかのグループに分《わ》かれておしゃべりを始《はじ》めます。セーラは悲《かな》しそうな顔《かお》をしながら席《せき》に座《すわ》っているミス・セント・ジョンを見《み》つけると、そばに行《い》って話《はな》しかけました。セーラは小《ちい》さな女《おんな》の子《こ》たちが初《はじ》めて知《し》り会《あ》ったときのような、ごく普通《ふつう》の話《はなし》をしただけでしたが、その言葉《ことば》にはどこか親《した》しみを感《かん》じさせました。

「あなたのお名前《なまえ》は？」

ミス・セント・ジョンは、びっくり仰天《ぎょうてん》しました。

新入生《しんにゅうせい》というのは、しばらくの間《あいだ》は、どこかしら謎《なぞ》めいた存在《そんざい》になるものです。ましてやセーラは、馬車《ばしゃ》とポニー、メイドがあてがわれ、インドから船旅《ふなたび》をしてきたような生徒《せいと》です。知《し》り合《あ》いになれる機会《きかい》は滅多《めった》にありません。セーラが初《はじ》めて教室《きょうしつ》に姿《すがた》を現《あらわ》した前《まえ》の晩《ばん》には、誰《だれ》もが興奮《こうふん》しながら、いろいろと噂話《うわさばなし》をしたほどでした。

「わたしの名前《なまえ》は、アーメンガード・セント・ジョンよ」

「わたしはセーラ・クルー。あなたの名前《なまえ》はとてもかわいいわ。物語《ものがたり》の題名《だいめい》みたい」

セーラが褒《ほ》めたたえると、アーメンガードはドキドキしながら答《こた》えました。

「わたしの名前《なまえ》、気《き》に入《い》った？　わ、わたしもあなたの名前《なまえ》が好《す》きよ」

ミス・セント・ジョンにとって大《おお》きな悩《なや》みになっていたのは、お父《とう》さんがとても優秀《ゆうしゅう》な人《ひと》だということでした。それがひどい災難《さいなん》のように思《おも》えることもあったのです。

もしあなたのお父《とう》さんがなんでも知《し》っている人《ひと》で、7か国語《こくご》か8か国語《こくご》を話《はな》し、数《かぞ》えきれないほど多《おお》くのことを覚《おぼ》えられるような人《ひと》ならば、教科書《きょうかしょ》の内容《ないよう》くらいは覚《おぼ》えておいてほしいと、いつも期待《きたい》するようになるでしょう。歴史上《れきしじょう》の事件《じけん》を覚《おぼ》え、フランス語《ご》の練習問題《れんしゅうもんだい》を解《と》けるようでなければならないと、思《おも》わないほうが不思議《ふしぎ》なのです。

アーメンガードの存在《そんざい》は、お父《とう》さんのミスター・セント・ジョンにとって悩《なや》みの種《たね》でした。自分《じぶん》の子《こ》どもともあろうものが、どうしてこれほど、頭《あたま》の鈍《にぶ》い子《こ》どもになってしまったのか、何《なに》をやってもパッとしない子《こ》どもになってしまったのかを理解《りかい》できなかったのです。

「なんてこった！」

アーメンガードのお父《とう》さんが、娘《むすめ》を見《み》ながらこんなふうに言《い》ったことも一度《いちど》や二度《にど》ではありません。

「この子《こ》はイライザおばさんと同《おな》じくらい、バカだと思《おも》ってしまうことがあるよ」

イライザおばさんは物覚《ものおぼ》えが悪《わる》いだけでなく、覚《おぼ》えた途端《とたん》に、すべてを忘《わす》れてしまうような人《ひと》でした。アーメンガードも、ものを覚《おぼ》えても片《かた》っ端《ぱし》から忘《わす》れてしまうだけでなく、覚《おぼ》えていたとしても、その意味《いみ》を理解《りかい》していないような少女《しょうじょ》でした。アーメンガードがミンチン女学院《じょがくいん》の歴史《れきし》に残《のこ》るような劣等生《れっとうせい》であることは、否定《ひてい》できません。そのためいつも恥《は》ずかしい思《おも》いをし、涙《なみだ》に暮《く》れながら、人生《じんせい》の大部分《だいぶぶん》を過《す》ごしてきました。セーラと初《はじ》めて話《はな》したときに、椅子《いす》に座《すわ》ったまま、セーラを感心《かんしん》したように見《み》つめていたのは、自然《しぜん》なことだったのです。

「フランス語《ご》が話《はな》せるんでしょう？」

アーメンガードは尊敬《そんけい》の気持《きも》ちを込《こ》めて尋《たず》ねました。セーラも席《せき》に座《すわ》りました。椅子《いす》は大《おお》きくて奥行《おくゆ》きがあったため、足《あし》を曲《ま》げ、膝《ひざ》を両腕《りょううで》で抱《かか》えました。

「フランス語《ご》を話《はな》せるのは、生《う》まれたときからずっと聞《き》かされてきたからなの。フランス語《ご》をいつも聞《き》いていたら、あなただって話《はな》せるようになったはずよ」

「あらやだ、わたしには無理《むり》よ。絶対《ぜったい》に話《はな》せたりしないわ」

「どうして？」

セーラが興味深《きょうみぶか》そうに尋《たず》ねると、アーメンガードは三《み》つ編《あ》みを揺《ゆ》らしながら、頭《あたま》を横《よこ》に振《ふ》りました。

「わたしの発音《はつおん》、聞《き》いていたでしょ。いつもあんなふうなの。単語《たんご》がうまく言《い》えないのよ。フランス語《ご》ってすごく変《へん》なんですもの」

アーメンガードは一瞬《いっしゅん》、呼吸《こきゅう》をおいた後《あと》、おそるおそる質問《しつもん》してみました。

「あなたは賢《かしこ》いのね。そうでしょう？」

セーラは窓越《まどご》しに、ミンチン女学院《じょがくいん》が建《た》っている、うす汚《よご》れた広場《ひろば》に目《め》をやりました。スズメたちが濡《ぬ》れた鉄《てつ》の手《て》すりや、すすけた木《き》の枝《えだ》の上《うえ》でさえずっています。

セーラは、しばらく物思《ものおも》いにふけりました。賢《かしこ》い女《おんな》の子《こ》だと言《い》われることはしょっちゅうありましたが、本当《ほんとう》にそうなのだろうかと思《おも》ったのです。もし賢《かしこ》かったとしても、どうしてそうなったのでしょう。

「わからないわ。説明《せつめい》できないの……」

アーメンガードは、セーラの答《こた》えを聞《き》いてがっかりしたようでした。ぽっちゃりした丸《まる》い顔《かお》に、沈《しず》んだ表情《ひょうじょう》を浮《う》かべています。それを見《み》たセーラは小《ちい》さく笑《わら》って、話題《わだい》を変《か》えることにしました。

「エミリーに会《あ》ってみたい？」

「エミリーって誰《だれ》のこと？」

アーメンガードは、ミンチン先生《せんせい》と同《おな》じように尋《たず》ねました。

「じゃあ、わたしの部屋《へや》に上《あ》がってきて、あの子《こ》に会《あ》ってよ」

セーラがアーメンガードに手《て》を差《さ》し出《だ》しました。二人《ふたり》は窓際《まどぎわ》の席《せき》から飛《と》び降《お》りると、上《うえ》の階《かい》に上《あ》がっていきました。

セーラと一緒《いっしょ》に玄関《げんかん》ホールを通《とお》り過《す》ぎながら、アーメンガードがささやきました。

「自分一人《じぶんひとり》だけで遊《あそ》べる部屋《へや》を持《も》っているっていうのは、本当《ほんとう》なの？」

「そうよ」

セーラが説明《せつめい》してあげます。

「パパがミンチン先生《せんせい》に頼《たの》んでくれたの。どうしてかっていうと……ええと、わたしは一人《ひとり》で遊《あそ》ぶときに、いろんなお話《はなし》を考《かんが》えて、自分《じぶん》に話《はな》して聞《き》かせたりするから、他《ほか》の人《ひと》に聞《き》かれたくないの。他《ほか》の人《ひと》に聞《き》かれていると思《おも》っちゃうと、うまく作《つく》れなくなっちゃうの」

アーメンガードは急《きゅう》に立《た》ち止《ど》まり、ハッと息《いき》をのみながら、セーラの顔《かお》を見《み》つめました。

「自分《じぶん》でお話《はなし》を作《つく》ったりするの？　あなたはそんなこともできるの……フランス語《ご》が話《はな》せるだけじ

やなくて？　そうでしょ？」

セーラは、意外《いがい》な質問《しつもん》にびっくりしました。

「どうして？　誰《だれ》だっていろんなお話《はなし》を作《つく》れるわ。やってみたことはないの？」

こう言《い》うとセーラは、相手《あいて》の注意《ちゅうい》を促《うなが》すように、アーメンガードの手《て》の上《うえ》に自分《じぶん》の手《て》をのせてささやきました。

「急《いそ》いでドアのところまで行《い》きましょう。そしたら、いきなりドアを開《あ》けるから。もしかしたら、あの子《こ》を捕《つか》まえられるかもしれないわ」

セーラが何《なに》を言《い》ったのか、アーメンガードにはまるで理解《りかい》できませんでした。捕《つか》まえたいのは誰《だれ》で、どうして捕《つか》まえたいのか、チンプンカンプンでした。でも、それはきっと、すごく楽《たの》しくてワクワクすることに違《ちが》いありません。アーメンガードは期待《きたい》に胸《むね》を膨《ふく》らませながら、つま先立《さきだ》ちで後《うし》ろについていきました。

二人《ふたり》は音《おと》を立《た》てずに廊下《ろうか》を抜《ぬ》けると、部屋《へや》までたどり着《つ》きました。そしてセーラは突然《とつぜん》、ドアの取手《とって》を回《まわ》して一気《いっき》に開《あ》けました。

ところがドアを開《あ》けてみると、そこにはとてもきれいに片付《かたづ》いた、静《しず》まり返《かえ》った部屋《へや》があるだけでした。暖炉《だんろ》には炎《ほのお》がやさしく揺《ゆ》れ、そばにある椅子《いす》の上《うえ》にはすてきな人形《にんぎょう》が座《すわ》っていました。まるで本《ほん》を読《よ》んでいるようです。

「あら、わたしたちに見《み》つかる前《まえ》に、椅子《いす》に戻《もど》ってしまったんだわ」

セーラが説明《せつめい》を始《はじ》めました。

「お人形《にんぎょう》たちはいつだってそうするのよ。雷《かみなり》みたいに速《はや》く動《うご》くの」

アーメンガードはセーラから人形《にんぎょう》、そしてまたセーラへと目《め》を泳《およ》がせ、興奮《こうふん》しながら尋《たず》ねました。

「あの子《こ》……歩《ある》けるの？」

「そう。少《すく》なくともわたしは、あの子《こ》が歩《ある》けると信《しん》じているわ。というか、少《すく》なくとも、自分《じぶん》がそう信《しん》じている『ふり』をするのよ。そうすると、本当《ほんとう》のことのように思《おも》えてくるの。何《なに》かのふりをしたことはないの？」

「ないわ。一度《いちど》もね。わ……わたしにやり方《かた》を教《おし》えてちょうだい」

アーメンガードは、この風変《ふうが》わりな新《あたら》しい友《とも》だちにすっかり夢中《むちゅう》になってしまったので、エミリーではなくセーラを見《み》つめていました。

「座《すわ》りましょう。教《おし》えてあげるわ」

セーラが言《い》いました。

「すごく簡単《かんたん》だから、一度《いちど》始《はじ》めるとやめられなくなるの。ただ、いつも『ふり』をし続《つづ》けるだけなのよ。でも楽《たの》しいわ。ねえエミリー、お話《はなし》を聞《き》いて。こちらはアーメンガード・セント・ジョンさんよ。ねえアーメンガード、こちらがエミリーよ。この子《こ》を抱《だ》っこしてみる？」

「いいの？　本当《ほんとう》にいいの？　すごくきれいなお人形《にんぎょう》さんね！」

アーメンガードは、それまでのパッとしない人生《じんせい》の中《なか》で、こんなに幸《しあわ》せな気分《きぶん》になったことがありませんでした。ランチタイムを告《つ》げるベルが鳴《な》り、下《した》の階《かい》に下《お》りていくまでの1時間《じかん》、風変《ふうが》わりな新入生《しんにゅうせい》と、満《み》ち足《た》りた一時《ひととき》を過《す》ごしたのです。

セーラは暖炉《だんろ》の前《まえ》にある敷物《しきもの》の上《うえ》に座《すわ》り、アーメンガードに不思議《ふしぎ》な話《はなし》を聞《き》かせました。少《すこ》し体《からだ》を丸《まる》めて、緑色《みどりいろ》の瞳《ひとみ》をいきいきと輝《かがや》かせ、頬《ほお》を赤《あか》らめながらです。

セーラは船旅《ふなたび》のことや、インドのことを話《はな》しましたが、アーメンガードが一番《いちばん》惹《ひ》きつけられたのは、歩《ある》いたり話《はな》したりする人形《にんぎょう》の話《はなし》でした。人形《にんぎょう》たちは人《ひと》が部屋《へや》にいないときには、好《す》きなことがなんでもできる。でも秘密《ひみつ》の力《ちから》を隠《かく》しておかなければならないので、部屋《へや》に人《ひと》が入《はい》ってきたときには、もとの場所《ばしょ》に雷《かみなり》のような速《はや》さで戻《もど》ってしまう。それがセーラの説明《せつめい》でした。

「わたしたちには、そんなことはできないわ」

セーラはまじめな顔《かお》で言《い》いました。

「つまり、それは魔法《まほう》のようなものなのよ」

セーラは、エミリーを探《さが》していたときの話《はなし》もしました。アーメンガードはそのときだけ、セーラの表情《ひょうじょう》がさっと変《か》わったのに気《き》がつきました。雲《くも》が顔《かお》の上《うえ》を横切《よこぎ》ったように、目《め》から輝《かがや》きが消《き》えたのです。

急《きゅう》に息《いき》を吸《す》ったため、セーラの喉《のど》からはおかしな、悲《かな》しそうな音《おと》が小《ちい》さく聞《き》こえました。それから口《くち》を閉《と》じて、唇《くちびる》をキュッと結《むす》びました。何《なに》かをしようと誓《ちか》っているようにも、何《なに》かをしないようにと誓《ちか》っているようにも見《み》えました。

セーラが他《ほか》の女《おんな》の子《こ》と同《おな》じようなタイプだったら、すすり泣《な》き始《はじ》めたり、大声《おおごえ》で泣《な》き出《だ》したりしてしまうかもしれない。アーメンガードはそう思《おも》いました。

でもセーラは泣《な》いたりしませんでした。

「どこか……痛《いた》いの？」

アーメンガードが勇気《ゆうき》を出《だ》して声《こえ》をかけます。

「そうなの」

セーラは一瞬《いっしゅん》、間《ま》をおいてから答《こた》えました。

「でも体《からだ》が痛《いた》いわけじゃないわ」

セーラは声《こえ》が絶対《ぜったい》にうわずったりしないように気《き》をつけながら、低《ひく》い声《こえ》でもう一《ひと》つ質問《しつもん》をしました。その内容《ないよう》は、「この世《よ》の中《なか》で一番好《いちばんす》きなのはお父《とう》さん？」というものでした。

アーメンガードは、ぽかんと口《くち》を開《あ》けました。

「お父《とう》さんのことを好《す》きだなんて、一度《いちど》も思《おも》ったことがない」「10分間《ぷんかん》、お父《とう》さんと二人《ふたり》きりになるのを避《さ》けられるなら、どんなことでも必死《ひっし》になってする」──そんなことを言《い》うのは、女学院《じょがくいん》で学《まな》んでいるような生徒《せいと》にはあるまじきことです。アーメンガードはセーラの質問《しつもん》を聞《き》いて、とても恥《は》ずかしくなってしまいました。

「わ……わたしはほとんどお父《とう》さんに会《あ》わないの」

アーメンガードは言葉《ことば》に詰《つ》まりながら答《こた》えました。

「パパはいつも書斎《しょさい》にいて、本《ほん》を読《よ》んでいるから」

「わたしはパパのことが世界中《せかいじゅう》のどんなことよりも好《す》き。だからつらいの。パパが遠《とお》くに行《い》ってしまったから」

セーラはこう言《い》いながら、腕《うで》で抱《かか》えていた小《ちい》さな膝《ひざ》の上《うえ》に静《しず》かに頭《あたま》をのせ、しばらく、じっとしていました。

（きっと大声《おおごえ》で泣《な》き出《だ》すわ）

アーメンガードはまた不安《ふあん》になりました。セーラは、それでも泣《な》き出《だ》しませんでした。短《みじか》く、黒《くろ》い髪《かみ》が耳《みみ》の辺《あた》りでほつれています。セーラは身《み》じろぎもせずに座《すわ》っていました。そして顔《かお》を伏《ふ》せたまま、もう一度話《いちどはな》し始《はじ》めたのです。

「パパには、我慢《がまん》するって約束《やくそく》したの。わたしは約束《やくそく》を守《まも》るつもりよ。それに世《よ》の中《なか》には、我慢《がまん》しなければならないことがたくさんあるわ。兵隊《へいたい》さんがどんなことに我《が》慢《まん》しているか、考《かんが》えてみてよ！　パパは兵隊《へいたい》さんなの。戦争《せんそう》が起《お》きたら、我慢《がまん》して行進《こうしん》を続《つづ》けなければならないし、喉《のど》が乾《かわ》いても我慢《がまん》しなければならないの。ひどい怪我《けが》をしてもね。だけど絶対《ぜったい》に泣《な》き言《ごと》を言《い》ったりしないわ……」

アーメンガードには、黙《だま》って見《み》つめていることしかできません。でも自分《じぶん》がセーラを尊敬《そんけい》し始《はじ》めているのを感《かん》じていました。本当《ほんとう》に素晴《すば》らしい女《おんな》の子《こ》ですし、他《ほか》の誰《だれ》とも違《ちが》っています。

やがてセーラはさっと顔《かお》を上《あ》げ、顔《かお》にかかっていた黒《くろ》い髪《かみ》を後《うし》ろに振《ふ》り払《はら》いました。口元《くちもと》にはちょっとだけ、不思議《ふしぎ》な笑《え》みを浮《う》かべています。

「ずっとおしゃべりを続《つづ》けて、『ふり』をする話《はなし》をしていたら、もっと我慢《がまん》できるようになるわ。つらいことを忘《わす》れることはできないけど、もっと上手《じょうず》に我慢《がまん》できるようになるのよ」

アーメンガードはなぜか胸《むね》がいっぱいになって、目《め》に涙《なみだ》があふれてきたのを感《かん》じました。

「ラヴィニアとジェシーは〝一番《いちばん》の仲良《なかよ》し〟なの」

アーメンガードはかすれ気味《ぎみ》の声《こえ》で言《い》いました。

「わたしたちも〝一番《いちばん》の仲良《なかよ》し〟になれたらいいのに。わたしをお友《とも》だちにしてくれる？　あなたは賢《かしこ》いけれど、わたしは学校《がっこう》で一番《いちばん》バカな子《こ》だわ。でも……ああ、あなたのことが本当《ほんとう》に好《す》きになったの！」

「うれしいわ」

セーラは答《こた》えました。

「誰《だれ》かに好《す》きになってもらえると、ありがたい気持《きも》ちがわいてくるの。ええ、お友《とも》だちになりましょうよ。それに……」

セーラの顔《かお》が、ぱっと明《あか》るく輝《かがや》きました。

「フランス語《ご》のお勉強《べんきょう》も、お手伝《てつだ》いできるわ」

4　ロッティ

もしセーラという女《おんな》の子《こ》の性格《せいかく》が違《ちが》っていたら、ミンチン先生《せんせい》の女学院《じょがくいん》で過《す》ごした数年間《すうねんかん》は、まったくためになっていなかったでしょう。セーラは普通《ふつう》の生徒《せいと》としてではなく、特別《とくべつ》なゲストのように扱《あつか》われたのです。

もしセーラがうぬぼれの強《つよ》い子《こ》どもだったなら、甘《あま》やかされたり、お世辞《せじ》を言《い》われたりしたせいで、とても気難《きむずか》しい子《こ》どもになっていたかもしれません。怠《なま》け者《もの》の子《こ》どもだったなら、何《なに》も学《まな》ばなかったでしょう。

ミンチン先生《せんせい》は、密《ひそ》かにセーラのことを毛嫌《けぎら》いしていましたが、見栄《みえ》っ張《ぱ》りでしたので、自慢《じまん》の生徒《せいと》が退学《たいがく》したいと思《おも》ってしまうような行動《こうどう》を取《と》ったり、発言《はつげん》をしたりするようなことは避《さ》けました。セーラがお父《とう》さんに、学校《がっこう》にいたくないとか楽《たの》しくないと手紙《てがみ》で書《か》いたりすれば、すぐに辞《や》めさせてしまうでしょう。そのことをよくわかっていたのです。

周《まわ》りの人《ひと》から褒《ほ》められ、勝手気《かってき》ままに振《ふ》る舞《ま》うのを許《ゆる》されていれば、子《こ》どもは自分《じぶん》の学校《がっこう》が必《かなら》ず好《す》きになる——ミンチン先生《せんせい》はそういう考《かん》えを持《も》っていました。

このためセーラは、授業《じゅぎょう》で教《おし》えられたことをすぐに覚《おぼ》えられる頭《あたま》の良《よ》さや、マナーの良《よ》さ、他《ほか》の生徒《せいと》に接《せっ》するときの親切《しんせつ》な態度《たいど》を褒《ほ》められましたし、お金《かね》のぎっしり詰《つ》まった小《ちい》さな財布《さいふ》から6ペンスを出《だ》して乞食《こじき》にあげたりすれば、慈悲深《じひぶか》いと褒《ほ》められました。ちょっとした行動《こうどう》でさえ、セーラがいかに素晴《すば》らしい人《ひと》であるかがわかる例《れい》だと、ちやほやされたのです。

でも、小《ちい》さくとも賢《かしこ》いセーラは、自分自身《じぶんじしん》についても周《まわ》りの人《ひと》についても、正《ただ》しい見方《みかた》や考《かん》え方《かた》をすることができました。

そしてアーメンガードに、こんなふうに話《はな》すようになっていったのです。

「人間《にんげん》には、いろんなことが偶然《ぐうぜん》に起《お》きるの。わたしの場合《ばあい》も、たまたま、いろんないいことが起《お》きたわ。昔《むかし》からいつも授業《じゅぎょう》を受《う》けるのが好《す》きだったり、本《ほん》を読《よ》むのが好《す》きだったり、習《なら》ったことを覚《おぼ》えることができるのも、偶然《ぐうぜん》にそうなっただけなの。

ハンサムで性格《せいかく》が良《よ》くて優秀《ゆうしゅう》で、わたしが欲《ほ》しがるものをなんでも与《あた》えてくれるようなお父《とう》さんの下《もと》に生《う》まれたのも、たまたまそうなっただけなの。もしかするとわたしなんて、全然《ぜんぜん》いい子《こ》じゃないかもしれないわ。でも欲《ほ》しいものが全部《ぜんぶ》もらえて、誰《だれ》からも親切《しんせつ》にしてもらえたら、性格《せいかく》なんて悪《わる》くなりっこないでしょう？　わたしは……」

セーラはすごく真剣《しんけん》な顔《かお》をしています。

「もしかすると、すごくひどい子《こ》どもなのかもしれないわ」

「ラヴィニアはそうよ」

アーメンガードが、退屈《たいくつ》そうに言《い》いました。

「あの子《こ》、ものすごく意地悪《いじわる》なの」

ラヴィニアは実際《じっさい》、意地《いじ》の悪《わる》い子《こ》どもでした。そして、ひどくセーラを妬《ねた》んでいたのです。セーラが入学《にゅうがく》してくるまで、ラヴィニアは自分《じぶん》が学校《がっこう》のリーダーだと思《おも》っていました。自分《じぶん》の言《い》うことをきかない生徒《せいと》がいる場合《ばあい》には、自分《じぶん》の意見《いけん》を押《お》し通《とお》したので、リーダーになっていたのです。小《ちい》さな子《こ》どもたちには威張《いば》り散《ち》らしましたし、同《おな》じ歳《とし》の少女《しょうじょ》に対《たい》しては、偉《えら》そうに振《ふ》る舞《ま》いました。

ラヴィニアはかなりの美人《びじん》でしたし、生徒《せいと》たちが2列《れつ》に並《なら》んで外出《がいしゅつ》するときには、一番《いちばん》きれいに着飾《きかざ》って目立《めだ》っていました。

でも、それはセーラがやってくるまででした。セーラはベルベットのコートや毛皮《けがわ》のマフラーに身《み》を包《つつ》み、ダチョウの羽《はね》がついた帽子《ぼうし》をかぶって、列《れつ》の一番前《いちばんまえ》でミンチン先生《せんせい》の後《うし》ろを歩《ある》くようになったからです。

そして時間《じかん》が経《た》つと、セーラこそが学校《がっこう》のリーダーであることもはっきりしてきました。しかもセーラがリーダーになったのは、意地悪《いじわる》な態度《たいど》を取《と》ったからではありません。むしろ意地悪《いじわる》な態度《たいど》を取《と》らないので、リーダーになれたのです。

「セーラ・クルーのことだけど、一《ひと》つだけ確《たし》かなことがあるわ」

ジェシーは「大《だい》の仲良《なかよ》し」であるラヴィニアに、素直《すなお》に話《はなし》をしすぎて怒《おこ》らせてしまったことがあります。

「あの子《こ》は自分《じぶん》のことを、決《けっ》して偉《えら》そうに見《み》せたりしないの。それはわかるでしょ。もしわたしがあんなにすてきなものをたくさん持《も》っていて、周《まわ》りからちやほやされたら、絶対《ぜったい》に偉《えら》そうにしていたと思《おも》うわ。でもミンチン先生《せんせい》が、お父《とう》さんやお母《かあ》さんが来《き》たときに、セーラを自慢《じまん》するのは、見《み》ていられないわよね」

「ねえセーラさん、応接室《おうせつしつ》にいらっしゃって。マスグレイブ夫人《ふじん》にインドのお話《はなし》をして差《さ》し上《あ》げて」

「ねえセーラさん、ピットキンさんにフランス語《ご》で話《はな》して差《さ》し上《あ》げて。この子《こ》の発音《はつおん》は、驚《おどろ》くほどきれいなんですよ」

ラヴィニアが、ミンチン先生《せんせい》のしゃべり方《かた》を大《おお》げさに真似《まね》します。

「でもセーラは、この学校《がっこう》でフランス語《ご》を覚《おぼ》えたわけじゃないわ。それにセーラ自身《じしん》も、フランス語《ご》を習《なら》ったことがないと言《い》っていたじゃない。パパがフランス語《ご》を話《はな》すから、たまたま覚《おぼ》えただけで、頭《あたま》がいいってわけじゃないの。あの子《こ》のパパにしたって、インドにいる大尉《たいい》だなんて、たいしたことないわ」

「でも、虎狩《とらが》りをしたことはあるわね」

ジェシーがゆっくり答《こた》えます。

「セーラの部屋《へや》にあるのも、あの子《こ》のパパが仕留《しと》めた虎《とら》の毛皮《けがわ》なのよ。だからすごく気《き》に入《い》っているんだわ。毛皮《けがわ》の上《うえ》に寝転《ねころ》がって頭《あたま》をなでながら、まるで猫《ねこ》としゃべっているみたいに話《はな》しかけるの」

「セーラはいつもくだらない『ふり』ばっかりしているわ」

ラヴィニアがぴしゃりと言《い》いました。

「あんなふうに『ふり』ばっかりしていると、大《おお》きくなったとき、本当《ほんとう》に変《へん》な人《ひと》になるんですって。あたしのママは、そう言《い》ってる」

でも、ジェシーが言《い》ったように、セーラが偉《えら》そうにしないというのは本当《ほんとう》でした。むしろ親《した》しみやすい性格《せいかく》の持《も》ち主《ぬし》で、特別寄宿生《とくべつきしゅくせい》としてみんなに何《なに》かをしてあげたり、自分《じぶん》が持《も》っているものを惜《お》しみなく分《わ》け与《あた》えたりするような女《おんな》の子《こ》でした。

幼《おさな》い生徒《せいと》たちは、体《からだ》が大《おお》きくなった年長《ねんちょう》の生徒《せいと》からバカにされたり、いじめられるのに慣《な》れていました。それなのに、学校《がっこう》で一番偉《いちばんえら》そうにしていていいはずのセーラには、決《けっ》して泣《な》かされたりしなかったのです。

セーラには母性本能《ぼせいほんのう》がありました。誰《だれ》かが転《ころ》んで膝《ひざ》を擦《す》りむいたときには、駆《か》け寄《よ》って抱《だ》き起《お》こしてあげて、そっとさすってやったり、ポケットからキャンディーを渡《わた》してあげたりするような少女《しょうじょ》だったのです。邪魔《じゃま》だからといって、小《ちい》さな女《おんな》の子《こ》を突《つ》き飛《と》ばしたりしませんでしたし、年齢《ねんれい》が上《うえ》だからといって、バカにするようなこともありませんでした。

セーラはいじめられている子《こ》どもたちを集《あつ》めて、自分《じぶん》の部屋《へや》でティーパーティーを開《ひら》いたこともあります。甘《あま》くて薄《うす》い紅茶《こうちゃ》が、青《あお》い花柄《はながら》のカップになみなみと注《そそ》がれて振《ふ》る舞《ま》われたのです。

こうしてセーラは、アルファベットを覚《おぼ》えているような幼《おさな》い子《こ》どもたちから、女神《めがみ》さまや女王《じょおう》さまのような女《おんな》の子《こ》として見《み》られるようになったのです。

なかでもロッティ・レイは、特《とく》にセーラに夢中《むちゅう》になりました。もしセーラに母性本能《ぼせいほんのう》がなければ、うるさい子《こ》どもだと感《かん》じていたでしょう。

ロッティを女学院《じょがくいん》に入学《にゅうがく》させたのは、若《わか》いお父《とう》さんでした。お父《とう》さんは、娘《むすめ》をどう扱《あつか》っていいのかわからなかったのです。お母《かあ》さんは亡《な》くなっていましたし、ロッティは生《う》まれたときからお気《き》に入《い》りのお人形《にんぎょう》さんや、ペットの小《ちい》さなお猿《さる》さん、膝《ひざ》にのせてかわいがる子犬《こいぬ》のように育《そだ》てられました。そうしてとてもわがままな子《こ》どもになっていったのです。何《なに》かが欲《ほ》しいといってはベソをかき、何《なに》かが嫌《いや》だといっては泣《な》きわめきました。しかも自分《じぶん》が持《も》っていないものばかり欲《ほ》しがるのです。お母《かあ》さんを亡《な》くした幼《おさな》い女《おんな》の子《こ》は、周《まわ》りにいる人《ひと》から同情《どうじょう》してもらうべきだし、大事《だいじ》にしてもらうべきだ——ロッティは、そう信《しん》じていました。お母《かあ》さんが亡《な》くなった後《あと》、大人《おとな》の人《ひと》たちがそう話《はな》しているのを聞《き》いたのでしょう。ロッティはそうした大人《おとな》たちの同情《どうじょう》につけ込《こ》んで、わがままを言《い》うのが癖《くせ》になっていたのです。

セーラが初《はじ》めてロッティの世話《せわ》をしたのは、ある日《ひ》の朝《あさ》のことでした。応接室《おうせつしつ》を通《とお》り過《す》ぎているときに、ミンチン先生《せんせい》とミス・アメリアが、泣《な》きわめいているロッティに困《こま》り果《は》てていることに気《き》づいたのです。

「うぇーん、うぇーん！　あたしには…マー…マーがいないの！」

「この子《こ》は一体《いったい》、なんで泣《な》いているのかしら」

ミンチン先生《せんせい》が怒鳴《どな》っています。

「ああ、ロッティ！　やめてちょうだい、ねえ！　泣《な》かないで！　お願《ねが》いだからやめて！」

今度《こんど》は、ミス・アメリアの叫《さけ》ぶ声《こえ》が聞《き》こえました。

「うぇーん！　うぇーん！　うぇーん！　マーマーが……いない……の！」

「この子《こ》は鞭《むち》で叩《たた》かなければなりませんね」

ミンチン先生《せんせい》はきっぱりと言《い》いました。

「鞭《むち》で叩《たた》きます。本当《ほんとう》にどうしようもない子《こ》ね！」

それを聞《き》いたロッティは、さらに大声《おおごえ》で泣《な》き始《はじ》めましたし、ミス・アメリアも泣《な》き出《だ》してしまいました。ミンチン先生《せんせい》は、ついに雷《かみなり》のような声《こえ》まで出《だ》すようになりましたが、突然椅子《とつぜんいす》から立《た》ち上《あ》がると、部屋《へや》から飛《と》び出《だ》していってしまいました。ミス・アメリアにその場《ば》を任《まか》せてしまったのです。

セーラは玄関《げんかん》ホールに立《た》ち止《ど》まって、部屋《へや》に入《はい》っていくべきかどうかを考《かんが》えていました。ロッティとは最近仲良《さいきんなかよ》くし始《はじ》めたので、なだめられるかもしれないと思《おも》っていたのです。部屋《へや》から出《で》てきたミンチン先生《せんせい》は、セーラを見《み》ると、少《すこ》し気《き》まずそうな表情《ひょうじょう》を浮《う》かべました。感《かん》情的《じょうてき》な声《こえ》は、先生《せんせい》らしい威厳《いげん》のあるものでも、好感《こうかん》の持《も》てるものでもなかったことを恥《は》ずかしく思《おも》ったのでしょう。

「あら、セーラ！」

ミンチン先生《せんせい》は、むりやり笑《わら》いを浮《う》かべようとしました。

「ロッティの声《こえ》だとわかったので、立《た》ち止《ど》まったんです」

セーラは説明《せつめい》しました。

「もしかしたらですけど、わたしならあの子《こ》を泣《な》きやませることができるかもしれないと思《おも》ったんです。やってみてもいいですか、ミンチン先生《せんせい》？」

「おできになるならどうぞ。あなたは賢《かしこ》い子《こ》どもですものね」

ミンチン先生《せんせい》はそう言《い》うと、口元《くちもと》をきっと結《むす》びました。でもセーラがトゲのある言葉《ことば》に少《すこ》し怯《おび》えているのに気《き》づくと、声色《こわいろ》を変《か》えました。

「あなたなら、あの子《こ》をなだめられるわ。どうぞ部屋《へや》に入《はい》ってみて」

こう言《い》い残《のこ》してミンチン先生《せんせい》は、その場《ば》を去《さ》っていきました。

セーラが部屋《へや》に入《はい》ってみると、ロッティは床《ゆか》に仰向《あおむ》けになって、足《あし》をバタバタ動《うご》かしながら泣《な》きわめいています。ミス・アメリアはうろたえていました。顔《かお》は真《ま》っ赤《か》で、びっしょり汗《あせ》をかいていますし、いろんな言《い》い方《かた》で、必死《ひっし》になだめようとしています。

「なんてかわいそうな子《こ》なの。あなたにはママがいないのね」

こんなふうに言《い》ったかと思《おも》うと、次《つぎ》には、

「いいかげんにやめないと体《からだ》を揺《ゆ》するわよ。ほら！　あなたは気《き》まぐれでわがままで、人《ひと》に嫌《きら》われて当然《とうぜん》の子《こ》だわ。叩《たた》くわよ！　本当《ほんとう》にやるわよ！」

と脅《おど》したりしました。

セーラは二人《ふたり》のほうに静《しず》かに近《ちか》づいていきました。何《なに》をすればいいのか、まったくわかりませんでしたが、ミス・アメリアのように、やけになったり興奮《こうふん》したりして、バラバラなことを言《い》わないほうがいいと思《おも》ったのです。

「ミス・アメリア、わたしに代《か》わっていただけませんか？」

ミス・アメリアは後《うし》ろを振《ふ》り返《かえ》り、途方《とほう》に暮《く》れた表情《ひょうじょう》でセーラを見《み》つめました。

「あらまあ、あなたならできると思《おも》っているの？」

ミス・アメリアは、ぜいぜい息《いき》をしながら言《い》いました。

「わたしにできるかどうかはわかりません。でもやってみます。部屋《へや》からそっと出《で》ていただければ、わたしがこの子《こ》のそばにいますから」

膝立《ひざだ》ちしていたミス・アメリアは深《ふか》いため息《いき》をつくと、よろめきながら立《た》ち上《あ》がりました。

「ああ、セーラ！　こんなひどい子《こ》は、今《いま》まで預《あず》かったことがないわ。この学校《がっこう》には、置《お》いておけそうにないわ」

　ミス・アメリアはそう言《い》い残《のこ》すと、部屋《へや》から静《しず》かに出《で》ていきました。実《じつ》は部屋《へや》を抜《ぬ》け出《だ》す理由《りゆう》が見《み》つかって、心《こころ》の中《なか》ではホッとしていたのです。

　セーラはロッティのそばに立《た》つと、しばらくの間《あいだ》、黙《だま》って様子《ようす》を見《み》ていました。それから床《ゆか》の上《うえ》にぺたりと座《すわ》り、時《とき》が来《く》るのを待《ま》ちました。

　静《しず》かな部屋《へや》にロッティの泣《な》き声《ごえ》だけが響《ひび》きわたります。これはロッティにとって初《はじ》めての経験《けいけん》でした。これまで自分《じぶん》が泣《な》き叫《さけ》んだときには、周《まわ》りに大勢《おおぜい》が集《あつ》まって、叱《しか》ったり、泣《な》きやんでくれとすがったり、命令《めいれい》してきたり、ご機嫌《きげん》をとったりするのが当《あ》たり前《まえ》だったからです。

　ところが寝転《ねころ》がって足《あし》をバタバタさせながら大声《おおごえ》を出《だ》しても、自分《じぶん》のそばには一人《ひとり》しかいません。しかもその人《ひと》は、まったく気《き》にもしていないようです。ロッティはきつく閉《と》じていたまぶたを開《あ》けて、誰《だれ》なのかを確《たし》かめました。そこにいたのは、エミリーやすてきなものをたくさん持《も》っている、セーラだったのです。

　セーラは何《なに》か考《かんが》えごとをしているようでした。自分《じぶん》のそばにいるのがセーラだと気《き》づいたロッティは、もう一度《いちど》泣《な》きわめかなければならないと思《おも》いました。

「あたしには……マ……マ……が……いない…の…！」

ロッティは同《おな》じことをわめき始《はじ》めました。でもその泣《な》き声《ごえ》には、さっきまでの勢《いきお》いはありませんでした。しっかりとロッティを見《み》つめるセーラの目《め》に、相手《あいて》の気持《きも》ちを理解《りかい》してあげようとする、やさしい表情《ひょうじょう》が浮《う》かんでいたからです。

「わたしもよ」

こんな言葉《ことば》をまるで予想《よそう》していなかったロッティは、今度《こんど》は寝転《ねころ》がったまま、もぞもぞ動《うご》きながらセーラを見《み》つめ始《はじ》めました。だだをこねるのをやめたくはありませんでしたが、泣《な》き続《つづ》けることにもう興味《きょうみ》はありませんでした。

「ママはどこなの？」

ロッティはメソメソしながら尋《たず》ねました。

「ママは天国《てんごく》に行《い》ったのよ。でも時々《ときどき》わたしに会《あ》いに来《き》てくれているはずよ。目《め》には見《み》えないけれどね。あなたのママもそうよ。たぶん、この部屋《へや》にいると思《おも》うわ」

ロッティは跳《と》び起《お》きて、セーラの周《まわ》りを見《み》ました。ロッティは髪《かみ》がカールしたかわいい女《おんな》の子《こ》でしたし、つぶらな瞳《ひとみ》は、しっとりと湿《しめ》った忘《わす》れな草《ぐさ》のようでした。

セーラは、自分《じぶん》の母親《ははおや》が天国《てんごく》にいると聞《き》かされていたため、そのことについてじっくりと考《かんが》えてみたことがありました。でも他《ほか》の人《ひと》たちと、かなり違《ちが》う考《かんが》え方《かた》をするようになっていました。

「そこはね、ユリのお花畑《はなばたけ》が広《ひろ》がっているの……そしてやさしい風《かぜ》がそよぐとユリの香《かお》りが辺《あた》り一《いち》面《めん》に漂《ただよ》うからみんながいつもお花《はな》の匂《にお》いをかいでいるの。小《ちい》さな子《こ》どもたちは、ユリのお花《はな》を腕《うで》いっぱいに摘《つ》んで、笑《わら》いながら小《ちい》さな花輪《はなわ》を作《つく》っているわ。

天国《てんごく》には輝《かがや》く道路《どうろ》もあるし、みんなふわりと空《そら》を飛《と》んで、好《す》きなところに行《い》けるのよ。周《まわ》りは、真珠《しんじゅ》と金《きん》でできた壁《かべ》にずっと囲《かこ》まれているわ。でも低《ひく》い壁《かべ》だから、そこに寄《よ》りかかって地上《ちじょう》を見下《みお》ろしながら、わたしたちに微笑《ほほえ》みかけたり、すてきなメッセージを送《おく》ってくれたりするの」

セーラがどんなお話《はなし》をしたとしても、ロッティは泣《な》くのをやめていたでしょう。でもこのお話《はなし》は特《とく》にすてきでした。それまでロッティは、自分《じぶん》のママには羽《はね》があって、冠《かんむり》を頭《あたま》にかぶっていると教《おし》えられてきました。また、きれいな白《しろ》いドレスを着《き》ている女性《じょせい》の絵《え》も見《み》せられてきました。なのにセーラの話《はなし》は、まるで違《ちが》っています。しかも今《いま》、生《い》きている人《ひと》たちが住《す》んでいるきれいな国《くに》を見《み》ながら、実際《じっさい》に起《お》きていることについて話《はなし》をしているようでした。

ロッティは夢中《むちゅう》で話《はなし》を聞《き》きましたが、お話《はなし》が終《お》わると、再《ふたた》びメソメソし始《はじ》めました。

「あたしもそこに行《い》ってみたいわ……あたしのママはここにはいないの」

ロッティがまた泣《な》き始《はじ》めるのではないかと不安《ふあん》になったセーラは、手《て》を取《と》り、安心《あんしん》させるように小《ちい》さな笑《え》みを浮《う》かべました。

「わたしがあなたのママになってあげる。そしてあなたがわたしの子《こ》どもになったふりをしましょうよ。エミリーがあなたのお姉《ねえ》さんになってくれるわ」

「なってくれるかしら？」

「ええ。エミリーにお願《ねが》いに行《い》きましょ。顔《かお》をきれいに洗《あら》って、髪《かみ》をとかしてあげる」

ロッティは大喜《おおよろこ》びし、セーラと上《うえ》の階《かい》に上《あ》がっていきました。

ロッティが1時間前《じかんまえ》に泣《な》き叫《さけ》び始《はじ》めたのは、お昼《ひる》ご飯《はん》のために手《て》を洗《あら》い、歯《は》を磨《みが》くのをいやがったのがきっかけでした。でも、そんなことなど、もう忘《わす》れてしまっていました。このときからセーラは、ロッティのお母《かあ》さんになったのです。

5　ベッキー

セーラが持《も》っていた一番《いちばん》の強《つよ》み、ぜいたくな持《も》ちものや、学校自慢《がっこうじまん》の生徒《せいと》だということ以上《いじょう》に他《ほか》の生徒《せいと》を惹《ひ》きつけたのは、やはり物語《ものがたり》を語《かた》って聞《き》かせる力《ちから》でした。これはラヴィニアや他《ほか》の少女《しょうじょ》たちが強《つよ》く嫉妬《しっと》しながらも、セーラに惹《ひ》かれてしまう理由《りゆう》にもなっていました。

セーラは物語《ものがたり》を作《つく》るのがうまいだけでなく、人《ひと》に物語《ものがたり》を聞《き》かせてあげるのが好《す》きでした。人《ひと》の輪《わ》の中心《ちゅうしん》で座《すわ》ったり立《た》ったりしながら、すてきなお話《はなし》を始《はじ》めるとき、緑色《みどりいろ》の瞳《ひとみ》は大《おお》きく見開《みひら》かれ、輝《かがや》き始《はじ》めました。

やがて頬《ほお》は赤《あか》く染《そ》まり、自分《じぶん》では気《き》づかぬうちに演技《えんぎ》も始《はじ》まります。声《こえ》を大《おお》きくしたり弱《よわ》くしたり、ほっそりとした体《からだ》を曲《ま》げたり反《そ》らせたりしながら、手《て》を大《おお》げさに動《うご》かして、自分《じぶん》が話《はな》す内容《ないよう》をすてきに感《かん》じさせたり、恐《おそ》ろしく感《かん》じさせたりするのです。

こういう話《はなし》をするとき、セーラは耳《みみ》を傾《かたむ》けている子《こ》どもたちに語《かた》りかけているのだということを忘《わす》れてしまっていました。セーラの目《め》には、自分《じぶん》が話《はな》しているおとぎ話《ばなし》の妖精《ようせい》や王《おう》さまや女王《じょおう》さま、美《うつく》しい貴婦人《きふじん》の姿《すがた》が目《め》に見《み》えていましたし、空想《くうそう》の世界《せかい》で一緒《いっしょ》に時間《じかん》を過《す》ごしていました。

「お話《はなし》をしているときには……」

セーラはよく言《い》いました。

「単《たん》なる作《つく》り話《ばなし》ではないように思《おも》えてくるの。わたし自身《じしん》やこの教室《きょうしつ》よりも、本当《ほんとう》のことのように思《おも》えてくるのよ。わたしは物語《ものがたり》に出《で》てくる登場人物《とうじょうじんぶつ》になっていくような気分《きぶん》にもなるわ……一人《ひとり》一人順番《ひとりじゅんばん》にね。おかしな気分《きぶん》だけどね」

それはセーラが、ミンチン女学院《じょがくいん》に入学《にゅうがく》してから2年《ねん》ほどが過《す》ぎた、霧《きり》が立《た》ち込《こ》めるある冬《ふゆ》の日《ひ》の午後《ごご》でした。

セーラは自分《じぶん》が持《も》っている服《ふく》の中《なか》でも、一番暖《いちばんあたた》かなベルベットの服《ふく》に、毛皮《けがわ》のコートを着込《きこ》んで馬車《ばしゃ》から降《お》りてきました。そして舗道《ほどう》を横切《よこぎ》っていると、女学院《じょがくいん》の半地下《はんちか》へと続《つづ》く階段《かいだん》のところに、みすぼらしい格好《かっこう》をした子《こ》どもがいるのに気《き》がつきました。その子《こ》は首《くび》を伸《の》ばして大《おお》きく目《め》を見開《みひら》きながら、手《て》すりの間《あいだ》からセーラを見《み》つめています。

セーラは、薄汚《うすよご》れた顔《かお》に好奇心《こうきしん》を浮《う》かべながらも、びくびくした様子《ようす》で自分《じぶん》を見《み》つめている少女《しょうじょ》に、にっこりと微笑《ほほえ》みました。でも薄汚《うすよご》れた顔《かお》で目《め》を大《おお》きく見開《みひら》いていた少女《しょうじょ》は、びっくり箱《ばこ》の人形《にんぎょう》のように、半地下《はんちか》の調理場《ちょうりば》に小走《こばし》りで戻《もど》っていきました。

まさにその日《ひ》の夕方《ゆうがた》、セーラが教室《きょうしつ》の隅《すみ》で生徒《せいと》に囲《かこ》まれて真《ま》ん中《なか》に座《すわ》りながら、自分《じぶん》が考《かんが》え出《だ》した話《はなし》を聞《き》かせていると、先《さき》ほどの女《おんな》の子《こ》がおずおずと教室《きょうしつ》に入《はい》ってきました。手《て》には子《こ》どもが持《も》つにはあまりにも重《おも》い、石炭《せきたん》の入《はい》った箱《はこ》を抱《かか》えています。そして暖炉《だんろ》の前《まえ》に置《お》いてあるじゅうたんのところに膝《ひざ》をつき、石炭《せきたん》を足《た》したり、灰《はい》を掃除《そうじ》したりし始《はじ》めました。

その女《おんな》の子《こ》は、外《そと》で見《み》かけたときよりはきれいな格好《かっこう》をしていましたが、セーラや生徒《せいと》たちのほうに顔《かお》を向《む》けるのを、明《あき》らかに怖《こわ》がっているようでした。よけいな音《おと》を立《た》てて話《はなし》の邪魔《じゃま》をしないように、指《ゆび》で慎重《しんちょう》に石炭《せきたん》のかけらをつまんでいましたし、暖炉《だんろ》の周《まわ》りに置《お》いてある鉄《てつ》の火《ひ》かき棒《ぼう》も、やさしく丁寧《ていねい》に拭《ふ》いていました。

でもセーラは、その女《おんな》の子《こ》が今《いま》、教室《きょうしつ》で起《お》きていることに興味津々《きょうみしんしん》で、話《はなし》をちょっとでも聞《き》きたいと思《おも》いながら、ゆっくりと掃除《そうじ》をしていることにすぐに気《き》がつきました。そこでもっと声《こえ》を大《おお》きくして、もっとはっきりと話《はなし》をするようにしました。

「人魚《にんぎょ》たちは、透《す》き通《とお》った緑《みどり》の海《うみ》を静《しず》かに泳《およ》ぎ回《まわ》りながら、真珠《しんじゅ》で編《あ》まれた網《あみ》を引《ひ》っ張《ぱ》り上《あ》げたの。女王《じょおう》さまは白《しろ》い岩《いわ》の上《うえ》に座《すわ》って、人魚《にんぎょ》たちを見《み》ていたわ」

それは人魚《にんぎょ》の王子《おうじ》に愛《あい》され、海《うみ》の中《なか》の輝《かがや》く洞窟《どうくつ》の中《なか》で暮《く》らすことになった王女《おうじょ》さまについての恋《こい》物語《ものがたり》でした。メイドの女《おんな》の子《こ》は、暖炉《だんろ》の中《なか》を3度《ど》も掃除《そうじ》しました。3度目《どめ》に掃除《そうじ》をしているときに

は、セーラの話《はなし》にあまりに惹《ひ》きつけられたため、ブラシを動《うご》かすのも忘《わす》れて、やがて立《た》ち尽《つ》くしてしまいました。

物語《ものがたり》はさらに続《つづ》き、今度《こんど》は海《うみ》の中《なか》にある曲《ま》がりくねった洞窟《どうくつ》の話《はなし》になりました。そこは透明《とうめい》で柔《やわ》らかな青《あお》い光《ひかり》で輝《かがや》いており、下《した》には金色《きんいろ》の砂《すな》が敷《し》き詰《つ》められています。珍《めずら》しい海中《かいちゅう》の花々《はなばな》と草《くさ》が周《まわ》りで揺《ゆ》れ動《うご》き、遠《とお》くからは歌声《うたごえ》と音楽《おんがく》がかすかに響《ひび》いてきました。

ふと、暖炉《だんろ》を掃除《そうじ》するブラシが仕事《しごと》で荒《あ》れた手《て》から落《お》ちました。ラヴィニアが振《ふ》り返《かえ》りました。

「あの子《こ》も聞《き》いていたんだわ」

少女《しょうじょ》はブラシを手《て》に取《と》り、石炭《せきたん》の入《はい》った箱《はこ》を抱《かか》えると、怯《おび》えたウサギのように一目散《いちもくさん》に教室《きょうしつ》から出《で》ていきました。

セーラは少《すこ》し、ムッとしました。

「話《はなし》を聞《き》いていたのはわかっていたわ。聞《き》いちゃいけない理由《りゆう》なんてないでしょ？」

ラヴィニアは、わざと上品《じょうひん》ぶった動作《どうさ》でさっと顔《かお》を上《あ》げてみせると、セーラに言《い》いました。

「まあね。あんたのママが、召使《めしつか》いの女《おんな》の子《こ》に話《はなし》をするのをどう思《おも》うかはわからないわ。でもあたしのママは、そんなことをすると嫌《いや》がるはずだわ」

「わたしのママは……」

セーラは不思議《ふしぎ》そうな表情《ひょうじょう》を浮《う》かべました。

「そんなことは気《き》にしないはずよ。物語《ものがたり》というのは、みんなで楽《たの》しむものだってことをわかっているもの」

「あら、あんたのママは死《し》んじゃったんじゃないの。なのにどうして、そんなことがわかるわけ？」

ラヴィニアは嫌味《いやみ》を言《い》ってきましたが、セーラは一歩《いっぽ》も譲《ゆず》りません。

「わたしのママが、わからないなんて本当《ほんとう》に思《おも》ってるの？」

「セーラのママは、なんでもわかってるんだよ！」

二人《ふたり》の会話《かいわ》を聞《き》いていたロッティが、突然《とつぜん》に金切《かなき》り声《ごえ》を出《だ》しました。

「それは、あたしのママだって同《おな》じよ。セーラはあたしのママだけど、天国《てんごく》にいるもう一人《ひとり》のママだって、なんでもわかっているの。天国《てんごく》にはユリのお花畑《はなばたけ》が広《ひろ》がっていて、みんなでそれを摘《つ》むの。寝《ね》るときに、セーラがそう話《はな》してくれたんだもん」

「あんたって悪《わる》い子《こ》ね」

ラヴィニアはセーラに向《む》かって言《い》いました。

「天国《てんごく》のことを、おとぎ話《ばなし》にしたりするなんて」

「聖書《せいしょ》の黙示録《もくしろく》には、もっとすてきなお話《はなし》がたくさん載《の》っているわ」

今度《こんど》はセーラがまた言《い》い返《かえ》す番《ばん》です。

「そんなの聖書《せいしょ》を見《み》ればわかるわ！　わたしの話《はなし》がおとぎ話《ばなし》だなんて、どうしてわかるの？　でもあなたにならこう言《い》えるわ」

セーラは、天使《てんし》のように穏《おだ》やかだとは、とても言《い》えない気分《きぶん》になっていました。

「周《まわ》りの人《ひと》にやさしくできないような人《ひと》は天国《てんごく》に行《い》けないし、本当《ほんとう》の話《はなし》かどうかなんて、絶対《ぜったい》に確《たし》かめられないわ。さあ一緒《いっしょ》に行《い》きましょう、ロッティ」

セーラはこう言《い》い残《のこ》して、部屋《へや》からつかつかと出《で》ていきました。

セーラはもしかしたら、どこかであの女《おんな》の子《こ》に会《あ》えるかもしれないと思《おも》っていましたが、玄関《げんかん》ホールに入《はい》ってみると、少女《しょうじょ》がいた気配《けはい》は跡形《あとかた》もなくなっていました。

「暖炉《だんろ》の火《ひ》をおこしてくれる、あの小《ちい》さな女《おんな》の子《こ》は誰《だれ》？」

セーラはその晩《ばん》、マリエットに尋《たず》ねました。するとマリエットは、次《つぎ》から次《つぎ》へとよどみなく説明《せつめい》を始《はじ》めました。

「身寄《みよ》りのないかわいそうな子《こ》で、皿洗《さらあら》いのメイドとして雇《やと》われたんです。でも皿洗《さらあら》いといっても、ありとあらゆることをやらされています。ブーツや暖炉《だんろ》の鉄格子《てつごうし》をピカピカに磨《みが》いたり、石炭《せきたん》の入《はい》った重《おも》いバケツを上《うえ》の階《かい》や下《した》の階《かい》に運《はこ》んだり、床《ゆか》の汚《よご》れをこすったり窓《まど》を拭《ふ》いたりもします。みんなから仕事《しごと》を言《い》いつけられるんです。14歳《さい》ですが、体《からだ》の発育《はついく》が遅《おく》れているので、12歳《さい》くらいにしか見《み》えません。名前《なまえ》はベッキーと言《い》います」

セーラは椅子《いす》に座《すわ》って暖炉《だんろ》の炎《ほのお》を眺《なが》めながら、マリエットがそばを離《はな》れた後《あと》もしばらくベッキーのことを考《かんが》えていました。そしてベッキーが、かわいそうなヒロイン役《やく》になる物語《ものがたり》を考《かんが》え出《だ》しました。いつもお腹《なか》をすかせたような表情《ひょうじょう》をしているからです。

セーラはベッキーにもう一度《いちど》会《あ》いたいと思《おも》っていましたし、ベッキーがものを上《うえ》の階《かい》や下《した》の階《かい》に運《はこ》ぶ場面《ばめん》も何度《なんど》か見《み》かけました。でもいつもすごく急《いそ》いでいるようでしたし、人《ひと》の目《め》に触《ふ》れるのをとても怖《こわ》がっているように見《み》えたので、話《はな》しかけることはできませんでした。

しかし数週間後《すうしゅうかんご》、ついにそのときがやってきました。

霧《きり》の立《た》ち込《こ》めた午後《ごご》、セーラは自分《じぶん》の居間《いま》に戻《もど》ってきました。すると、赤々《あかあか》と炎《ほのお》が燃《も》える暖炉《だんろ》の前《まえ》に置《お》かれたお気《き》に入《い》りの椅子《いす》に、ベッキーが座《すわ》っていたのです。鼻《はな》やエプロンのあちこちは石炭《せきたん》で汚《よご》れ、みすぼらしいメイド帽《ぼう》は、頭《あたま》から半分《はんぶん》ずり落《お》ちそうになっています。

床《ゆか》の上《うえ》に置《お》いてある石炭《せきたん》の箱《はこ》は、空《から》になっていました。ベッキーは、いつもきつい仕事《しごと》をこなしているので、疲《つか》れ果《は》てて眠《ねむ》り込《こ》んでしまったのです。

もともとベッキーは、夕方《ゆうがた》までに生徒《せいと》の寝室《しんしつ》を片付《かたづ》ける仕事《しごと》を受《う》け持《も》っていましたが、セーラの部屋《へや》は最後《さいご》に回《まわ》していました。殺風景《さっぷうけい》で何《なに》もない他《ほか》の部屋《へや》とは違《ちが》っていたからです。

セーラの居間《いま》は、皿洗《さらあら》いのメイドにとっては、上流階級《じょうりゅうかいきゅう》の豪華《ごうか》なお部屋《へや》のように見《み》えました。ベッキーはセーラの部屋《へや》に入《はい》るだけで気《き》が休《やす》まりましたし、ほんの束《つか》の間《ま》、柔《やわ》らかな椅子《いす》に腰掛《こしか》けてエミリーを眺《なが》めてみたり、こんなすてきな品々《しなじな》に囲《かこ》まれている子《こ》どもの幸《しあわ》せな人生《じんせい》について考《かんが》えてみたりしました。

この日《ひ》の午後《ごご》、セーラの部屋《へや》に入《はい》って椅子《いす》に座《すわ》ったときには、ズキズキ痛《いた》む短《みじか》い足《あし》が急《きゅう》に楽《らく》になりました。暖炉《だんろ》の暖《あたた》かさと心地《ここち》よさが、まるで魔法《まほう》のように体全体《からだぜんたい》を包《つつ》み、汚《よご》れて疲《つか》れ果《は》てた顔《かお》に、ゆっくりと笑《え》みが広《ひろ》がっていきます。そして頭《あたま》ががくんと下《さ》がり、あっという間《ま》に眠《ねむ》りに落《お》ちてしまいました。部屋《へや》にいたのは、10分《ぷん》ほどでしたが、ベッキーはとても深《ふか》い眠《ねむ》りに落《お》ちていました。まるで100年間《ねんかん》も眠《ねむ》っていた、眠《ねむ》れる森《もり》の美女《びじょ》のように。

しかしベッキーは、眠《ねむ》れる森《もり》の美女《びじょ》のようには見《み》えませんでした。皿洗《さらあら》いの下働《したばたら》きそのもので、セーラとは似《に》ても似《に》つきません。

一方《いっぽう》のセーラは、この日《ひ》の午後《ごご》、ダンスのレッスンから戻《もど》ってきたばかりでした。生徒《せいと》たちは自分《じ》が持《も》っている一番《いちばん》かわいい衣装《いしょう》を身《み》につけていましたが、セーラは、ふわりとしたバラ色《いろ》のドレスを身《み》につけ、本物《ほんもの》のバラのつぼみでできた花輪《はなわ》まで髪《かみ》に飾《かざ》っていたのです。そしてバラ色《いろ》の大《おお》きな蝶《ちょう》のように、部屋《へや》の中《なか》を軽《かろ》やかに飛《と》び回《まわ》りました。

ダンスのレッスンを終《お》えると、セーラは蝶々《ちょうちょう》のステップを踏《ふ》みながら自分《じぶん》の部屋《へや》に入《はい》ってきました。そこにいたのが、疲《つか》れ果《は》てて、うたた寝《ね》をしているベッキーだったのです。

「あら！」

ベッキーを見《み》たセーラは、小《ちい》さく驚《おどろ》きの声《こえ》を上《あ》げました。

「なんてかわいそうに！　ひどく疲《つか》れているんだわ！」

自分《じぶん》のお気《き》に入《い》りの椅子《いす》の上《うえ》に、小柄《こがら》で、薄汚《うすよご》れた格好《かっこう》をした女《おんな》の子《こ》が座《すわ》っているのを見《み》ても、嫌《いや》な気持《きも》ちはしませんでした。

セーラはベッキーに静《しず》かに近寄《ちかよ》り、立《た》ったまま相手《あいて》を見《み》つめていました。ベッキーは小《ちい》さくいびきをかいています。

「自分《じぶん》で目《め》を覚《さ》ましてくれたらいいのに。起《お》こすのはかわいそうだから。でもミンチン先生《せんせい》が見《み》たらきっと怒《おこ》るわ。もう2、3分《ぷん》だけ待《ま》つとしましょう」

セーラはテーブルの端《はし》に腰掛《こしか》けて、ほっそりとした、バラ色《いろ》の足《あし》をブラブラさせながら、どうするのが一番《いちばん》いいのかを考《かんが》えていました。

このときには、燃《も》えさかる石炭《せきたん》が、途方《とほう》に暮《く》れたセーラを救《すく》ってくれました。石炭《せきたん》のかけらが大《おお》きな固《かた》まりから割《わ》れて、暖炉《だんろ》の前《まえ》にある鉄《てつ》の柵《さく》に、音《おと》を立《た》ててぶつかったのです。

ベッキーはびくりと体《からだ》を動《うご》かし、ハッとして目《め》を見開《みひら》きました。

なんということでしょう。自分《じぶん》は一瞬《いっしゅん》椅子《いす》に座《すわ》り、気持《きも》ちのいい火照《ほて》りを肌《はだ》に感《かん》じていただけのつもりです。ところが立場《たちば》も忘《わす》れて、憧《あこが》れの生徒《せいと》の椅子《いす》の上《うえ》で図々《ずうずう》しく眠《ねむ》ってしまっていました。しかも目《め》を覚《さ》ますと、相手《あいて》はバラ色《いろ》の妖精《ようせい》のような格好《かっこう》で、興味深《きょうみぶか》そうに自分《じぶん》を見《み》つめているのです。

ベッキーは跳《と》び起《お》きて、メイド帽《ぼう》を掴《つか》むと、すすり泣《な》くような声《こえ》を出《だ》しました。

「お嬢《じょう》さま！　ああ……お嬢《じょう》さま！　本当《ほんとう》にすみません、お嬢《じょう》さま。心《こころ》よりおわびします、お嬢《じょう》さま！　こんなことをするつもりじゃなかったんです、お嬢《じょう》さま。火《ひ》が暖《あたた》かくって……すごく疲《つか》れていたんで……失礼《しつれい》をするつもりじゃなかったんです」

セーラはテーブルから飛《と》び降《お》りると、ベッキーのすぐそばに来《き》ました。

「怖《こわ》がらないで。ちっとも悪《わる》くないわ」

セーラは親《した》しげな表情《ひょうじょう》で小《ちい》さく笑《わら》いました。そして自分《じぶん》の手《て》をベッキーの肩《かた》にのせました。

「あなたは疲《つか》れているのよ。それにまだ目《め》が覚《さ》めていないわ」

ベッキーは、どんなに驚《おどろ》いてセーラを見《み》つめたことでしょう！　こんなにやさしく、親《した》しみを込《こ》めて話《はな》しかけてもらったことはありません。むしろ、あれこれ命令《めいれい》されたり、叱《しか》られたり、横《よこ》っ面《つら》を叩《たた》かれるのに慣《な》れてきました。

ところがこの少女《しょうじょ》は——ダンスのレッスンのために用意《ようい》した、バラ色《いろ》のきれいな衣装《いしょう》を着《き》たセーラは、自分《じぶん》はまったく悪《わる》くないし、うたた寝《ね》をする権利《けんり》だってあるというような態度《たいど》で接《せっ》してくれます。しかも柔《やわ》らかく、ほっそりとした手《て》まで肩《かた》にのせてくれました。

「お……怒《おこ》ってないんですか、お嬢《じょう》さま？」

ベッキーはどぎまぎしながら尋《たず》ねました。

「マダムたちに、言《い》いつけたりしないんですか？」

石炭《せきたん》で汚《よご》れた顔《かお》に、痛々《いたいた》しいほど恐怖心《きょうふしん》が浮《う》かんでいるのを見《み》たセーラは、とても気《き》の毒《どく》な気持《きも》ちになりました。セーラはベッキーの頬《ほお》に手《て》を触《ふ》れました。

「どうして？　もちろんそんなことはしないわよ」

セーラはやさしく声《こえ》をかけました。

「わたしたちはほとんど同《おな》じじゃない——わたしはあなたと同《おな》じような女《おんな》の子《こ》にすぎないわ。わたしがあなたじゃなくて、あなたがわたしじゃないのは、たんなる偶然《ぐうぜん》なのよ！」

ベッキーはセーラの言《い》っていることの意味《いみ》がわかりませんでした。「偶然《ぐうぜん》」という言葉《ことば》を聞《き》いたベッキーは、誰《だれ》かが馬車《ばしゃ》に轢《ひ》かれるような痛《いた》ましい事故《じこ》しか思《おも》い出《だ》せなかったのです。

「ぐ、偶然《ぐうぜん》ですか、お嬢《じょう》さま」

ベッキーはドキドキしながら尋《たず》ねました。

セーラは何《なに》かを考《かんが》えているような、うっとりした表情《ひょうじょう》で話《はなし》をしていましたが、自分《じぶん》が言《い》ったことの意味《いみ》を、相手《あいて》が理解《りかい》していないことに気《き》がつきました。

「あなたの仕事《しごと》は終《お》わった？　ここにもうちょっといられる？」

ベッキーはもう一度《いちど》息《いき》をのみました。

「ここにですか、お嬢《じょう》さま？　あたしが？」

セーラはドアのところに走《はし》っていくと、扉《とびら》を開《あ》けて外《そと》を見回《みまわ》し、耳《みみ》を澄《す》ませました。

「近《ちか》くには誰《だれ》もいないわ。もし他《ほか》の寝室《しんしつ》を掃除《そうじ》する仕事《しごと》が終《お》わっているなら、ちょっとだけここにいられるでしょ。それと……ケーキも好《す》きでしょ？」

それから10分間《ぷんかん》、ベッキーは天《てん》にも昇《のぼ》る気分《きぶん》で過《す》ごしました。

セーラが食器棚《しょっきだな》を開《あ》けて分厚《ぶあつ》く切《き》られたケーキを差《さ》し出《だ》すと、お腹《なか》をすかせたベッキーは、ケーキをおいしそうに食《た》べ始《はじ》めました。その様子《ようす》を見《み》て、セーラもうれしくなりました。

セーラはベッキーの恐怖心《きょうふしん》がほぐれるまで話《はなし》をしたり、質問《しつもん》をしたり、笑《わら》ってみせたりしました。

ベッキーも、勇気《ゆうき》を振《ふ》り絞《しぼ》って質問《しつもん》をしたりしました。

「それは……」

ベッキーはバラ色《いろ》のワンピースをうらやましそうに見《み》ながら、ささやくような声《こえ》で質問《しつもん》しました。

「それは、一番上等《いちばんじょうとう》な服《ふく》ですか？」

「これはダンスのときに着《き》るドレスの一《ひと》つね」

セーラが答《こた》えました。

ベッキーは、しばらくほとんど何《なに》も言《い》えませんでした。すっかり感心《かんしん》してしまったのです。でもおそるおそる、セーラから受《う》けた印象《いんしょう》について話《はな》してみることにしました。

「あたしは一度《いちど》、プリンセスを見《み》たことがあるんです。コヴェン・ガーデンというところで、有名《ゆうめい》な人《ひと》たちがオペラハウスに入《はい》っていくのを眺《なが》めてたんです。

そしたらみんなが、ある人《ひと》のことを眺《なが》めて、〝プリンセスだ！〟って言《い》ってました。若《わか》いレディーだったけど、上《うえ》から下《した》までピンクの服《ふく》を着《き》ていました。ガウンとマントをはおってたけど、花《はな》の模様《もよう》が全部《ぜんぶ》についてて。

お嬢《じょう》さまを見《み》たとき、あたしはあの人《ひと》のことを思《おも》い出《だ》したんです。プリンセスみたいだなって」

「わたしは時々《ときどき》、こんなふうに思《おも》うの」

セーラは物思《ものおも》いにふけりながら説明《せつめい》します。

「プリンセスになってみたいって。そしたらどんな気分《きぶん》なんだろうって思《おも》うの」

ベッキーは尊敬《そんけい》の目《め》でセーラを見《み》ていました。前《まえ》のときと同《おな》じように、相手《あいて》が言《い》っていることはまったくわかりませんでしたが、ただただ、憧《あこが》れるように見《み》ていたのです。

セーラは物思《ものおも》いにふけるのをやめ、ベッキーのほうを向《む》いて新《あたら》しい質問《しつもん》をしました。

「ねえ、あなたはあの話《はなし》を聞《き》いていたんでしょう？」

「ええ、お嬢《じょう》さま」

ベッキーは少《すこ》しビクビクしながら告白《こくはく》しました。

「そんなことをしちゃいけないってわかってたんですけど、あんまりすてきな話《はなし》だったたんで……つい聞《き》き入《い》ってしまったたんです」

「うれしかったわ。物語《ものがたり》を話《はな》すときは、本当《ほんとう》に聞《き》きたいと思《おも》ってくれている人《ひと》に聞《き》いてもらうのが一番《いちばん》うれしいの。残《のこ》りの話《はなし》を聞《き》きたい？」

ベッキーはもう一度《いちど》、息《いき》をのみ込《こ》みました。

「あのお話《はなし》を聞《き》かせてもらえるんですか？　まるであたしが生徒《せいと》さんの一人《ひとり》のようにですか、お嬢《じょう》さま！」

セーラはうなずきました。

「今《いま》は話《はな》す時間《じかん》がないと思《おも》うの。残念《ざんねん》だけどね。でも、この部屋《へや》に掃除《そうじ》に来《く》る時間《じかん》を教《おし》えてもらえたら、わたしもここにいるようにして、毎日《まいにち》、少《すこ》しずつお話《はな》ししてあげるわ」

「そうなったら……」

ベッキーは大《おお》きく息《いき》を吸《す》いました。

「石炭《せきたん》の箱《はこ》がどんなに重《おも》くて、コックにどんな意地悪《いじわる》をされても気《き》にならないです……」

やがてベッキーは下《した》の階《かい》に下《お》りていきました。

その時《とき》のベッキーは、もうかわいそうなだけのメイドではなくなっていました。お腹《なか》はいっぱいで体《からだ》もポッカポカ。ポケットにはもう一切《ひとき》れ、ケーキが入《はい》っています。でも、ベッキーを何《なに》よりも元気《げんき》にしたのは、ほかならぬセーラのやさしさだったのです。

6　ダイヤモンド鉱山《こうざん》（その1）

セーラとベッキーが出会《であ》ってからまもなく、わくわくするようなことが起《お》きました。クルー大尉《たいい》が寄越《よこ》した手紙《てがみ》の一《ひと》つに、とても興味深《きょうみぶか》い話《はなし》が書《か》いてあったのです。

少年時代《しょうねんじだい》、学校《がっこう》で一緒《いっしょ》だった友《とも》だちが突然《とつぜん》、インドにいるクルー大尉《たいい》に会《あ》いに来《き》たというのです。その人《ひと》は広《ひろ》い土地《とち》の持《も》ち主《ぬし》でしたが、自分《じぶん》の土地《とち》でダイヤモンドが発見《はっけん》されたため、鉱山《こうざん》の開発《かいはつ》に関《かか》わるようになりました。うまくいけば、めまいがするような、とてつもないお金持《かねも》ちになれます。そこで学生時代《がくせいじだい》の親友《しんゆう》だったセーラのお父《とう》さんに、自分《じぶん》の計画《けいかく》のパートナーにならないかと誘《さそ》ってくれたのでした。

たとえどんなに規模《きぼ》が大《おお》きくても、これが他《ほか》の事業《じぎょう》の話《はなし》だったなら、生徒《せいと》たちはほとんど気《き》に留《と》めなかったでしょう。でも「ダイヤモンド鉱山《こうざん》」という言葉《ことば》は、「アラビアンナイト」という単語《たんご》と同《おな》じように魅力的《みりょくてき》に響《ひび》いたために、誰《だれ》も無関心《むかんしん》ではいられなくなりました。

でもラヴィニアは、その話《はなし》をとても苦々《にがにが》しく思《おも》っていました。

「あたしのママはダイヤの指輪《ゆびわ》を持《も》っているけど、40ポンドもするのに、たいして大《おお》きくないの。ダイヤモンドがたくさん採《と》れる鉱山《こうざん》なんていうのが本当《ほんとう》にあったら、大金持《おおがねも》ちになりすぎて、頭《あたま》がおかしくなっちゃうに決《き》まってるわ」

「たぶんセーラもすごくお金持《かねも》ちになるから、頭《あたま》がおかしくなるよ」

ジェシーがクスクス笑《わら》いました。

「セーラは大金持《おおがねも》ちになんかならなくとも、おかしなことをしてるわ」

ラヴィニアが鼻《はな》で笑《わら》いました。

「あの子《こ》のことが嫌《きら》いなんでしょ？」

「いいえ、そんなことないわ。でもあたしは、ダイヤモンドの鉱山《こうざん》なんて信《しん》じないの」

ジェシーは話題《わだい》を変《か》えることにしました。

「それはそうとさ、アーメンガードの話《はなし》、どう思《おも》う？」

「知《し》らない。またセーラの話《はなし》だったらどうでもいいわ」

「セーラは最近《さいきん》、プリンセスのふりをしているんですって……学校《がっこう》でもね。そうすると、授業《じゅぎょう》の内《ない》容《よう》がもっとよくわかるようになるらしいのよ。あの子《こ》は、アーメンガードにも、プリンセスになったふりをさせたがってる。でもアーメンガードは、太《ふと》りすぎているからね」

「そうよ。アーメンガードは太《ふと》りすぎ。セーラは痩《や》せすぎだし」

ジェシーは、またクスクス笑《わら》いました。

「セーラは、自分《じぶん》の外見《がいけん》とか持《も》っているものなんて関係《かんけい》ないと言《い》っているの。自分《じぶん》がどう思《おも》うか、そしてどう行動《こうどう》するかだけが大事《だいじ》なんだって」

「じゃあ自分《じぶん》が乞食《こじき》だったとしても、プリンセスになれると思《おも》うわけね。これからはセーラを〝プリンセス殿下《でんか》〟とお呼《よ》びしましょ」

その日《ひ》の授業《じゅぎょう》は終《お》わり、生徒《せいと》たちは教室《きょうしつ》にある暖炉《だんろ》の前《まえ》に座《すわ》っていました。一日《いちにち》の中《なか》で一番《いちばん》好《す》きな楽《たの》しい時間《じかん》です。ラヴィニアがセーラの話《はなし》をしていると、教室《きょうしつ》のドアが開《あ》き、まさにセーラがロッティと一緒《いっしょ》に入《はい》ってきました。ロッティはまるで子犬《こいぬ》のように、セーラの行《い》くところにはどこへでも小走《こばし》りでついていくのです。

「ほら、お出《で》ましよ。あのどうしようもない子《こ》どもと一緒《いっしょ》にね！」

ラヴィニアが、ヒソヒソ声《ごえ》で言《い》いました。

「ロッティのことがそんなにかわいいなら、どうしてセーラは自分《じぶん》の部屋《へや》で一緒《いっしょ》に遊《あそ》ばないのかしら。ロッティはどうせすぐに、泣《な》きわめき始《はじ》めるわ」

ロッティは教室《きょうしつ》の隅《すみ》で遊《あそ》んでいる、年下《としした》の子《こ》どもたちに混《ま》ざりました。

セーラは、窓際《まどぎわ》の席《せき》に膝《ひざ》を抱《かか》えて座《すわ》り、本《ほん》を読《よ》み始《はじ》めました。

その本《ほん》はフランス革命《かくめい》に関《かん》するもので、セーラの目《め》はバスティーユという牢獄《ろうごく》を描《えが》いた、恐《おそ》ろしい絵《え》に釘付《くぎづ》けになりました。囚人《しゅうじん》たちは、地下《ちか》の牢屋《ろうや》にあまりに長《なが》い間《あいだ》閉《と》じ込《こ》められていたために、髪《かみ》やあごひげも伸《の》びほうだいで、ひどい格好《かっこう》になっていました。また、牢屋《ろうや》の外《そと》に別《べつ》の世界《せかい》があることも忘《わす》れてしまっていたので、救《すく》い出《だ》されたときには、まるで夢《ゆめ》を見《み》ているような気分《きぶん》になったのです。

セーラは本《ほん》に夢中《むちゅう》になっていたので、ロッティが泣《な》きわめいて現実《げんじつ》の世界《せかい》に引《ひ》き戻《もど》されたときにはイライラしました。読書《どくしょ》が好《す》きな人《ひと》なら、セーラの気持《きも》ちがおわかりになるでしょう。そういうときにも落《お》ち着《つ》きを保《たも》って、怒鳴《どな》ったりしないようにするのはとても大変《たいへん》なのです。

ロッティは、教室《きょうしつ》の床《ゆか》を滑《すべ》って遊《あそ》んでいるときに転《ころ》んでしまい、膝《ひざ》を擦《す》りむいていました。

「すぐにやめなさい、この泣《な》き虫《むし》。いますぐによ！」

ラヴィニアが命令《めいれい》しました。ロッティはベソをかきながら、丸々《まるまる》とした自分《じぶん》の膝《ひざ》を見《み》ました。そこから一滴《いってき》の血《ち》が出《で》ているのを見《み》ると、再《ふたた》び大声《おおごえ》で泣《な》き始《はじ》めました。

セーラは教室《きょうしつ》をさっと横切《よこぎ》り、ロッティの前《まえ》にひざまずくと、抱《だ》きしめてあげました。

「ねえロッティ、ロッティったら！　あなたはわたしにもう泣《な》かないって約束《やくそく》したじゃない」

「だってラヴィニアが、泣《な》き虫《むし》だって言《い》ったんだもん」

「でも泣《な》いていたら、その通《とお》りだっていうことになっちゃうわ」

ロッティは、セーラとの約束《やくそく》を思《おも》い出《だ》しましたが、結局《けっきょく》、泣《な》きやみませんでした。

「あたしにはママがいないの……ママがいないのよ」

「いいえ、ここにいるわ。忘《わす》れてしまったの？　セーラがあなたのママじゃない？　さあこっちへ来《き》て、窓《まど》のそばの席《せき》に一緒《いっしょ》に座《すわ》りましょう。静《しず》かな声《こえ》でお話《はなし》をしてあげる」

ロッティは甘《あま》えて鼻《はな》を鳴《な》らしながら、セーラにぴったりと寄《よ》り添《そ》います。

「ほんと？　じゃあ、あのダイヤモンドがたくさんあるところの、お話《はなし》をしてくれる？」

「ダイヤモンド鉱山《こうざん》ですって？」

二人《ふたり》の会話《かいわ》を聞《き》いていたラヴィニアが、声《こえ》を張《は》り上《あ》げました。

「本当《ほんとう》に嫌味《いやみ》な子《こ》どもね。ひっぱたいてやりたい」

セーラは立《た》ち上《あ》がりました。セーラはやさしい子《こ》でしたが、本物《ほんもの》の天使《てんし》ではありません。ラヴィニアのことも好《す》きではありませんでした。

「わたしもあなたをひっぱたいてやりたい……でも、そんなことはしたくないの。わたしたちは、きちんと教育《きょういく》を受《う》けているし、行儀《ぎょうぎ》だって教《おし》えられているわ。それにもう子《こ》どもじゃないはずよ」

ラヴィニアが、すかさず嫌味《いやみ》を言《い》います。

「ああ、さようでございますか、殿下《でんか》。今《いま》ではこの学校《がっこう》も、とても有名《ゆうめい》になりましたものね。ミンチン先生《せんせい》はプリンセスを生徒《せいと》にお迎《むか》えになったんですから」

セーラはラヴィニアに近寄《ちかよ》りました。今度《こんど》は本当《ほんとう》に頬《ほお》を叩《たた》いてやろうとしているようでした。

いろんな「ふり」をするというのは、セーラが自分《じぶん》なりに考《かんが》えた人生《じんせい》の楽《たの》しみ方《かた》です。プリンセスになった「ふりをする」というのは、特《とく》に大切《たいせつ》なことでしたし、仲《なか》のいい友《とも》だち以外《いがい》の人《ひと》には、秘密《ひみつ》にしておくつもりでした。

なのにラヴィニアは、ほとんど全員《ぜんいん》の生徒《せいと》がいる前《まえ》で、笑《わら》いものにしたのです。

セーラは頭《あたま》に血《ち》が上《のぼ》り、耳《みみ》がガンガン鳴《な》るのを感《かん》じました。しかし、それでもかろうじて我慢《がまん》しました。プリンセスたるもの、怒《いか》りに身《み》を任《まか》せてはいけません。セーラは振《ふ》り上《あ》げた手《て》を下《お》ろしてじっと立《た》っていました。そして顔《かお》を上《あ》げたときには、落《お》ち着《つ》いた表情《ひょうじょう》に戻《もど》っていました。教室《きょうしつ》にいる生徒《せいと》は、誰《だれ》もが耳《みみ》を澄《す》ませています。

「それは本当《ほんとう》よ。わたしは時々《ときどき》、自分《じぶん》がプリンセスになったようなふりをするわ。そうすることで、プリンセスのように行動《こうどう》してみようと思《おも》えるからなの」

ラヴィニアは、何《なに》を言《い》っていいかわからなくなりました。セーラを相手《あいて》にしていると、気《き》のきいた反論《はんろん》ができなくなってしまうのです。今回《こんかい》もラヴィニアは、かろうじて一《ひと》つの台詞《せりふ》を思《おも》いつくことができただけでした。しかもそれは、やや的外《まとはず》れなものでした。

「さようでございますか。あなたさまが王座《おうざ》に就《つ》かれたときには、わたしたちのことを忘《わす》れないでいただきたいですわ！」

ラヴィニアはジェシーの腕《うで》を取《と》ると、そっぽを向《む》いて出《で》ていきました。


この事件《じけん》が起《お》きた後《あと》、セーラを妬《ねた》んでいる少女《しょうじょ》たちは、悪口《わるくち》を言《い》うときに「プリンセス・セーラ」という言葉《ことば》を使《つか》うようになりました。一方《いっぽう》、セーラを好《す》きな少女《しょうじょ》たちも、愛情《あいじょう》を示《しめ》す言葉《ことば》として、やはり「プリンセス・セーラ」と呼《よ》ぶようになりました。

噂《うわさ》を聞《き》きつけたミンチン先生《せんせい》も、学校《がっこう》を訪《おとず》れた親御《おやご》さんに、何度《なんど》か「プリンセス」という言葉《ことば》を使《つか》いました。自分《じぶん》の経営《けいえい》する学校《がっこう》が、王族《おうぞく》が通《かよ》う寄宿学校《きしゅくがっこう》のような雰囲気《ふんいき》を出《だ》せるのではないかと考《かんが》えたのです。

一方《いっぽう》、メイドのベッキーにとって、プリンセスという呼《よ》び名《な》は、セーラにもっとも相応《ふさわ》しいもののように思《おも》えました。セーラとの友情《ゆうじょう》はより深《ふか》く、しっかりとしたものになっていました。

ミンチン先生《せんせい》とミス・アメリアは、セーラが皿洗《さらあら》いのメイドに親切《しんせつ》にしていることに気《き》づいていました。しかし、山《やま》のような仕事《しごと》を雷《かみなり》のような速《はや》さで終《お》えたベッキーが、まさかセーラの居間《いま》でこっそり楽《たの》しい時間《じかん》を過《す》ごしていることなど、まったく知《し》らなかったのです。

ベッキーには、食《た》べ物《もの》が用意《ようい》されていることもありました。その場《ば》で食《た》べることもありましたが、夜《よる》、ベッドのある屋根裏《やねうら》に行《い》ったときに食《た》べられるように、ポケットにしまい込《こ》むこともありました。

「でも、注意《ちゅうい》して食《た》べなきゃならないんですよ、お嬢《じょう》さま。どうしてかというと、かけらを残《のこ》したら、ネズミが出《で》てきてかじってしまうからなんです」

「ネズミですって！」

セーラは怖《こわ》くなって叫《さけ》びました。

「あそこにはネズミがいるの？」

「うんといますよ、お嬢《じょう》さま」

ベッキーはごく当《あ》たり前《まえ》のことのような顔《かお》をしました。

「屋根裏《やねうら》には、たいていドブネズミだとかハツカネズミがいますもん。ネズミが走《はし》る回《まわ》り音《おと》にも慣《な》れなきゃなんないんです。枕《まくら》の上《うえ》を走《はし》り回《まわ》ったりしなきゃ気《き》にしませんけど」

「うわぁ、ひどいわね」

「ちょっと時間《じかん》が経《た》ったら、なんでも慣《な》れますよ、お嬢《じょう》さま。皿洗《さらあら》いのメイドに生《う》まれたりしたら、そうならなきゃだめなんです。それにゴキブリよりネズミのほうがマシですよ」

「そうね。ネズミとはお友《とも》だちになれるかもしれないけど、ゴキブリと友《とも》だちになりたいとは思《おも》わないもの」

ベッキーは、明《あか》るくて暖《あたた》かいセーラの部屋《へや》に、数分間《すうふんかん》しかいられないこともありました。こういう場合《ばあい》には二言《ふたこと》、三言《みこと》しか交《か》わすことしかできないので、小《ちい》さな贈《おく》り物《もの》は、ベッキーのポケットにしまい込《こ》まれました。

お腹《なか》が膨《ふく》れて、しかもかさばらない食《た》べ物《もの》を探《さが》すのは、セーラにとって新《あたら》しい楽《たの》しみになりました。馬車《ばしゃ》で出《で》かけたり、徒歩《とほ》で外出《がいしゅつ》したりしたときには、お店《みせ》のショーウインドーを一生懸命《いっしょうけんめい》に覗《のぞ》き込《こ》みました。小《ちい》さなミートパイを2、3個《こ》買《か》って帰《かえ》るというアイデアを初《はじ》めて思《おも》いついたときは、大発見《だいはっけん》をしたような気分《きぶん》にもなりました。

セーラは、一番好《いちばんす》きなことを自然《しぜん》にしているだけでしたので、ベッキーにとって、自分《じぶん》がどれほど大《おお》きな心《こころ》の支《ささ》えになっているのか、気《き》づいていませんでした。

生《う》まれつき、人《ひと》に何《なに》かを分《わ》け与《あた》えることができる人《ひと》は、常《つね》に手《て》のひらが開《ひら》かれています。それは心《こころ》も同《おな》じです。自分《じぶん》が手《て》に何《なに》も持《も》っていないときがあっても、心《こころ》は常《つね》に満《み》たされているので、温《あたた》かい気持《きも》ちや親切《しんせつ》な気持《きも》ち、やさしい気持《きも》ちを分《わ》け与《あた》えてあげることができるのです。

11歳《さい》の誕生日《たんじょうび》を迎《むか》える数週間前《すうしゅうかんまえ》、セーラはお父《とう》さんから一通《いっつう》の手紙《てがみ》を受《う》け取《と》りました。

しかし、その手紙《てがみ》はいつもと違《ちが》い、陽気《ようき》な気分《きぶん》で書《か》かれたものではありませんでした。体調《たいちょう》がすぐれず、ダイヤモンド鉱山《こうざん》の事業《じぎょう》が、ひどく重圧《じゅうあつ》になってしまっているようです。

「ねえ、かわいいセーラ」

手紙《てがみ》にはこうありました。

「パパはビジネスのことなどまったくわかっていないから、数字《すうじ》の計算《けいさん》や書類《しょるい》に悩《なや》まされている。内容《ないよう》がよくわかっていないし、やらなければならないことが、途方《とほう》もなくある。もしパパが熱《ねっ》っぽくなかったら、眠《ねむ》れずに何度《なんど》も寝返《ねがえ》りを打《う》ったり、悪《わる》い夢《ゆめ》を見《み》たりすることもなかったと思《おも》う。『小《ちい》さな奥《おく》さん』がここにいたら、大《おお》まじめな顔《かお》で、いいアドバイスをしてくれたと思《おも》う。そうだろう、違《ちが》うかい、僕《ぼく》の『小《ちい》さな奥《おく》さん』?」

セーラのことを「小《ちい》さな奥《おく》さん」と呼《よ》ぶのは、冗談好《じょうだんず》きなクルー大尉《たいい》が口《くち》にするジョークの一《ひと》つでした。セーラは古風《こふう》な雰囲気《ふんいき》を漂《ただよ》わせていたので、こんなふうに呼《よ》ばれていたのです。

クルー大尉《たいい》はセーラの誕生日《たんじょうび》に向《む》けて、すてきなプレゼントを用意《ようい》していました。新《あたら》しい人形《にんぎょう》をパリで注文《ちゅうもん》していましたし、その洋服《ようふく》も目《め》を見張《みは》るようなものになるはずでした。

誕生日《たんじょうび》の贈《おく》り物《もの》は人形《にんぎょう》でいいかい？　と聞《き》いてきたお父《とう》さんの手紙《てがみ》に、セーラはとても風変《ふうが》わりな返事《へんじ》を書《か》きました。

「わたしはすごく歳《とし》を取《と》ってきているの。だから、もうお人形《にんぎょう》がもらえるほど長生《ながい》きできないと思《おも》うわ。これはわたしにとって最後《さいご》のお人形《にんぎょう》になるの。そう考《かんが》えると、なんだか、おごそかな気持《きも》ちになるわ。

エミリーの代《か》わりになれる人《ひと》は誰《だれ》もいないけど、最後《さいご》のお人形《にんぎょう》さんも、絶対《ぜったい》に大事《だいじ》にします。学校《がっこう》のみんなもかわいがってくれるはずよ。みんなお人形《にんぎょう》が大好《だいす》きだもの。もうすぐ15歳《さい》になるくらいの女《おんな》の子《こ》たちは、興味《きょうみ》がないふりをしているけど」

クルー大尉《たいい》はひどい頭痛《ずつう》を感《かん》じながら、インドのお屋敷《やしき》でこの手紙《てがみ》を読《よ》みました。目《め》の前《まえ》にあるテーブルには、ビジネスの書類《しょるい》や手紙《てがみ》が山《やま》のように積《つ》まれています。クルー大尉《たいい》は、こうした書類《しょるい》や手紙《てがみ》が届《とど》くたびに、びくびくするようになっていましたが、セーラの手紙《てがみ》を読《よ》んで大笑《おおわら》いしました。もう数週間《すうしゅうかん》も笑《わら》っていなかったのです。

「おやおや、あの子《こ》は一《ひと》つ歳《とし》を取《と》るごとに、面白《おもしろ》い女《おんな》の子《こ》になっていくよ。神《かみ》さまがこの仕事《しごと》を軌道《きどう》にのせてくださって、好《す》きなときに会《あ》いに行《い》けるようになればなあ。今《いま》、この瞬間《しゅんかん》に小《ちい》さな腕《うで》で抱《だ》きしめてもらえるんだったら、なんだって惜《お》しくはないよ！」

セーラの誕生日《たんじょうび》には、教室《きょうしつ》が飾《かざ》りつけられ、大《おお》きなパーティーが行《おこな》われる予定《よてい》になっていました。ミンチン先生《せんせい》しか入《はい》れないはずの部屋《へや》にも、豪華《ごうか》な料理《りょうり》が並《なら》ぶのです。

誕生日《たんじょうび》がやってくると、女学院全体《じょがくいんぜんたい》が興奮《こうふん》に包《つつ》まれました。教室《きょうしつ》にはひいらぎの花輪《はなわ》が飾《かざ》られましたし、机《つくえ》は他《ほか》の場所《ばしょ》に移《うつ》され、教室内《きょうしつない》の壁《かべ》に沿《そ》ってぐるりと置《お》かれた椅子《いす》の上《うえ》には、赤《あか》いカバーがかけられました。

朝《あさ》、セーラが自分《じぶん》の居間《いま》に入《はい》っていくと、茶色《ちゃいろ》の紙《かみ》で包《つつ》んである、厚《あつ》くて丸《まる》みのある、小《ちい》さな包《つつ》みがテーブルの上《うえ》に置《お》かれています。それが誕生日《たんじょうび》のプレゼントだということはすぐにわかりましたし、誰《だれ》が置《お》いてくれたのかも見当《けんとう》がつきました。

セーラはそっと包《つつ》みを開《あ》けました。中《なか》に入《はい》っていたのは、四角《しかく》い針刺《はりさ》しでした。針刺《はりさ》しは、少《すこ》し汚《よご》れた赤《あか》いネルの織物《おりもの》で作《つく》られていて、黒《くろ》いピンが文字《もじ》の形《かたち》に刺《さ》してあります。文字《もじ》の綴《つづ》りは間違《まちが》っていましたが、「どうぞ、これからもお幸《しあわ》せに」というメッセージになっていたのです。

「まあ！」

セーラは心《こころ》がぽっと温《あたた》かくなるのを感《かん》じました。

「どんなに苦労《くろう》して、これを作《つく》ったのかしら！　本当《ほんとう》にすてきだわ……わたし……なんだか涙《なみだ》が出《で》てきそう」

ところが次《つぎ》の瞬間《しゅんかん》、セーラは謎《なぞ》に包《つつ》まれてしまいました。針刺《はりさ》しの下《した》には1枚《まい》のカードがありましたが、そこにはきれいな字《じ》で「ミス・アメリア」という名前《なまえ》が書《か》いてあったのです。

セーラはカードを何度《なんど》もひっくり返《かえ》してみました。

「ミス・アメリア？　ありえないわ！」

ちょうどそのとき、ドアが注意深《ちゅういぶか》く開《あ》けられる音《おと》が聞《き》こえてきました。ふと見《み》ると、ベッキーがうれしそうにはにかんでいます。

「気《き》に入《い》ってもらえましたか、ミス・セーラ？」

「気《き》に入《い》ったかですって？」

セーラは声《こえ》をうわずらせました。

「ねえベッキー、これ、あなたが一人《ひとり》で作《つく》ってくれたんでしょ？」

ベッキーはうれしそうに鼻《はな》をすすりました。涙《なみだ》があふれそうになっています。

「ただのネルの織物《おりもの》だし、それも新品《しんぴん》じゃないんです。でも何《なに》かあげたかったから、夜《よる》にちょっとずつこしらえたんです。それにお嬢《じょう》さんだったら、針刺《はりさ》しがサテンでこしらえてあって、ダイヤモンドのピンが刺《さ》してあるみたいな『ふり』ができるでしょ。あたしもそうしたんです。それと、そのカードは……」

ベッキーは、やや不安《ふあん》そうに言《い》いました。

「あたしがゴミ箱《ばこ》から拾《ひろ》ったんですけど、いいですよね？　ミス・メリア（アメリア）が捨《す》てたものなんです」

セーラは飛《と》ぶように走《はし》っていき、ベッキーを抱《だ》きしめました。どうして胸《むね》の辺《あた》りが苦《くる》しくなるのかは、自分《じぶん》でもわかりませんでした。

「大好《だいす》きよベッキー……本当《ほんとう》に、本当《ほんとう》にね！」

「ああ、お嬢《じょう》さま」

ベッキーは息《いき》を詰《つ》まらせながら続《つづ》けました。

「ありがとうございます、お嬢《じょう》さま、ご親切《しんせつ》に。でも、そんなお礼《れい》を言《い》ってもらえるほどいいものじゃないんですよ。その……そのネルは新品《しんぴん》じゃないもの」

7　ダイヤモンド鉱山《こうざん》（その2）

　その日《ひ》の午後《ごご》、誕生日《たんじょうび》の飾《かざ》り付《つ》けがされた教室《きょうしつ》に、列《れつ》の先頭《せんとう》に立《た》ったセーラが入《はい》ってきました。ミンチン先生《せんせい》が気取《きど》ったシルクのドレスに身《み》を包《つつ》み、セーラの手《て》を引《ひ》いています。

　その後《うし》ろには「最後《さいご》の人形《にんぎょう》」が入《はい》った箱《はこ》を持《も》った男性《だんせい》の召使《めしつか》い、2番目《ばんめ》の箱《はこ》を持《も》ったメイドが続《つづ》き、ベッキーがしんがりを務《つと》めました。3つ目《め》の箱《はこ》を抱《かか》えたベッキーは、今日《きょう》はきれいなエプロンと新《あたら》しいメイド帽《ぼう》を身《み》につけていました。

　セーラにとっては、普通《ふつう》に教室《きょうしつ》に入《はい》っていくほうがはるかに気楽《きらく》だったでしょう。

　年長《ねんちょう》の少女《しょうじょ》たちは肘《ひじ》をつっつき合《あ》いながら見《み》つめていますし、年少《ねんしょう》の生徒《せいと》たちは大喜《おおよろこ》びして、椅《い》子《す》に座《すわ》ったままモゾモゾと動《うご》き始《はじ》めています。

「みなさん、お静《しず》かに！」

　ミンチン先生《せんせい》は、ざわざわとし始《はじ》めた生徒《せいと》たちに向《む》かってこう言《い》うと、召使《めしつか》いやメイドに命令《めいれい》しました。

「ジェームズ、テーブルの上《うえ》に箱《はこ》を置《お》いて、ふたを開《あ》けなさい。エマ、あなたの箱《はこ》は椅子《いす》の上《うえ》に置《お》いて。ベッキー！」

ミンチン先生《せんせい》は突然《とつぜん》、厳《きび》しい口調《くちょう》になりました。ベッキーが興奮《こうふん》のあまり、我《われ》を忘《わす》れて、ロッテイに笑《わら》いかけていたからです。驚《おどろ》いたベッキーは、あやうく箱《はこ》を落《お》としそうになりました。すぐにぺこぺこ頭《あたま》を下《さ》げてあやまりましたが、その様子《ようす》があまりにおかしかったために、ラヴィニアとジエシーがクスクス笑《わら》い始《はじ》めました。

「ここはあなたが、お嬢《じょう》さま方《がた》を見《み》つめる場所《ばしょ》ではありません。立場《たちば》をわきまえなさい」

ベッキーは、慌《あわ》てて箱《はこ》を置《お》き、ドアのほうに離《はな》れました。

「下《さ》がって結構《けっこう》よ」

ミンチン先生《せんせい》は手《て》を振《ふ》りながら、召使《めしつか》いたちに告《つ》げました。

ベッキーはうやうやしく横《よこ》に移動《いどう》し、歳上《としうえ》の召使《めしつか》いをまず先《さき》に行《い》かせました。でもテーブルの上《うえ》に置《お》かれた箱《はこ》に、どうしても目《め》がいってしまいます。箱《はこ》の包《つつ》み紙《がみ》の間《あいだ》からは、青《あお》いサテンでできた何《なに》かが見《み》えていました。

「すみません、ミンチン先生《せんせい》」

セーラが突然《とつぜん》言《い》いました。

「ベッキーも、ここにいてはいけないでしょうか？」

ミンチン先生《せんせい》は思《おも》わずのけぞってしまいました。そしてずり落《お》ちた眼鏡《めがね》を直《なお》すと、困《こま》ったような目《め》つきで、自慢《じまん》の生徒《せいと》を眺《なが》めました。

「ベッキーをですって！　セーラさんったら！」

セーラはミンチン先生《せんせい》のほうに進《すす》み出《で》ました。

「ここにいさせてあげたいんです。あの子《こ》も女《おんな》の子《こ》ですから、プレゼントを見《み》たいでしょうし」

ミンチン先生《せんせい》はあきれた顔《かお》で、セーラとベッキーを交互《こうご》に見《み》ました。

「セーラさん、ベッキーは皿洗《さらあら》いのメイドなの。皿洗《さらあら》いのメイドというのは……ええと……あなた方《がた》のような女《おんな》の子《こ》とは違《ちが》うんです」

ミンチン先生《せんせい》は、セーラのような考《かんが》え方《かた》を、まったくしたことがありませんでした。ミンチン先《せん》生《せい》にとって皿洗《さらあら》いのメイドとは、石炭《せきたん》を入《い》れたバケツを運《はこ》んだり、火《ひ》をおこしたりする機械《きかい》のようなものだったのです。

「でもベッキーだって女《おんな》の子《こ》です。どうか一緒《いっしょ》にいさせてください……わたしの誕生日《たんじょうび》だということで」

ミンチン先生《せんせい》は、かなりもったいぶった答《こた》え方《かた》をしました。

「誕生日《たんじょうび》だから特別《とくべつ》にということであれば……残《のこ》ってもいいでしょう。レベッカ、ミス・セーラの親切《しんせつ》なご配慮《はいりょ》にお礼《れい》を申《もう》し上《あ》げなさい」

大喜《おおよろこ》びしたベッキーの口《くち》からは、感謝《かんしゃ》の言葉《ことば》が勢《いきお》いよく飛《と》び出《だ》してきます。

「よろしいんですか、お嬢《じょう》さま！　ほんとうれしいです、お嬢《じょう》さま。ほんとに、お人形《にんぎょう》を見《み》たかったんです、お嬢《じょう》さま。それとマダム……」

ベッキーはミンチン先生《せんせい》のほうに向《む》き、こわごわ会釈《えしゃく》をしました。

「ほんとにありがとうございます。好《す》き勝手《かって》を許《ゆる》していただきまして」

ミンチン先生《せんせい》はもう一度《いちど》手《て》を振《ふ》って合図《あいず》をしました。

「ドアのそばにいなさい。それとお嬢《じょう》さま方《がた》に、あまり近《ちか》づきすぎないように」

しばらくすると、ミンチン先生《せんせい》が不吉《ふきつ》な咳払《せきばら》いをしました。

「いいですか、みなさん。少《すこ》し、お話《はなし》があります」

「演説《えんぜつ》をするつもりだわ。早《はや》く終《お》わっちゃえばいいのに」

誰《だれ》かがささやきました。

「みなさんがご存《ぞん》じのように、かわいいセーラさんは、今日《きょう》11歳《さい》になられました」

「かわいいセーラさんですってよ！」

ラヴィニアがささやきますが、ミンチン先生《せんせい》は気《き》に留《と》めません。

「セーラさんの誕生日《たんじょうび》は、他《ほか》の方《かた》の誕生日《たんじょうび》とは少《すこ》し違《ちが》います。セーラさんは大《おお》きくなられると、莫《ばく》大《だい》な財産《ざいさん》を相続《そうぞく》されることになっています。この財産《ざいさん》を価値《かち》あることに使《つか》うのが、セーラさんにとっての使命《しめい》になるのです」

セーラはミンチン先生《せんせい》の話《はなし》など聞《き》いていませんでした。

でも、灰色《はいいろ》がかった緑色《みどりいろ》の瞳《ひとみ》でじっとミンチン先生《せんせい》を見《み》つめているうちに、そしてミンチン先生《せんせい》がお金《かね》の話《はなし》をするたびに、やはりこの人《ひと》は好《す》きになれないと感《かん》じました。

「セーラさんはわたくしが教《おし》えている生徒《せいと》の中《なか》で、もっとも立派《りっぱ》なお子《こ》さんになられました。セーラさんのフランス語《ご》とダンスは、この女学院《じょがくいん》の誇《ほこ》りですし、マナーも完璧《かんぺき》です。それでみなさんはプリンセス・セーラと呼《よ》ぶようになりました。

セーラさんは今日《きょう》、この午後《ごご》のパーティーを開《ひら》くことを通《とお》しても、実《じつ》に心《こころ》のやさしい方《かた》であることを示《しめ》してくださいました。みなさんには、セーラさんの寛大《かんだい》なお心遣《こころづか》いに感謝《かんしゃ》していただきたいと思《おも》います。さあ、ご一緒《いっしょ》に感謝《かんしゃ》の気持《きも》ちを」

生徒全員《せいとぜんいん》が立《た》ち上《あ》がりました。まさにセーラが教室《きょうしつ》に初《はじ》めて顔《かお》を出《だ》した朝《あさ》のようにです。生徒《せいと》たちは「ありがとう、セーラさん」と声《こえ》を揃《そろ》えました。

セーラは一瞬《いっしゅん》、恥《は》ずかしそうな様子《ようす》をしましたが、とても上品《じょうひん》に会釈《えしゃく》をしました。

「本当《ほんとう》にすばらしいわ、セーラさん」

ミンチン先生《せんせい》が、また褒《ほ》めちぎります。

「本物《ほんもの》のプリンセスも、『民衆《みんしゅう》』から拍手《はくしゅ》をされたときにはこういうふうに振《ふ》る舞《ま》われるのです。

それとラヴィニア！」

ミンチン先生《せんせい》は、ラヴィニアに釘《くぎ》を刺《さ》しました。

「他《ほか》の人《ひと》を鼻《はな》で笑《わら》うような真似《まね》はおよしなさい。お友《とも》だちを妬《ねた》むにしても、もっとレディーらしいマナーで、気持《きも》ちを表現《ひょうげん》するように。さあ、ここからはみなさんだけで楽《たの》しみなさい」

ミンチン先生《せんせい》が教室《きょうしつ》からいなくなったとたん、生徒《せいと》にかかっていた魔法《まほう》が解《と》けました。ドアが閉《し》まるか閉《し》まらないかというちに、全員《ぜんいん》が席《せき》から立《た》ち上《あ》がり、テーブルのところに積《つ》んである箱《はこ》に殺到《さっとう》しました。

セーラは喜《よろこ》びに顔《かお》を輝《かがや》かせながら、一《ひと》つの箱《はこ》の上《うえ》に体《からだ》をかがめました。

「これは本《ほん》ね。わかっているの」

幼《おさな》い子《こ》どもは不満《ふまん》そうですし、アーメンガードは、あきれた顔《かお》をしています。

「あなたのパパは誕生日《たんじょうび》のプレゼントに本《ほん》を送《おく》って寄越《よこ》したりするの？　あなたのパパは、わたしのパパみたいに意地悪《いじわる》な人《ひと》なの？　セーラ、その箱《はこ》を開《あ》けちゃだめよ」

「わたしは本《ほん》が好《す》きよ」

セーラは笑《わら》いながら言《い》うと、一番大《いちばんおお》きな箱《はこ》のほうを向《む》いて「最後《さいご》の人形《にんぎょう》」を取《と》り出《だ》しました。その人形《にんぎょう》はあまりに見事《みごと》だったために、子《こ》どもたちはどよめきながら、後《あと》ずさりしました。

「ロッティと同《おな》じくらい大《おお》きいわ」

誰《だれ》かが、あえぐような声《こえ》で言《い》いました。

「劇場《げきじょう》に行《い》くときの格好《かっこう》をしているわね」

気《き》づいたのはラヴィニアです。

「マントにはオコジョの毛皮《けがわ》で縁取《ふちど》りがしてある」

「ああ……」

アーメンガードが悲鳴《ひめい》のような声《こえ》を上《あ》げて、前《まえ》に歩《あゆ》み寄《よ》ります。

「手《て》にはオペラグラスを持《も》っているわ——青《あお》と金色《きんいろ》のやつよ！　すごいわ！」

セーラは床《ゆか》の上《うえ》に座《すわ》り、人形《にんぎょう》の服《ふく》が入《はい》ったトランクを開《あ》けました。レースの付《つ》け襟《えり》やシルクのストッキングとハンカチーフ。宝石箱《ほうせきばこ》には、まるで本物《ほんもの》のダイヤモンドでできたような、ネックレスとティアラが入《はい》っています。さらには毛皮《けがわ》のコートと手《て》を温《あたた》めるマフ、舞踏会用《ぶとうかいよう》のドレス、お散歩用《さんぽよう》のドレス、訪問着《ほうもんぎ》もありましたし、帽子《ぼうし》やお茶会用《ちゃかいよう》のガウン、扇子《せんす》も入《はい》っていました。

教室内《きょうしつない》がそれほど大騒《おおさわ》ぎになったのは、かつてないことでした。いつもは、自分《じぶん》たちは人形遊《にんぎょうあそ》びをするような歳《とし》じゃないわ、と言《い》っているラヴィニアとジェシーでさえ、それらの品々《しなじな》を手《て》に取《と》って夢中《むちゅう》で見《み》つめています。

「たぶんだけど……」

セーラは、「最後《さいご》の人形《にんぎょう》」に大《おお》きな黒《くろ》いベルベットの帽子《ぼうし》をかぶせながら言《い》いました。

「この子《こ》は人間《にんげん》の会話《かいわ》がわかるし、褒《ほ》められて誇《ほこ》らしく感《かん》じていると思《おも》うわ」

「あんたっていつも想像《そうぞう》ばかりしているのね。なんだって持《も》っているんだから、そりゃあ想像《そうぞう》するのは楽《たの》しいでしょうよ」

ラヴィニアが見下《みくだ》すような言《い》い方《かた》をしました。

「でも自分《じぶん》が乞食《こじき》になって、屋根裏部屋《やねうらべや》で暮《く》らし始《はじ》めたりしても、楽《たの》しいことを想像《そうぞう》したり、何《なに》かになったふりなんてできるわけ？」

セーラは「最後《さいご》の人形《にんぎょう》」に、ダチョウの羽飾《はねかざ》りをセットする手《て》を止《と》め、何《なに》かを考《かん》えているような表情《ひょうじょう》になりました。

「……できると思《おも》うわ。でも乞食《こじき》になったら、いつも想像《そうぞう》をめぐらせて、ふりをしていなければならなくなるわ。それは簡単《かんたん》じゃないでしょうけど」

セーラがこう言《い》い終《お》えるや否《いな》や、ミス・アメリアが教室《きょうしつ》に入《はい》ってきました。後《のち》にセーラは、そのことについて、ずいぶん奇妙《きみょう》な偶然《ぐうぜん》だったと何度《なんど》も思《おも》いました。

「セーラ、あなたのお父《とう》さまの事務弁護士《じむべんごし》、ミスター・バロウがミンチン先生《せんせい》に会《あ》いに来《こ》られたわ。ミンチン先生《せんせい》はこの教室《きょうしつ》で、二人《ふたり》だけで話《はなし》をしなければならないの。食《た》べ物《もの》はミンチン先生《せんせい》の居間《いま》に置《お》いてありますから、生徒《せいと》のみなさんは、今《いま》すぐに食《た》べ始《はじ》めなさい」

ミス・アメリアは生徒《せいと》を整列《せいれつ》させると、セーラを自分《じぶん》の隣《となり》に並《なら》ばせ、ミンチン先生《せんせい》の居間《いま》に向《む》かって行《い》きました。

教室《きょうしつ》の中《なか》では「最後《さいご》の人形《にんぎょう》」が椅子《いす》に座《すわ》ったままになっています。周《まわ》りには衣装《いしょう》が散《ち》らかっていました。ドレスやコートは椅子《いす》の背《せ》もたれにかけられ、レースのフリルがついたペティコートは、椅子《いす》の上《うえ》に積《つ》み重《かさ》ねられています。

ごちそうにありつけないベッキーは、豪華《ごうか》な品々《しなじな》をちょっとだけ見《み》てみたいという誘惑《ゆうわく》にかられて、部屋《へや》を立《た》ち去《さ》りかねていました——それは本当《ほんとう》に軽率《けいそつ》な行動《こうどう》でした。

「自分《じぶん》の仕事《しごと》に戻《もど》りなさい、ベッキー」

ミス・アメリアからはこう命《めい》じられていましたが、ベッキーは立《た》ちどまって、最初《さいしょ》はマフ、次《つぎ》にはコートをうやうやしくつまみ上《あ》げました。

そうやって感心《かんしん》しながら眺《なが》めていると、ミンチン先生《せんせい》が敷居《しきい》をまたぐ音《おと》が聞《き》こえました。叱《しか》られるのではないかと思《おも》ったベッキーは、テーブルの下《した》に潜《もぐ》り込《こ》んだのです。

ミンチン先生《せんせい》が教室《きょうしつ》に入《はい》ってきました。するどい顔《かお》つきをしていて、冷《つめ》たい印象《いんしょう》の小柄《こがら》な紳士《しんし》も一緒《いっしょ》です。その紳士《しんし》は少《すこ》し動揺《どうよう》しているように見《み》えました。

ミンチン先生《せんせい》は、とても堅苦《かたくる》しい態度《たいど》で椅子《いす》に座《すわ》ると、相手《あいて》にも椅子《いす》を勧《すす》めました。

「どうぞ、お座《すわ》りになってください、ミスター・バロウ」

ミスター・バロウはすぐには座《すわ》りませんでした。ポケットから眼鏡《めがね》を取《と》り出《だ》してかけると、「最《さい》後《ご》の人形《にんぎょう》」や豪華《ごうか》な衣装《いしょう》を神経質《しんけいしつ》そうに、そしてとがめるような目《め》で見《み》ました。

「100ポンドです。パリの人形職人《にんぎょうしょくにん》に高価《こうか》な素材《そざい》で作《つく》らせてある。もう十分《じゅうぶん》にバカげた金《かね》の使《つか》い方《かた》をしたのです、あの若者《わかもの》は！」

ミンチン先生《せんせい》はムッとしました。自分《じぶん》にとっての一番《いちばん》の支援者《しえんしゃ》である、クルー大尉《たいい》を批判《ひはん》したからです。

「今《いま》、なんとおっしゃったのかしら、ミスター・バロウ。意味《いみ》がわかりかねます」

「誕生日《たんじょうび》のプレゼントのことですよ」

ミスター・バロウは、同《おな》じように批判《ひはん》めいた口調《くちょう》で言《い》いました。

「11歳《さい》の子《こ》どもに！　こんな無駄遣《むだづか》いは正気《しょうき》の沙汰《さた》じゃない、わたしはそう思《おも》います」

ミンチン先生《せんせい》はさらに態度《たいど》をこわばらせました。

「クルー大尉《たいい》は資産家《しさんか》ですわ。ダイヤモンド鉱山《こうざん》だけをとっても……」

ミスター・バロウはミンチン先生《せんせい》のほうを向《む》き、吐《は》き捨《す》てるように言《い》いました。

「ダイヤモンド鉱山《こうざん》？　そんなものはないんです。単《たん》なる夢物語《ゆめものがたり》だったんですよ」

「なんですって！　一体《いったい》、どういうことですの？」

ミンチン先生《せんせい》は思《おも》わず立《た》ち上《あ》がり、椅子《いす》の背《せ》もたれを掴《つか》もうとしました。自分《じぶん》の思《おも》い描《えが》いていた夢《ゆめ》が、目《め》の前《まえ》から消《き》えていくような気分《きぶん》になっていたのです。

「ダイヤモンド鉱山《こうざん》は、富《とみ》をもたらすよりも災《わざわ》いをもたらすほうが多《おお》いのです」

ミスター・バロウは続《つづ》けます。

「ビジネスに詳《くわ》しくない場合《ばあい》には、ダイヤモンド鉱山《こうざん》であれ金《きん》の鉱山《こうざん》であれ、友人《ゆうじん》が持《も》ちかけてきた投資《とうし》の話《はなし》には、のらないほうが身《み》のためなんです。亡《な》くなったクルー大尉《たいい》は……」

ミンチン先生《せんせい》がハッと息《いき》をのみました。

「亡《な》くなったクルー大尉《たいい》！　亡《な》くなったですって？　あなたがここに来《き》たのは、まさかクルー大尉《たいい》が……」

「亡《な》くなりました、マダム。悪性《あくせい》のマラリアと仕事上《しごとじょう》のトラブルが重《かさ》なったのです。仕事上《しごとじょう》のトラブルで頭《あたま》がおかしくなっていなければ、悪性《あくせい》のマラリアで死《し》んだりはしなかったでしょう。でも、どちらも重《かさ》なってしまった。クルー大尉《たいい》は亡《な》くなったのです！」

ミンチン先生《せんせい》は、もう一度《いちど》椅子《いす》にへたり込《こ》みました。

「仕事上《しごとじょう》のトラブルとはなんだったのですか？」

「ダイヤモンド鉱山《こうざん》、親友《しんゆう》の裏切《うらぎ》り……そして破産《はさん》です」

「破産《はさん》？」

「全財産《ぜんざいさん》を失《うしな》ったんです。あの若者《わかもの》はお金《かね》を持《も》ちすぎていた。そして彼《かれ》の親友《しんゆう》はダイヤモンド鉱山《こうざん》にすべてのお金《かね》をつぎ込《こ》みました。クルー大尉《たいい》のお金《かね》も全部《ぜんぶ》です。でも結局《けっきょく》は失踪《しっそう》しました。その知《し》らせが届《とど》いたとき、クルー大尉《たいい》はすでにマラリアにかかっていました。ショックがあまりに大《おお》きかったのでしょう。意識《いしき》がもうろうとなった状態《じょうたい》で、娘《むすめ》さんのことについてうわ言《ごと》を言《い》いながら亡《な》くなりました……結局《けっきょく》1ペニーも残《のこ》せずにね」

ミンチン先生《せんせい》は、ようやく状況《じょうきょう》を理解《りかい》しました。

これほど大《おお》きな痛手《いたで》を被《こうむ》ったことは、かつてありませんでした。自慢《じまん》の生徒《せいと》、自慢《じまん》の支援者《しえんしゃ》が、一瞬《いっしゅん》にして女学院《じょがくいん》から消《き》えてなくなったのです。

「あの方《かた》が、ビタ一文残《いちもんのこ》さなかったと、セーラの財産《ざいさん》もなくなって、乞食同然《こじきどうぜん》になったと！

あなたはそんなことを言《い》いに来《き》たのですか？」

ミスター・バロウは抜《ぬ》け目《め》のないビジネスマンでした。自分《じぶん》は責任《せきにん》を負《お》わないということを、ここではっきりさせておくべきだと感《かん》じました。

「あの子《こ》は確《たし》かに孤児《こじ》として取《と》り残《のこ》されました。そしてあなたの手《て》に預《あず》けられました。マダム、あの子《こ》には、この世《よ》に一人《ひとり》も親戚《しんせき》がいませんからね」

ミンチン先生《せんせい》は前《まえ》に向《む》かって急《きゅう》に歩《ある》き始《はじ》めました。

「ぞっとするわ！　あの子《こ》は今《いま》、絹《きぬ》のガーゼでできた服《ふく》やレースのついたペティコートを着《き》ながら、パーティーをしているのよ。わたしが立《た》て替《か》えたお金《かね》を使《つか》って」

「あなたのお金《かね》でパーティーを？　マダム、もしそうだとしても……」

ミスター・バロウは冷静《れいせい》に言《い》いました。

「バロウ＆スキップワース社《しゃ》は、一切《いっさい》の費用《ひよう》を負担《ふたん》しません。一財産《ひとざいさん》が、これほど跡形《あとかた》もなく消《き》えてしまったケースは、かつてないのです。クルー大尉《たいい》は、我《わ》が社《しゃ》が送《おく》った最後《さいご》の請求書《せいきゅうしょ》も支払《しはら》わずに亡《な》くなりました……それは大金《たいきん》でした」

ミンチン先生《せんせい》はさらに憤慨《ふんがい》した様子《ようす》で、ミスター・バロウのほうを振《ふ》り返《かえ》りました。

「わたしだって同《おな》じ目《め》に遭《あ》ったんです！　きちんと代金《だいきん》を支払《しはら》ってくれると信《しん》じていたからこそ、あのバカげた人形《にんぎょう》や、豪華《ごうか》な人形《にんぎょう》の衣装代《いしょうだい》も立《た》て替《か》えたんです。最後《さいご》に小切手《こぎって》を受《う》け取《と》った後《あと》は、馬車《ばしゃ》とポニー、メイドの費用《ひよう》まで全部払《ぜんぶはら》ってきたんです」

ミスター・バロウは、このままミンチン先生《せんせい》の話《はなし》につきあうつもりなどありませんでした。すでに自分《じぶん》の法律事務所《ほうりつじむしょ》の立場《たちば》は明《あき》らかにしています。

「これ以上《いじょう》、費用《ひよう》を立《た》て替《か》えるような真似《まね》は控《ひか》えたほうがいいですな、マダム。あの若《わか》いレディーに、贈《おく》り物《もの》をしたいというのであれば話《はなし》は別《べつ》ですが、受《う》けた恩《おん》など忘《わす》れてしまうでしょう」

「じゃあ、わたしはどうすればいいの？」

ミンチン先生《せんせい》が尋《たず》ねました。その様子《ようす》は、問題《もんだい》を解決《かいけつ》するのがミスター・バロウの責任《せきにん》だと信《しん》じきっているようでした。

「どうしようもありません」

ミスター・バロウは眼鏡《めがね》を外《はず》し、ポケットにしまいながら言《い》いました。

「クルー大尉《たいい》は亡《な》くなったのです。お子《こ》さんも無一文《むいちもん》で残《のこ》されました。あの子《こ》に対《たい》して責任《せきにん》を負《お》うのは、あなたしかいません」

「わたしは責任《せきにん》など負《お》っていません。拒否《きょひ》します！　あの子《こ》をわたしに押《お》し付《つ》けられると考《かんが》えていらっしゃるのなら、それは大間違《おおまちが》いです」

ミンチン先生《せんせい》はまっ青《さお》になりました。しかし、ミスター・バロウはそのまま帰《かえ》ろうとしています。

「その件《けん》に関《かん》して、我《わ》が社《しゃ》はなんの関《かか》わりもありません、もちろん、今回起《こんかいお》きたことに対《たい》してはとてもお気《き》の毒《どく》に思《おも》いますが」

ミンチン先生《せんせい》はあえぐように言《い》いました。

「わたしは自分《じぶん》のお金《かね》をだまし取《と》られた被害者《ひがいしゃ》なんです。あんな子《こ》、表《おもて》に放《ほう》り出《だ》してやるわ」

もしこれほど頭《あたま》に血《ち》が上《のぼ》っていなければ、もう少《すこ》し慎重《しんちょう》な話《はな》し方《かた》をしていたでしょう。

いつも忌々《いまいま》しく感《かん》じていた子《こ》どもを自分《じぶん》に押《お》しつけられた。ミンチン先生《せんせい》はそのことに気《き》がつき、自制心《じせいしん》をなくしてしまったのです。

「わたしだったら、そんな真似《まね》はしませんね、マダム。身寄《みよ》りのない生徒《せいと》が、一文無《いちもんな》しで追《お》い出《だ》された──。この学校《がっこう》にまつわる、好《この》ましくない噂《うわさ》が広《ひろ》がりますから」

ミスター・バロウは、自分《じぶん》の話《はなし》を聞《き》いて、ミンチン先生《せんせい》がどう感《かん》じるのかを冷静《れいせい》に計算《けいさん》していました。学校《がっこう》を経営《けいえい》している人物《じんぶつ》が、世間《せけん》の人《ひと》たちから残酷《ざんこく》だとか、無慈悲《むじひ》だと言《い》われるような行動《こうどう》を取《と》れるわけがないのです。

「あの子《こ》はここに置《お》いて、利用《りよう》したほうがいいでしょう。頭《あたま》のいい子《こ》どもだと思《おも》いますから。大《おお》きくなるにつれて、使《つか》い勝手《がって》もよくなってくるでしょう」

「ええ、大《おお》きくなる前《まえ》から、存分《ぞんぶん》に利用《りよう》させてもらいますとも！」

ミンチン先生《せんせい》は大声《おおごえ》で言《い》いました。

「あなたならそうするでしょうね、マダム。では失礼《しつれい》」

ミスター・バロウが少《すこ》し悪意《あくい》のある笑《え》みを浮《う》かべながらお辞儀《じぎ》をし、教室《きょうしつ》から出《で》ていきました。

ミンチン先生《せんせい》はしばらく呆然《ぼうぜん》と立《た》ったまま、ドアを睨《にら》んでいました。自慢《じまん》の生徒《せいと》だったはずのセーラは、身寄《みよ》りのない、乞食《こじき》のような少女《しょうじょ》に変《か》わり果《は》ててしまいました。自分《じぶん》が立《た》て替《か》えていた大金《たいきん》も、もはや取《と》り戻《もど》すことはできないのです。

そんなミンチン先生《せんせい》の耳《みみ》に、楽《たの》しげな声《こえ》が聞《き》こえてきました。生徒《せいと》たちにごちそうが振《ふ》る舞《ま》われていたのです。教室《きょうしつ》を出《で》ていこうとすると、ミス・アメリアがふいにドアを開《あ》けました。ミンチン先生《せんせい》の顔《かお》を見《み》たミス・アメリアは、ひるんで後《うし》ろに下《さ》がりました。

「お姉《ねえ》さん、何《なに》があったの？」

ミンチン先生《せんせい》は怒《いか》りくるったような声《こえ》で、妹《いもうと》に尋《たず》ねました。

「セーラ・クルーはどこなのよ？」

ミス・アメリアは、オロオロしながら答《こた》えます。

「セーラ？　もちろん、姉《ねえ》さんの部屋《へや》で他《ほか》の子《こ》どもたちと誕生日《たんじょうび》のごちそうを食《た》べているわ」

「あの子《こ》は、黒《くろ》いワンピースを持《も》ってるの？」

ミンチン先生《せんせい》は忌々《いまいま》しげな口調《くちょう》で、さらに尋《たず》ねました。

「黒《くろ》いワンピース？」

「他《ほか》の色《いろ》の服《ふく》だったら、全部《ぜんぶ》持《も》っているのは知《し》っているわ。黒《くろ》いのはあるかと聞《き》いているの！」

ミス・アメリアの顔《かお》が白《しろ》くなっています。

「は……はい！　でも、丈《たけ》が短《みじか》すぎるわ。もうセーラにはきつくなったのよ」

「じゃあ、ピンク色《いろ》の絹《きぬ》のガーゼでできた贅沢《ぜいたく》な服《ふく》なんか脱《ぬ》いで、その黒《くろ》い服《ふく》を着《き》るように言《い》いなさい。丈《たけ》が短《みじか》かろうが短《みじか》くなかろうがです。お洒落《しゃれ》なんてもう十分《じゅうぶん》でしょ」

「ああ、お姉《ねえ》さん！　姉《ねえ》さんたら！　いったい何《なに》が起《お》きたというの？」

ミンチン先生《せんせい》は単刀直入《たんとうちょくにゅう》に言《い》いました。

「クルー大尉《たいい》が亡《な》くなったのよ。1ペニーも残《のこ》さずにね。あの甘《あま》やかされて気《き》ままに育《そだ》った、空想《くうそう》ばかりしている子《こ》どもは一文無《いちもんな》しになって、わたしが面倒《めんどう》を見《み》ることになったの」

ミス・アメリアは、近《ちか》くにあった椅子《いす》にへたり込《こ》みました。

「このバカげたパーティーをやめさせなさい。あの子《こ》のところに行《い》って、すぐにワンピースを着替《きが》えさせて」

「わたしが？　わ、わたしがあの子《こ》のところに行《い》って？　今《いま》、言《い》わなきゃだめ？」

「今《いま》すぐによ！　バカなガチョウみたいに座《すわ》って見《み》てないで。さっさと行《い》け！」

楽《たの》しんでいる子《こ》どもでいっぱいの部屋《へや》に突然《とつぜん》入《はい》っていくというのは、気《き》が引《ひ》けるものです。しかも誕生日《たんじょうび》のパーティーの主役《しゅやく》として、他《ほか》の子《こ》どもにごちそうをふるまっていた少女《しょうじょ》に、お父《とう》さんが亡《な》くなって、あなたは一文無《いちもんな》しになった。喪《も》に服《ふく》すために、小《ちい》さくて着《き》られなくなった昔《むかし》の黒《くろ》いワンピースを着《き》なさい、と告《つ》げなければならないのです。

しかし、言《い》われたことはやらなければなりません。ミス・アメリアは、自分《じぶん》がバカ呼《よ》ばわりされることに慣《な》れていました。姉《あね》にあたるミンチン先生《せんせい》が、あのような目《め》つきをして、あのような話《はな》し方《かた》をした時《とき》には、何《なに》も言《い》わずに命令《めいれい》に従《したが》うのが一番賢《いちばんかしこ》いやり方《かた》なのです。

ミンチン先生《せんせい》は教室《きょうしつ》を歩《ある》き回《まわ》りながら、いつの間《ま》にか、大声《おおごえ》で独《ひと》り言《ごと》を言《い》っていました。

「プリンセス・セーラとは、よく言《い》ったもんだわ！　あの子《こ》どもは、まるで女王《じょおう》さまのように甘《あま》やかされて育《そだ》ったのよ」

ところが次《つぎ》の瞬間《しゅんかん》、大《おお》きなすすり泣《な》きが聞《き》こえてくるのを耳《みみ》にしてギョッとしました。その声《こえ》はテーブルカバーの下《した》から聞《き》こえてきます。

「この声《こえ》は何《なに》？」

ミンチン先生《せんせい》は、テーブルカバーをめくってみました。そこから這《は》い出《で》てきたのは、ベッキーでした。メイド帽《ぼう》は横《よこ》にずれ、声《こえ》を押《お》し殺《ころ》して泣《な》いたせいで顔《かお》も真《ま》っ赤《か》になっています。

「どうかお許《ゆる》しください……マ、マダム」

ベッキーは必死《ひっし》で説明《せつめい》をし始《はじ》めました。

「こんなことしちゃいけないってわかってました。でもお人形《にんぎょう》を見《み》ていたんです。そ……そしたらマダムが入《はい》ってきたからびっくりして……テーブルの下《した》にもぐったんです」

「ずっとそこにいて、話《はなし》を盗《ぬす》み聞《ぎ》きしていたんだね」

「違《ちが》います、マダム」

ベッキーは何度《なんど》も頭《あたま》を下《さ》げながら弁解《べんかい》します。

「盗《ぬす》み聞《ぎ》きなんかしてないです……マダムに気《き》づかれないようにそっと出《で》ていきたいと思《おも》ったんですけど……それができなかったんです。お話《はなし》なんて聞《き》いてません……マダム……そんなつもりは全《ぜん》然《ぜん》なかったんです。でも、つい聞《き》こえてしまって」

ここまで言《い》うと、ベッキーは突然《とつぜん》、違《ちが》う理由《りゆう》で涙《なみだ》をこぼし始《はじ》めました。まるで目《め》の前《まえ》にいるミンチン先生《せんせい》が突然《とつぜん》、怖《こわ》くなくなってしまったかのようでした。

「おお、お願《ねが》いですマダム。こんなこと言《い》うと叱《しか》られると思《おも》いますけど、マダム……かわいそうなミス・セーラのことがほんとに気《き》の毒《どく》で……あの人《ひと》はあんなにお金持《かねも》ちのお嬢《じょう》さまだったし、ずっと身《み》の回《まわ》りの世話《せわ》をしてもらってきました……何《なに》から何《なに》までです。なのに……メイドもなしに、これからどうするんでしょう？　お願《ねが》いですから、鍋《なべ》ややかんを磨《みが》き終《お》わったら、あの方《かた》のお世話《せわ》をさせてもらえませんか？　仕事《しごと》はすぐに片付《かたづ》けますから……」

ここまで言《い》うとベッキーは、再《ふたた》び涙《なみだ》をこぼしました。

「お気《き》の毒《どく》なミス・セーラ、マダム……あの方《かた》はプリンセスって呼《よ》ばれていたんです」

ベッキーの話《はなし》を聞《き》いたミンチン先生《せんせい》は、さらに頭《あたま》に血《ち》が上《のぼ》ってしまいました。ミンチン先生《せんせい》は、セーラのことを一度《いちど》も好《す》きになったことがありません。しかも皿洗《さらあら》いのメイドまでが、セーラの味《み》方《かた》をしているのです。ミンチン先生《せんせい》は、床《ゆか》をバンと踏《ふ》みました。

「だめ……絶対《ぜったい》にだめ。あの子《こ》は自分《じぶん》の身《み》の回《まわ》りの世話《せわ》を自分《じぶん》でしていくの。他《ほか》の人《ひと》の世話《せわ》もね。今《いま》すぐ、さっさとここから出《で》なさい。さもないとあなたも住《す》むところがなくなるわよ」

ベッキーはエプロンを頭《あたま》からかぶり、走《はし》り出《だ》しました。部屋《へや》から出《で》ると皿洗《さらあら》い場《ば》に下《お》りていき、そして鍋《なべ》ややかんの間《あいだ》に座《すわ》って、心《こころ》が張《は》り裂《さ》けんばかりに泣《な》きました。

「物語《ものがたり》に出《で》てくるお話《はなし》とまるで同《おな》じだわ。お城《しろ》から追《お》い出《だ》された、かわいそうなプリンセス……」


数時間後《すうじかんご》、セーラがミンチン先生《せんせい》のところにやってきました。パーティーの名残《なごり》を感《かん》じさせるものは、ことごとく片付《かたづ》けられていました。教室《きょうしつ》の壁《かべ》にかかっていた飾《かざ》り付《つ》けは取《と》り払《はら》われ、机《つくえ》や長《なが》椅子《いす》は元《もと》の位置《いち》に戻《もど》されています。

ミンチン先生《せんせい》の居間《いま》も、いつものような雰囲気《ふんいき》に戻《もど》りました。ごちそうは片付《かたづ》けられ、ミンチン先生《せんせい》も普段《ふだん》の服装《ふくそう》に着替《きが》えています。

誕生《たんじょう》パーティーは一《ひと》つの夢物語《ゆめものがたり》か、何年《なんねん》も前《まえ》の出来事《できごと》のように思《おも》えました。

セーラの顔《かお》は真《ま》っ青《さお》で、目《め》の周《まわ》りには黒《くろ》い隈《くま》ができていました。片手《かたて》には布《ぬの》の巻《ま》かれたエミリーを抱《かか》え、古《ふる》ぼけた黒《くろ》のベルベットのワンピースを着《き》ています。

このときのセーラは、飾《かざ》り付《つ》けられた教室《きょうしつ》の中《なか》で、この贈《おく》り物《もの》からあの贈《おく》り物《もの》へと、まるでバラ色《いろ》の蝶々《ちょうちょう》のように飛《と》び回《まわ》っていたのと同《おな》じ子《こ》どもには、少《すこ》しも見《み》えませんでした。孤独《こどく》で、異様《いよう》にさえ映《うつ》りました。

「人形《にんぎょう》を置《お》きなさい」

ミンチン先生《せんせい》が言《い》いました。

「ここに人形《にんぎょう》を持《も》ってくるなんて、どういうつもり？」

「嫌《いや》です。この子《こ》は床《ゆか》に下《お》ろしたりしません。わたしが持《も》っているすべてなんです。わたしのパパが、この子《こ》をくれたんです」

セーラは、ミンチン先生《せんせい》を密《ひそ》かに不快《ふかい》な気持《きも》ちにさせてきました。このときもです。

セーラは失礼《しつれい》な口《くち》のきき方《かた》をしませんでした。むしろ落《お》ち着《つ》いて冷《ひ》ややかな話《はな》し方《かた》をしました。それはミンチン先生《せんせい》にとって、余計《よけい》にやっかいでした。自分《じぶん》が無慈悲《むじひ》で、人《ひと》の道《みち》に外《はず》れたことをしようとしているのを自覚《じかく》していたからです。ミンチン先生《せんせい》が、これほど無表情《むひょうじょう》で、冷酷《れいこく》な態度《たいど》を取《と》っているように見《み》えたことはありませんでした。

「これから先《さき》は、人形《にんぎょう》で遊《あそ》んでいる時間《じかん》なんて、まったくなくなりますよ。働《はたら》いて仕事《しごと》を覚《おぼ》え、役《やく》に立《た》ってもらわないといけませんから」

セーラは大《おお》きな瞳《ひとみ》でミンチン先生《せんせい》をじっと見《み》つめていましたが、一言《ひとこと》も答《こた》えませんでした。

「これからは何《なに》もかもが変《か》わるわよ」

ミンチン先生《せんせい》は続《つづ》けます。

「妹《いもうと》のアメリアから話《はなし》は聞《き》いているでしょ」

「はい。わたしのパパは亡《な》くなりました。パパはわたしにお金《かね》をまったく残《のこ》してくれませんでした。だから、わたしはとても貧乏《びんぼう》になってしまいました」

「そう、あなたは乞食《こじき》なのよ」

ミンチン先生《せんせい》は、自分《じぶん》が言《い》っていることに腹《はら》を立《た》て始《はじ》めました。

「あなたには親戚《しんせき》もいなければ住《す》む家《いえ》もない。面倒《めんどう》を見《み》てくれる人《ひと》は誰《だれ》もいないらしいわね」

血《ち》の気《け》の引《ひ》いた、小《ちい》さくほっそりとした顔《かお》が、一瞬《いっしゅん》、ぴくりと動《うご》きました。しかしセーラはそれでも何《なに》も言《い》わず、ミンチン先生《せんせい》の顔《かお》を見《み》ていました。

「さっきから、何《なに》をジロジロ見《み》てるのよ？」

ミンチン先生《せんせい》がきつい口調《くちょう》で尋《たず》ねました。

「あんたは、自分《じぶん》が言《い》われていることがわからないほどバカなの？　天涯孤独《てんがいこどく》だと言《い》ってるのよ。わたしがお情《なさ》けで、ここに置《お》いてやらないかぎりね。その人形《にんぎょう》だって、もうあんたのものじゃないの。あんたの持《も》ち物《もの》は、全部《ぜんぶ》わたしのものになるのよ」

「じゃあ、どうぞ持《も》っていってください。わたしは欲《ほ》しくありません」

セーラが涙《なみだ》をこぼし、怯《おび》えているように見《み》えたなら、ミンチン先生《せんせい》にも、もっと自制心《じせいしん》が働《はたら》いたかもしれません。ミンチン先生《せんせい》は相手《あいて》に威張《いば》り散《ち》らし、自分《じぶん》が権力《けんりょく》を持《も》っていることを味《あじ》わいたがる女性《じょせい》でした。

しかし、青《あお》ざめていながらも決《けっ》して取《と》り乱《みだ》さないセーラの小《ちい》さな顔《かお》を見《み》たり、気高《けだか》さを感《かん》じさせる小《ちい》さな声《こえ》を聞《き》いたりしているうちに、自分《じぶん》が真《ま》っ向《こう》から否定《ひてい》されたように感《かん》じたのです。

「偉《えら》そうにするのはやめなさい。そんな真似《まね》ができたのは昔《むかし》の話《はなし》よ。あんたはもうプリンセスじゃないの。馬車《ばしゃ》とポニーも売《う》るし、メイドのマリエットには暇《ひま》を与《あた》えるわ。あなたには一番古《いちばんふる》い、そして一番地味《いちばんじみ》な服《ふく》を着《き》てもらいます。あなたはベッキーと同《おな》じになるの——生活《せいかつ》のために働《はたら》かなければならないのよ」

ミンチン先生《せんせい》は驚《おどろ》きました。セーラが瞳《ひとみ》を微《かす》かに輝《かがや》かせたのです。そこにはホッとしたような表情《ひょうじょう》さえ浮《う》かんでいました。

「働《はたら》かせてもらえるんですか？　もし働《はたら》けるなら、大《たい》して問題《もんだい》じゃありません。何《なに》をすればいいんですか？」

「言《い》われたことはなんでもやるのよ」

これがミンチン先生《せんせい》の答《こた》えでした。

「あんたは頭《あたま》のいい子《こ》だから、のみ込《こ》みも早《はや》いでしょう。もし役《やく》に立《た》つようになれば、ここに置《お》いてあげてもいいわ。フランス語《ご》が上手《じょうず》だし、歳下《としした》の生徒《せいと》の授業《じゅぎょう》も手伝《てつだ》えるから」

「いいんですか?」

セーラは思《おも》わず声《こえ》をうわずらせました。

「ああ、やらせてください! わたしならあの子《こ》たちに教《おし》えてあげられます。わたしはあの子《こ》たちが好《す》きだし、あの子《こ》たちもわたしに懐《なつ》いてくれているんです」

「他《ほか》にも、やってもらうことがたくさんあるわ。お使《つか》いもしなければならないし、炊事場《すいじば》も手伝《てつだ》わなきゃならない。それとわたしの機嫌《きげん》を損《そこ》ねたりしたら、ここから出《で》ていってもらいますから。それは覚《おぼ》えておいて。さあ、お行《い》き!」

セーラは、ミンチン先生《せんせい》を見《み》つめていました。心《こころ》の奥深《おくふか》くで、ミンチン先生《せんせい》への違和感《いわかん》を感《かん》じていたのです。それから体《からだ》の向《む》きを変《か》えて、部屋《へや》を出《で》ていこうとしました。

「待《ま》ちなさい! わたしにお礼《れい》を言《い》うつもりはないの?」

セーラは立《た》ち止《ど》まりました。胸《むね》の奥深《おくふか》くで、違和感《いわかん》がまた膨《ふく》らんできました。

「何《なに》に対《たい》してですか?」

「あなたに親切《しんせつ》にしてあげることに対《たい》してです。わたしは住《す》む家《いえ》を与《あた》えてあげるのよ」

セーラは数歩《すうほ》、ミンチン先生《せんせい》に近《ちか》づきました。ほっそりとした小《ちい》さな胸《むね》が波打《なみう》っています。そしてセーラは、およそ子《こ》どもらしくない強《つよ》い口調《くちょう》で言《い》いました。

「あなたは親切《しんせつ》じゃありません。それに、ここはわたしの家《いえ》でもない」

こう言《い》うとセーラは後《うし》ろを向《む》き、部屋《へや》から駆《か》け出《だ》していきました。ミンチン先生《せんせい》は、強《つよ》い怒《いか》りを心《こころ》に抱《いだ》きながら、後《うし》ろ姿《すがた》を見《み》つめるしかありませんでした。

セーラは階段《かいだん》をゆっくりと上《あ》がっていきました。でも息切《いきぎ》れがして、その度《たび》にエミリーを体《からだ》の横《よこ》にしっかりと抱《かか》え直《なお》しました。

「この子《こ》が話《はな》せたらいいのに。もし口《くち》がきけたら……本当《ほんとう》に口《くち》がきけたら！」

セーラは自分《じぶん》の部屋《へや》に戻《もど》って、虎《とら》の毛皮《けがわ》の上《うえ》で横《よこ》になるつもりでした。頭《あたま》の部分《ぶぶん》に頬《ほお》をのせ、暖炉《だんろ》の炎《ほのお》を見《み》つめながら、じっくりいろんなことを考《かんが》えたかったのです。

ところが部屋《へや》に着《つ》く直前《ちょくぜん》、ミス・アメリアがドアを開《あ》けて出《で》てきました。

ミス・アメリアは後《うし》ろ手《で》にドアを閉《し》めると、セーラを気《き》まずそうな様子《ようす》で眺《なが》めていました。

「あなた……あなたはここに入《はい》れないわ」

「入《はい》れない？」

セーラは動揺《どうよう》して、後《うし》ろに一歩下《いっぽさ》がりました。

「もう、あなたの部屋《へや》ではないのよ」

セーラは突然《とつぜん》、自分《じぶん》が置《お》かれた状況《じょうきょう》を理解《りかい》しました。これはミンチン先生《せんせい》が口《くち》にした、さまざまな変化《へんか》の始《はじ》まりなのです。

「わたしの部屋《へや》は？」

セーラは自分《じぶん》の声《こえ》が震《ふる》えないようにと、心《こころ》の中《なか》で強《つよ》く願《ねが》いながら尋《たず》ねました。

「あなたはベッキーの隣《となり》の屋根裏部屋《やねうらべや》で寝《ね》ることになるわ」

セーラは屋根裏部屋《やねうらべや》の場所《ばしょ》を知《し》っていました。ベッキーが以前《いぜん》、教《おし》えてくれたのです。

セーラは後《うし》ろを振《ふ》り向《む》くと２階分《かいぶん》、階段《かいだん》を上《のぼ》っていきました。

セーラは自分《じぶん》が住《す》んでいた世界《せかい》を後《あと》にして、どんどん遠《とお》くへ歩《ある》いているような気分《きぶん》になりました。今《いま》のセーラは、つんつるてんになった昔《むかし》のワンピースを着《き》て、屋根裏部屋《やねうらべや》に続《つづ》く階段《かいだん》を上《のぼ》っている、まったくの別人《べつじん》なのです。

屋根裏部屋《やねうらべや》に着《つ》いたセーラは、ドアを開《あ》けてみました。ぞっとする光景《こうけい》を見《み》て、心臓《しんぞう》が物悲《ものがな》しそうにドキンと鳴《な》りました。

そう、そこは別世界《べっせかい》でした。部屋《へや》の天井《てんじょう》は斜《なな》めになっており、白《しろ》い漆喰《しっくい》が塗《ぬ》られた壁《かべ》は薄汚《うすよご》れていて、ところどころ剥《は》がれています。暖炉《だんろ》の鉄格子《てつごうし》は錆《さ》びていましたし、古《ふる》い鉄《てつ》のベッドには硬《かた》いマットが置《お》かれ、色《いろ》あせたカバーに覆《おお》われていました。

屋根裏部屋《やねうらべや》は、使《つか》わなくなった家具《かぐ》を置《お》いておく場所《ばしょ》だったのです。天井《てんじょう》にある平《ひら》べったい天窓《てんまど》からは、どんよりとした灰色《はいいろ》の空《そら》が見《み》えるだけです。

セーラは、部屋《へや》の中《なか》にあった、壊《こわ》れかけた足《あし》のせ台《だい》に座《すわ》りました。そして布《ぬの》に包《つつ》まれたエミリーを両膝《りょうひざ》に置《お》いて、強《つよ》く抱《だ》きしめながらじっと座《すわ》り続《つづ》けていました。

セーラはこれまでほとんど泣《な》いたことがありませんし、今《いま》も泣《な》いてはいません。静寂《せいじゃく》の中《なか》で座《すわ》っていると、ドアのところを弱《よわ》く叩《たた》く音《おと》が聞《き》こえました。ノックの音《おと》があまりに小《ちい》さくて遠慮《えんりょ》がちだったので、最初《さいしょ》はまったく聞《き》こえませんでした。ドアがおずおずと開《あ》けられ、涙《なみだ》に暮《く》れた顔《かお》が中《なか》を覗《のぞ》き込《こ》むまで、セーラは一人《ひとり》でじっと考《かんが》え続《つづ》けていました。

それはベッキーでした。ベッキーは人目《ひとめ》を忍《しの》んで何時間《なんじかん》も泣《な》き続《つづ》け、調理場《ちょうりば》のエプロンで目《め》をこすり続《つづ》けたために、おかしなほど顔《かお》がむくんでいました。

「ああ、お嬢《じょう》さま」

ベッキーは声《こえ》を潜《ひそ》めて言《い》いました。

「よかったら……お許《ゆる》しいただけたら……ちょっと入《はい》っていいですか？」

セーラは顔《かお》を上《あ》げてベッキーを見《み》ました。笑顔《えがお》を作《つく》ろうとしましたが、なぜかできません。そして突然《とつぜん》——それはベッキーを見《み》たからですが——セーラの表情《ひょうじょう》は大人《おとな》びたものから、少女《しょうじょ》らしいものへと変《か》わりました。セーラは手《て》を伸《の》ばしながら、すすり泣《な》き始《はじ》めました。

「ああベッキー。あなたには前《まえ》、わたしたちはまったく同《おな》じだって言《い》ったわよね……ただの二人《ふたり》の女《おんな》の子《こ》だって。これでわたしの話《はなし》が、本当《ほんとう》だったってわかったでしょう。もう何《なに》も違《ちが》いはないわ。わたしはもうプリンセスじゃないもの」

ベッキーはセーラのところに駆《か》け寄《よ》って、手《て》を握《にぎ》りました。そしてセーラの手《て》を胸《むね》に当《あ》てると、そばにひざまずき、泣《な》き始《はじ》めました。

「いいえ、お嬢《じょう》さまは……プリンセス……ですよ……」

ベッキーは泣《な》きながら、途《と》切《ぎ》れ途《と》切《ぎ》れに言《い》いました。

「何《なに》が起《お》きても……どんなことがあっても……お嬢《じょう》さまは何《なに》も変《か》わらないし、プリンセスのままですよ……どんなものだってお嬢《じょう》さまを変《か》えられっこないんです」

8　屋根裏部屋《やねうらべや》

屋根裏部屋《やねうらべや》で初《はじ》めて過《す》ごした夜《よる》のことは、決《けっ》して忘《わす》れられないものになりました。夜《よる》が過《す》ぎていく間《あいだ》、セーラは子《こ》どもにはとても耐《た》えられないような悲《かな》しみを味《あじ》わったのです。

しかしセーラは、誰《だれ》にも話《はな》しませんでした。そんな気持《きも》ちを分《わ》かち合《あ》えるような人《ひと》は、一人《ひとり》もいません。セーラは暗闇《くらやみ》の中《なか》で眠《ねむ》れぬまま、自分《じぶん》が置《お》かれた、見慣《みな》れぬ環境《かんきょう》に何度《なんど》も心《こころ》をかき乱《みだ》されました。そしてたった一《ひと》つのことだけを考《かんが》えていました。

「わたしのパパが亡《な》くなった！　パパは死《し》んでしまったの！」

それからずいぶん経《た》ってから、セーラはベッドがとても硬《かた》すぎることに気《き》づきましたし、体《からだ》を休《やす》められる場所《ばしょ》を探《さが》すために、何度《なんど》も何度《なんど》も寝返《ねがえ》りを打《う》つはめになりました。

セーラは夜《よる》の闇《やみ》が、自分《じぶん》が知《し》っていたよりも深《ふか》いことや、煙突《えんとつ》の間《あいだ》の屋根《やね》を吹《ふ》き抜《ぬ》ける風《かぜ》が、物悲《ものがな》しそうな大《おお》きな音《おと》を立《た》てることも初《はじ》めて知《し》りました。

さらにセーラには、もっと嫌《いや》なこともありました。壁《かべ》の中《なか》から、何《なに》かを擦《こす》る音《おと》や引《ひ》っ掻《か》く音《おと》、チユーチューと鳴《な》くような音《おと》が聞《き》こえるのです。

音《おと》の正体《しょうたい》はすぐにわかりました。ベッキーが話《はな》していてくれたからです。それはドブネズミやハツカネズミがけんかをしたり、一緒《いっしょ》に遊《あそ》んだりする音《おと》でした。

セーラは、尖《とが》ったネズミの足《あし》が床《ゆか》を横切《よこぎ》る音《おと》さえ聞《き》きました。最初《さいしょ》に足音《あしおと》を聞《き》いたときには、ベッドから跳《と》び起《お》きて、身震《みぶる》いしながらベッドに座《すわ》り込《こ》みましたし、もう一度《いちど》ベッドに横《よこ》になったときには、頭《あたま》から毛布《もうふ》をかぶりました。

かつてのセーラには、とても考《かんが》えられなかった生活《せいかつ》です。しかも、このような変化《へんか》は徐々《じょじょ》に起《お》きたのではありません。一瞬《いっしゅん》にして起《お》きたのです。

「新《あたら》しい生活《せいかつ》を、今《いま》すぐ始《はじ》めさせないと」

ミンチン先生《せんせい》は、ミス・アメリアに言《い》いました。

「自分《じぶん》が何《なに》をしなければならないのかを、すぐにわからせてやる必要《ひつよう》があるわ」

メイドのマリエットは、翌日《よくじつ》、女学院《じょがくいん》を去《さ》りました。

ドアが開《あ》けっ放《ぱな》しになっていたので、セーラは自分《じぶん》が使《つか》っていた居間《いま》もちらりと見《み》ました。その様子《ようす》は、ありとあらゆるものが変《か》わってしまったことを教《おし》えてくれました。セーラが飾《かざ》っていたものは片付《かたづ》けられていましたし、新《あたら》しい生徒《せいと》の寝室《しんしつ》にするために、部屋《へや》の隅《すみ》にはベッドが置《お》かれていました。

セーラが朝食《ちょうしょく》を取《と》るために下《した》の階《かい》に下《お》りていくと、ミンチン先生《せんせい》の隣《となり》に置《お》かれていた自分《じぶん》の椅子《いす》には、ラヴィニアが座《すわ》っています。

ミンチン先生《せんせい》はセーラに冷《つめ》たい口調《くちょう》で言《い》いました。

「新《あたら》しい仕事《しごと》をこなしてもらわなければなりませんよ、セーラ。歳下《としした》の子《こ》どもたちと、小《ちい》さなテーブルに座《すわ》るのよ。行儀《ぎょうぎ》よく静《しず》かに食《た》べさせて、食《た》べ物《もの》を残《のこ》さないようにさせるの。それと朝《あさ》は、もっと早《はや》く下《した》の階《かい》に下《お》りてきなさい。ほらロッティがもう紅茶《こうちゃ》をこぼしたわ」

これは始《はじ》まりにすぎませんでした。日《ひ》を追《お》うごとに、セーラに与《あた》えられる仕事《しごと》は増《ふ》えていったのです。

セーラは小《ちい》さな子《こ》どもたちにフランス語《ご》を教《おし》えましたし、他《ほか》の科目《かもく》の勉強《べんきょう》も手伝《てつだ》いましたが、これはセーラにとって一番楽《いちばんらく》な仕事《しごと》になりました。セーラはどんな時間《じかん》にでも、そしてどんな天気《てんき》でも使《つか》いっ走《ぱし》りに出《だ》されましたし、他《ほか》の人《ひと》が嫌《いや》がる雑用《ざつよう》をやらされました。

コックやメイドは、ミンチン先生《せんせい》の声色《こわいろ》を真似《まね》て、長《なが》い間《あいだ》、大事《だいじ》にされすぎてきた「元《もと》プリンセス」をこき使《つか》うのを、むしろ楽《たの》しんでいました。

セーラは最初《さいしょ》の1、2か月《げつ》、自分《じぶん》にできることを率先《そっせん》し、小言《こごと》を言《い》われても我慢《がまん》すれば、周《まわ》りの人《ひと》の態度《たいど》が変《か》わるかもしれないと思《おも》っていました。でも時間《じかん》が経《た》つにつれ、誰一人《だれひとり》、やさしくなったりはしないことに気《き》づきました。むしろセーラが、言《い》いつけられたことを率先《そっせん》してやろうとすればするほど、コックやメイドは威張《いば》り散《ち》らし、横柄《おうへい》に振《ふ》る舞《ま》うようになりました。

もし、セーラがもっと歳上《としうえ》だったならば、ミンチン先生《せんせい》はセーラを正式《せいしき》な先生《せんせい》にして、歳上《としうえ》の生《せい》徒《と》にも授業《じゅぎょう》を教《おし》えさせていたでしょう。そうすればお金《かね》の節約《せつやく》にもなります。

でもセーラが子《こ》どものうちは、ありとあらゆる仕事《しごと》をするメイドとして働《はたら》かせたほうが便利《べんり》だと判断《はんだん》したのです。セーラは難《むずか》しい仕事《しごと》をこなせましたし、請求書《せいきゅうしょ》の支払《しはら》いをすませることもできました。しかも部屋《へや》の埃《ほこり》を拭《ふ》いたり、ものを片付《かたづ》けるといった仕事《しごと》も普通《ふつう》にこなせるのです。

新《あたら》しく起《お》きた変化《へんか》の中《なか》でもっとも興味深《きょうみぶか》かったのは、セーラに対《たい》する、生徒《せいと》の態度《たいど》が変《か》わってしまったことでした。小《ちい》さなプリンセスのように扱《あつか》われていたのが、一転《いってん》して自分《じぶん》たちの仲間《なかま》としてさえ、見《み》なされなくなったのです。

女学院《じょがくいん》の生徒《せいと》たちは、裕福《ゆうふく》で快適《かいてき》な生活《せいかつ》をすることに慣《な》れていました。でもセーラは丈《たけ》が短《みじか》く、みすぼらしいワンピースを着《き》ていますし、穴《あな》の空《あ》いた靴《くつ》を履《は》いていました。また食材《しょくざい》を買《か》いに行《い》かされ、腕《うで》に買《か》い物《もの》かごを抱《かか》えて街《まち》の通《とお》りを歩《ある》いたりもします。

こういったことがはっきりするにつれ、生徒《せいと》たちは、まるで目下《めした》の召使《めしつか》いを相手《あいて》にしているような気分《きぶん》で、セーラに話《はな》しかけるようになっていったのです。

「ダイヤモンド鉱山《こうざん》を持《も》っていた女《おんな》の子《こ》だと思《おも》うと……」

ラヴィニアはあざけるように言《い》いました。

「まさに哀《あわ》れよね。しかも最近《さいきん》は、ますます様子《ようす》が変《へん》だわ。もともと、あの子《こ》はそんなに好《す》きじゃなかったけど、最近《さいきん》はじっとわたしたち生徒《せいと》のことを見《み》ているじゃない……まるで何《なに》かを探《さぐ》ろうとしているみたいに」

ラヴィニアの陰口《かげぐち》を聞《き》きつけたセーラは、すぐにこう言《い》いました。

「そうよ。本当《ほんとう》はどんな人《ひと》なのかを、じっと見《み》ているの。そして後《あと》から考《かんが》えてみるのよ」

一方《いっぽう》、ミンチン先生《せんせい》は、セーラを他《ほか》の生徒《せいと》に近《ちか》づけないようにしました。

「もしセーラが、自分《じぶん》を悲劇《ひげき》のヒロインにした物語《ものがたり》を考《かんが》えて、他《ほか》の生徒《せいと》に聞《き》かせ始《はじ》めたりしたら、親御《おやご》さんたちが間違《まちが》った印象《いんしょう》を抱《いだ》いてしまうわ。そもそもわたしはあの子《こ》に、住《す》む場所《ばしょ》だって与《あた》えてやっているのよ。本当《ほんとう》なら、こんな待遇《たいぐう》だって望《のぞ》む資格《しかく》がないのに」

セーラはミンチン先生《せんせい》にそれほど多《おお》くのものは望《のぞ》んでいませんでした。

また誇《ほこ》りも高《たか》かったので、自分《じぶん》とつきあうのをためらったり、迷《まよ》ったりしているような生徒《せいと》と、親《した》しくつきあい続《つづ》けようとはしませんでした。

しかし孤独《こどく》のあまり、幼《おさな》い心《こころ》がほとんど折《お》れそうになるときもありました。３人《にん》の子《こ》どもたちがいなければ、そうなっていたでしょう。

最初《さいしょ》に挙《あ》げなければならないのはベッキー。まさにベッキーその人《ひと》でした。屋根裏部屋《やねうらべや》で初《はじ》めて一夜《いちや》を過《す》ごしたとき、セーラは壁《かべ》の向《む》こう側《がわ》に、自分《じぶん》と同《おな》じような若《わか》い少女《しょうじょ》がいると思《おも》うだけで、少《すこ》しだけ気持《きも》ちが慰《なぐさ》められました。

ベッキーに対《たい》する親近感《しんきんかん》は、どんどん大《おお》きくなっていきました。確《たし》かに日中《にっちゅう》は、二人《ふたり》が話《はな》す機会《きかい》などほとんどありませんでした。お互《たが》いにこなさなければならない仕事《しごと》がありましたし、おしゃべりをしようとすると、さぼっているか、時間《じかん》を無駄《むだ》にしていると見《み》られたからです。

でもベッキーは毎朝《まいあさ》、夜《よ》が明《あ》ける前《まえ》に、セーラの屋根裏部屋《やねうらべや》にそっと入《はい》ってきました。半地下《はんちか》の調理場《ちょうりば》に行《い》く前《まえ》に、服《ふく》のボタンを留《と》めるのを手伝《てつだ》ってくれるのです。

そして夜《よる》が来《く》ると、いつもセーラの部屋《へや》のドアを、控《ひか》えめにノックしました。必要《ひつよう》であれば、またお手伝《てつだ》いしますよと伝《つた》えるためです。

とはいえ最初《さいしょ》の数週間《すうしゅうかん》、セーラはあまりに感覚《かんかく》が麻痺《まひ》していたせいで、人《ひと》とうまく話《はなし》ができませんでした。そのためにベッキーと部屋《へや》を行《い》き来《き》したりする機会《きかい》もあまりないまま、時間《じかん》が過《す》ぎていってしまいました。悩《なや》みを抱《かか》えている人《ひと》は、そっとしておいてあげたほうがいい。心《こころ》の声《こえ》はベッキーにそう告《つ》げていたのです。

セーラの心《こころ》をなぐさめてくれた二人目《ふたりめ》の人物《じんぶつ》は、アーメンガードでした。しかしアーメンガードが特別《とくべつ》な存在《そんざい》になるまでには、いくつかの波乱《はらん》がありました。

閉《と》ざされた心《こころ》の扉《とびら》がようやく開《ひら》かれ、自分《じぶん》の周《まわ》りに再《ふたた》び目《め》を向《む》けられるようになったとき、セーラはアーメンガードのことを、すっかり忘《わす》れてしまっていたのに気《き》がつきました。アーメンガードが突然《とつぜん》、数週間《すうしゅうかん》も実家《じっか》に呼《よ》び戻《もど》されたことも影響《えいきょう》しました。

女学院《じょがくいん》に戻《もど》ってきたアーメンガードが、セーラと久々《ひさびさ》に再会《さいかい》したのは、階段《かいだん》を下《お》りていたときでした。セーラの顔《かお》は青白《あおじろ》く、別人《べつじん》のように見《み》えましたし、小《ちい》さくなりすぎたつんつるてんのワンピースを着《き》ていたため、丈《たけ》の短《みじか》いスカートからは細《ほそ》く、黒《くろ》い靴下《くつした》がむき出《だ》しになっています。

しかも両手《りょうて》には、つぎをあてるための服《ふく》を抱《かか》えていました。アーメンガードは、セーラに何《なに》が起《お》きたのかを知《し》っていましたが、メイド同然《どうぜん》になっているなどとは、夢《ゆめ》にも思《おも》っていませんでした。

アーメンガードは、思《おも》いがけない場面《ばめん》にとっさに対応《たいおう》するには、おっとりしすぎた少女《しょうじょ》でした。とても悲《かな》しい気持《きも》ちになりましたが、慌《あわ》ててこう口走《くちばし》ってしまったのです。

「ああ、セーラ、あなたなの？　あなたは……あなたはすごく不幸《ふしあわ》せなの？」

これを聞《き》いたセーラは、間違《まちが》った行動《こうどう》を取《と》ってしまいました。心《こころ》の中《なか》で悲《かな》しみが膨《ふく》れ上《あ》がり、こんなにバカな女の子《おんなこ》とは、距離《きょり》をおいたほうがいいと思《おも》ってしまったのです。

「どう思《おも》う？　わたしがすごく幸《しあわ》せだとでも思《おも》うの？」

セーラはこう言《い》って、アーメンガードの横《よこ》をつかつかと通《とお》り過《す》ぎていきました。

やがて時間《じかん》が経《た》つにつれて、セーラは大事《だいじ》なことに気《き》がつきました。アーメンガードという女《おんな》の子《こ》は、気《き》まずく感《かん》じれば感《かん》じるほど、さらにバカげた振《ふ》る舞《ま》いをするようなタイプだったのです。不用意《ふようい》におかしなことを口走《くちばし》ったとしても、それを責《せ》めるべきではないのです。

でも、セーラは神経質《しんけいしつ》になっていたため、こんなふうに考《かんが》えていました。

「アーメンガードも、他《ほか》の生徒《せいと》と同《おな》じなんだわ。本当《ほんとう》はわたしに話《はな》しかけたくないのよ」

それから数週間《すうしゅうかん》の間《あいだ》、二人《ふたり》の間《あいだ》には溝《みぞ》ができました。偶然《ぐうぜん》に会《あ》ったときでも、セーラは顔《かお》を合《あ》わせないようにしましたし、アーメンガードもビクビクしていたために、声《こえ》をかけることができませんでした。挨拶《あいさつ》さえ交《か》わさないこともたびたびあったのです。

「わたしとあまり話《はなし》をしたくないなら……」

セーラはますます、こう思《おも》うようになっていきました。

「邪魔《じゃま》にならないようにするわ。ミンチン先生《せんせい》はそうさせたがっているんだから」

ある晩《ばん》、セーラはいつもよりも遅《おそ》い時間《じかん》に屋根裏部屋《やねうらべや》に戻《もど》ってきました。生徒《せいと》たちが寝《ね》る時間《じかん》を過《す》ぎても働《はたら》かされていましたし、その後《あと》、一人《ひとり》で教室《きょうしつ》に行《い》き、自習《じしゅう》をしていたのです。ところが驚《おどろ》いたことに、屋根裏部屋《やねうらべや》のドアの下《した》から、かすかに灯《あか》りが漏《も》れています。

「誰《だれ》かがろうそくをつけたんだわ」

実際《じっさい》、部屋《へや》の中《なか》ではろうそくが灯《とも》っていました。しかもそれはセーラが使《つか》っている調理場用《ちょうりばよう》のろうそく立《た》てではなく、生徒《せいと》の部屋《へや》に置《お》いてあるろうそく立《た》ての上《うえ》で燃《も》えていました。

ふと見《み》ると、誰《だれ》かが壊《こわ》れた足《あし》のせ台《だい》の上《うえ》に座《すわ》っています。ナイトガウンを着《き》て、赤《あか》いショールに身《み》を包《つつ》んでいます。アーメンガードです。

「アーメンガード！」

セーラは思《おも》わず叫《さけ》びました。びっくりしすぎて、怖《こわ》くなってしまったほどです。

「わたしの部屋《へや》に来《き》たりしたら、叱《しか》られるわよ」

アーメンガードは、よろめきながら立《た》ち上《あ》がりました。そして足《あし》を引《ひ》きずるようにして、近《ちか》づいてきました。泣《な》いていたせいで、目《め》と鼻《はな》は少《すこ》し赤《あか》くなっていました。

「どうなるかわかってるわ……もし見《み》つかったら……」

アーメンガードは言《い》いました。

「でもいいの……ちっともかまわない。ねぇセーラ、教《おし》えてちょうだい！　何《なに》がいけないの？　なんでわたしのことを嫌《きら》いになっちゃったの？」

アーメンガードの声《こえ》を聞《き》いたセーラは、胸《むね》がいっぱいになりました。アーメンガードの言葉《ことば》は、とても素朴《そぼく》で愛情《あいじょう》にあふれていたのです。教室《きょうしつ》で初《はじ》めて出会《であ》った日《ひ》、「一番《いちばん》の仲良《なかよ》し」になってと頼《たの》んできたときのようにです。

「あなたのことは大好《だいす》きよ。でもわたしは……わかるでしょ、すべてが変《か》わってしまったと思《おも》ったの。あなたも……変《か》わってしまったと思《おも》ったのよ」

アーメンガードは涙《なみだ》に濡《ぬ》れた瞳《ひとみ》を大《おお》きく見開《みひら》きました。

「なんで？　変《か》わったのはあなたじゃない！　あなたは話《はな》しかけようとしなくなったわ。わたしはどうしていいかわからなくなったの。変《か》わってしまったのはセーラのほうよ」

セーラは一瞬《いっしゅんかんが》考え込《こ》みました。そして自分《じぶん》が間違《まちが》っていたことに気《き》がつきました。

「今《いま》のわたしは、確《たし》かに前《まえ》と変《か》わってしまった。でもそれは、あなたが思《おも》っているような意味《いみ》じゃないの。ミンチン先生《せんせい》は、他《ほか》の子《こ》たちと話《はなし》をさせたがらないし、ほとんどの女《おんな》の子《こ》は、わたしに近《ちか》づこうとしないわ。わたしは……たぶん……あなたもそうだと思《おも》ったの」

「ああ、セーラ……」

二人《ふたり》はもう一度《いちど》お互《たが》いの顔《かお》を見《み》ると、駆《か》け寄《よ》って抱《だ》き合《あ》いました。

つらい思《おも》いをしていたのは、アーメンガードだけではありません。実《じつ》はセーラも、アーメンガードに見捨《みす》てられたように思《おも》えて、恐《おそ》ろしいほどの孤独《こどく》を感《かん》じていたのです。

その後《あと》、二人《ふたり》は一緒《いっしょ》に床《ゆか》の上《うえ》に座《すわ》りました。セーラは膝《ひざ》を腕《うで》で抱《かか》えながら、そしてアーメンガードはショールに身《み》を包《つつ》んで座《すわ》っていました。アーメンガードは、不思議《ふしぎ》な感《かん》じのする、セーラの大《おお》きな瞳《ひとみ》を見《み》つめていました。

「わたしはもう耐《た》えられないわ。セーラ、あなたはわたしなしでも平気《へいき》でしょうけど、わたしはあなたなしじゃ生《い》きられないの。わたしは死《し》んだも同然《どうぜん》だったわ。だから毛布《もうふ》の下《した》で泣《な》いていたときに、ここに来《き》て、もう一度《いちど》友《とも》だちになってほしいと頼《たの》んでみようって思《おも》ったの」

セーラは額《ひたい》に皺《しわ》を寄《よ》せて考《かんが》えていました。

「あなたはわたしよりも性格《せいかく》がいいのよ。わたしはプライドが高《たか》すぎて、自分《じぶん》から友《とも》だちを作《つく》れないもの。ほら、こんなふうに試《ため》されると、自分《じぶん》はいい子《こ》じゃないってことがわかってしまうの……だから試練《しれん》が与《あた》えられたのよ」

「そんな試練《しれん》なんて、何《なに》がいいのかちっともわからない」

アーメンガードはきっぱりと言《い》いました。

「わたしもそう思《おも》うわ……本当《ほんとう》のことを言《い》えばね」

セーラは素直《すなお》に認《みと》めました。

「でもそういう試練《しれん》にだって、何《なに》かいいところはあるかもしれないわ。自分《じぶん》たちにはわからなくともね。試練《しれん》は人《ひと》を試《ため》すっていうけど、わたしの試練《しれん》があなたを試《ため》すことになったんだわ。そして、あなたがどんなにいい人《ひと》かってことが、証明《しょうめい》されたのよ」

アーメンガードは、おそるおそる屋根裏部屋《やねうらべや》を見渡《みわた》しながら尋《たず》ねました。

「ねえセーラ、あなたはここでの生活《せいかつ》に我慢《がまん》できると思《おも》う？」

セーラも部屋《へや》を見渡《みわた》しました。

「もしここがまるで違《ちが》った場所《ばしょ》だというふりができるなら、我慢《がまん》できるわ。あるいは、物語《ものがたり》に出《で》てくるような場所《ばしょ》だと思《おも》えたならね」

セーラはゆっくりと話《はな》しました。クルー大尉《たいい》が死《し》んでからというもの、セーラは自分《じぶん》から一切《いっさい》の想像力《そうぞうりょく》が消《き》えてしまっていたように感《かん》じていました。でも頭《あたま》の中《なか》で、久《ひさ》しぶりに想像《そうぞう》をめぐらせ始《はじ》めたのです。

「世《よ》の中《なか》にはもっとひどい場所《ばしょ》で生活《せいかつ》した人《ひと》もいるわ。バスティーユの牢獄《ろうごく》にいた人《ひと》とか！」

「バスティーユ……」

アーメンガードはフランス革命《かくめい》の話《はなし》を思《おも》い出《だ》しました。セーラが覚《おぼ》えさせてくれたのです。そんなことができたのはセーラだけでした。いつもの輝《かがや》きがセーラの目《め》に戻《もど》ってきました。

「そう、ここはバスティーユにいる『ふり』をするには、おあつらえ向《む》きの場所《ばしょ》だわ。わたしはバスティーユの囚人《しゅうじん》なのよ。何年《なんねん》も何年《なんねん》も、本当《ほんとう》に長《なが》い間《あいだ》、ここに閉《と》じ込《こ》められているの。そして誰《だれ》からも忘《わす》れられてしまったの。ミンチン先生《せんせい》は看守《かんしゅ》で、ベッキーは……」

目《め》がさらに輝《かがや》きました。

「ベッキーは隣《となり》の牢屋《ろうや》にいる囚人《しゅうじん》なの」

セーラはアーメンガードのほうを向《む》きました。

「そういうふりをしてみるわ。そうすればすごく気《き》が楽《らく》になるから」

アーメンガードは、一瞬《いっしゅん》にしてセーラの話《はなし》に夢中《むちゅう》になりました。

「じゃあその話《はなし》をしてくれる？　平気《へいき》なときには夜《よる》、ここに上《あ》がってきて、昼間《ひるま》に作《つく》った話《はなし》を聞《き》いてもいい？　そしたらわたしたちは、これまで以上《いじょう》に〝一番《いちばん》の仲良《なかよ》し〟になれるわ」

9　メルキゼデク

セーラの悲《かな》しみを和《やわ》らげた3人《にん》のうち、最後《さいご》の一人《ひとり》はロッティでした。ただし、ロッティは幼《おさな》い子《こ》どもでしたし、試練《しれん》という言葉《ことば》の意味《いみ》も知《し》りませんでした。セーラに事件《じけん》が起《お》きたという噂《うわさ》を聞《き》いていましたが、どうして見《み》た目《め》まで変《か》わってしまったのか理解《りかい》できなかったのです。

ロッティが一番困《いちばんこま》ったのは、セーラにものを尋《たず》ねても、ほとんど話《はな》してくれなくなってしまったことでした。

「セーラは今《いま》、とても貧乏《びんぼう》な人《ひと》になっちゃったの？」

授業《じゅぎょう》でフランス語《ご》を教《おし》えてもらいながら、ロッティはこっそり聞《き》いてみました。

「乞食《こじき》の人《ひと》みたいに貧乏《びんぼう》なの？　あたしはそんなふうになってほしくないの」

泣《な》き出《だ》しそうな様子《ようす》のロッティを、セーラがすぐに慰《なぐさ》めます。

「乞食《こじき》というのは住《す》むところがない人《ひと》のことよ。わたしにはお部屋《へや》があるもの」

「それってきれいなお部屋《へや》？　そこに連《つ》れてってってよ」

「話《はなし》をしちゃダメ。ミンチン先生《せんせい》が見《み》ているわ。叱《しか》られちゃう」

しかしロッティは、小《ちい》さいながらも、こうと決《き》めたら譲《ゆず》らない子《こ》どもでした。セーラが教《おし》えてくれないなら、自分《じぶん》で探《さが》すつもりでした。そしてある日《ひ》の午後遅《ごごおそ》く、歳上《としうえ》の少女《しょうじょ》たちの話《はなし》を聞《き》いて、冒険《ぼうけん》の旅《たび》に出《で》たのです。

ロッティは屋根裏部屋《やねうらべや》に続《つづ》く階段《かいだん》を、生《う》まれて初《はじ》めて上《のぼ》りました。そこには、二《ふた》つのドアが隣《とな》り合《あ》って並《なら》んでいました。片方《かたほう》のドアを開《あ》けてみると、大好《だいす》きなセーラが古《ふる》いテーブルの上《うえ》に立《た》って、窓《まど》の外《そと》を見《み》ているではありませんか。

「セーラ！」

ロッティは大声《おおごえ》を出《だ》しました。セーラがいたことにも、そして屋根裏部屋《やねうらべや》があまりにも狭《せま》く、殺風景《さっぷうけい》で、外《そと》の世界《せかい》とかけ離《はな》れていることにも驚《おどろ》いたのです。

「ねえママ・セーラ！」

セーラが振《ふ》り返《かえ》りました。

もしロッティが泣《な》き出《だ》して、誰《だれ》かに聞《き》かれたりしたら大変《たいへん》です。

「泣《な》き声《ごえ》を出《だ》したり、音《おと》を立《た》てたりしないで」

セーラは必死《ひっし》にお願《ねが》いしました。

「そんなことをされると、わたしが叱《しか》られるのよ。今日《きょう》も一日中叱《いちにちじゅうしか》られっぱなしだったわ。それにここは……そんなにひどい部屋《へや》じゃないわ、ロッティ」

「ひどい部屋《へや》じゃないの？　どうして？」

ロッティは周《まわ》りを見渡《みわた》した後《あと》、唇《くちびる》を噛《か》んで我慢《がまん》しました。

セーラのことが大好《だいす》きでしたから、嫌《いや》なことを言《い》わないようにしようと思《おも》ったのです。それにセーラだったら、どんなところに住《す》んでいても、すてきな場所《ばしょ》に変《か》えてくれるかもしれません。

セーラはロッティをそばに引《ひ》き寄《よ》せると、笑顔《えがお》を作《つく》ろうとしました。ぷくぷくとした幼《おさな》い子《こ》どもの体《からだ》は温《あたた》かく、どこか気分《きぶん》を和《なご》ませてくれます。

「ここにいると、下《した》の階《かい》では見《み》えなかった、いろんなものが見《み》えるのよ」

「どんなもの？」

ロッティは答《こた》えをせがみました。

「そばの煙突《えんとつ》からは、煙《けむり》が輪《わ》になったり、雲《くも》みたいになったりしながら空《そら》に昇《のぼ》っていくの。スズメは人間《にんげん》みたいにおしゃべりをしているし、よそのお家《うち》の屋根裏部屋《やねうらべや》の窓《まど》からは、誰《だれ》かの頭《あたま》が飛《と》び出《だ》してくるかもしれないわ……まるで別《べつ》の世界《せかい》にいるみたいよ」

「ねえ、あたしにも見《み》せて！　だっこ！」

セーラはロッティの体《からだ》を持《も》ち上《あ》げて、古《ふる》いテーブルの上《うえ》に一緒《いっしょ》に立《た》つと、屋根《やね》にある天窓《てんまど》の枠《わく》にもたれかかりました。そして外《そと》を眺《なが》めたのです。空《そら》がすごく近《ちか》くに感《かん》じられたので、ロッティはうっとりしました。窓《まど》からは、煙突《えんとつ》の向《む》こう側《がわ》に下《した》の通《とお》りが見《み》えましたが、遠《とお》い世界《せかい》のように思《おも》えました。広場《ひろば》を行《ゆ》き交《か》う馬車《ばしゃ》の車輪《しゃりん》の音《おと》も、まるで違《ちが》う音《おと》のように聞《き》こえます。

「ほら、あのスズメを見《み》て」

セーラがささやきました。

「パン屑《くず》があったらいいんだけど」

「あたし、ちょっとだけ持《も》ってる！」

ロッティが甲高《かんだか》い声《こえ》を出《だ》しました。

「ポケットにパンの切《き》れ端《はし》が入《はい》っているの。昨日《きのう》、自分《じぶん》のお金《かね》で買《か》ったんだけど、ちょっと残《のこ》しておいたの」

二人《ふたり》がパン屑《くず》をいくつか投《な》げると、スズメは隣《となり》の煙突《えんとつ》の一番上《いちばんうえ》に飛《と》んで逃《に》げていってしまいました。突然《とつぜん》、パン屑《くず》が飛《と》んできたので驚《おどろ》いてしまったのです。

しかしセーラが、まるで自分《じぶん》がスズメになったように、やさしく口笛《くちぶえ》を吹《ふ》いてさえずってみせると、スズメは首《くび》を傾《かし》げながらパン屑《くず》を見《み》て、目《め》を輝《かがや》かせました。そしてぴょんぴょん飛《と》び跳《は》ねながら近《ちか》づいていくと、一番大《いちばんおお》きなパン屑《くず》を目《め》にも留《と》まらぬ速《はや》さでつつき、煙突《えんとつ》の向《む》こうに運《はこ》んでいったのです。しばらくすると、そのスズメは一羽《いちわ》の仲間《なかま》を連《つ》れてきて、その仲間《なかま》は、さらに別《べつ》の仲間《なかま》を連《つ》れてきました。

ロッティは夢中《むちゅう》になってその様子《ようす》を眺《なが》めています。そしてセーラにも、自分《じぶん》では気《き》がついていなかったような屋根裏部屋《やねうらべや》の魅力《みりょく》が見《み》えてきたのです。

「この部屋《へや》は教室《きょうしつ》よりずっと高《たか》いところにあるから、鳥《とり》の巣《す》のようなものね。朝《あさ》が来《く》ると、ベッドに横《よこ》になったまま、天井《てんじょう》にある窓《まど》から空《そら》をまっすぐに見上《みあ》げることができるの。まるで太陽《たいよう》の光《ひかり》が、四角《しかく》い布《ぬの》に貼《は》ってあるみたいよ。

お天気《てんき》がいい日《ひ》には、小《ちい》さなピンク色《いろ》の雲《くも》が浮《う》かんでいるし、雨《あめ》の日《ひ》には、何《なに》かすてきなことをつぶやくように、雨粒《あまつぶ》がパラパラと窓《まど》を打《う》つ。夜空《よぞら》を見上《みあ》げれば、キラキラと瞬《またた》く星《ほし》も数《かぞ》えられるの。

それから部屋《へや》の隅《すみ》にある、ちっちゃな錆《さ》びた暖炉《だんろ》の鉄格子《てつごうし》を見《み》て。もしあれが磨《みが》いてあって、その中《なか》で炎《ほのお》が燃《も》えさかっていたら、どんなにすてきか想像《そうぞう》してみて。ほら、ここは本当《ほんとう》にきれいで、ちっちゃなお部屋《へや》に変《か》わるわ」

セーラの頭《あたま》の中《なか》で、どんどん想像《そうぞう》が膨《ふく》らんでいきます。ロッティの手《て》を引《ひ》いて狭《せま》い部屋《へや》の中《なか》を歩《ある》きながら、身振《みぶ》り手振《てぶ》りで説明《せつめい》していきました。

「この床《ゆか》には厚手《あつで》で柔《やわ》らかい、青《あお》い色《いろ》のインド製《せい》のじゅうたんを敷《し》けるし、部屋《へや》の隅《すみ》には、柔《やわ》らかくて小《ちい》さなソファーを置《お》ける。クッションを上《うえ》にのせてね。ソファーのすぐ隣《となり》には、本棚《ほんだな》を置《お》いてもいいかも。そして暖炉《だんろ》の前《まえ》には毛皮《けがわ》を敷《し》いて、壁《かべ》に絵《え》を飾《かざ》るのもすてき。

そしてお部屋《へや》には、深《ふか》いバラ色《いろ》の覆《おお》いがついたランプとテーブルがあって、お茶《ちゃ》を飲《の》めるような食器《しょっき》がのせてあるの。銅《どう》でできた小《ちい》さなやかんが、暖炉《だんろ》の中《なか》の棚《たな》でシューシュー歌《うた》を歌《うた》っている。ベッドにも柔《やわ》らかいマットレスを敷《し》いて、かわいいシルクのカバーをかけるの」

「ああ、セーラ！」

ロッティは感極《かんきわ》まった声《こえ》を出《だ》しました。

「あたし、ここに住《す》みたいわ！」

ロッティをなだめすかして帰《かえ》した後《あと》、セーラは部屋《へや》の真《ま》ん中《なか》に立《た》って、周《まわ》りを見渡《みわた》してみました。

セーラはがっかりしました。ロッティのために想像《そうぞう》してあげた魔法《まほう》のような部屋《へや》は、もうどこにもなくなっていたのです。セーラは冷《つめ》たい床《ゆか》に座《すわ》り込《こ》んだ後《あと》、うなだれて両手《りょうて》で頭《あたま》を抱《かか》えました。

ロッティがやってきて、そして帰《かえ》ってしまったというだけで、よけいに寂《さび》しくなりました。

「ここは寂《さび》しい場所《ばしょ》だわ」

セーラは独《ひと》り言《ごと》を言《い》いました。

「世界《せかい》で一番寂《いちばんさび》しい場所《ばしょ》になることもあるわ」

そのまま座《すわ》っていると、近《ちか》くで小《ちい》さな音《おと》がしました。

セーラは頭《あたま》を上《あ》げて、その音《おと》がどこから聞《き》こえてくるのかを確《たし》かめてみました。するとどうでしょう。大《おお》きなネズミが後《うし》ろ足《あし》で立《た》って、周《まわ》りの匂《にお》いをかいでいたのです。ロッティが持《も》ってきたパン屑《くず》が落《お》ちていたため、その匂《にお》いに誘《さそ》われて出《で》てきたのでした。

そのネズミの様子《ようす》はとても不思議《ふしぎ》でした。灰色《はいいろ》のひげを生《は》やした小人《こびと》や大地《だいち》の妖精《ようせい》にとてもよく似《に》ていたので、セーラは怖《こわ》いという気《き》持《も》ちよりも、むしろ興味《きょうみ》を持《も》ちました。

「ネズミでいるのって、大変《たいへん》でしょうね。誰《だれ》もあなたのことを好《す》きじゃないし、『あら嫌《いや》だ、ネズミだわ！』って叫《さけ》ぶもの。わたしだって他《ほか》の人《ひと》たちに見《み》られたときに、『あら嫌《いや》だ、セーラだわ！』なんて言《い》われたりしたくないわ」

ネズミもまた、セーラに自分《じぶん》のことをわかってほしいと思《おも》っていました。それは本当《ほんとう》に性格《せいかく》のいいネズミで、悪気《わるぎ》はまったくありませんでした。きらきら光《ひか》る目《め》でセーラを見《み》つめながら、そのことをわかってほしい、自分《じぶん》を嫌《きら》ってほしくないと願《ねが》っていたのです。

ネズミはとてもお腹《なか》をすかせていました。奥《おく》さんと大勢《おおぜい》の子《こ》どもがいて、一緒《いっしょ》に壁《かべ》の中《なか》にすんでいたのですが、この何日《なんにち》かは運《うん》が悪《わる》く、食《た》べ物《もの》にありつけていなかったのです。

「こっちにおいで」

セーラが声《こえ》をかけました。

「わたしは罠《わな》なんか仕《し》掛《か》けてないから。パン屑《くず》を食《た》べていいのよ、かわいそうに……わたしとあなたも、お友《とも》だちになってみない？」

この世《よ》の中《なか》には、言葉《ことば》が通《つう》じなくとも、心《こころ》が通《つう》じ合《あ》う魔法《まほう》があるのかもしれません。不思議《ふしぎ》な力《ちから》が働《はたら》いて、ネズミには、セーラが自分《じぶん》を嫌《きら》ったりしないことがわかりました。そこで静《しず》かにパン屑《くず》のほうに近《ちか》づいて、食《た》べ始《はじ》めたのです。ネズミはパン屑《くず》を食《た》べながら、時々《ときどき》、セーラのほうを眺《なが》めましたが、とても申《もう》し訳《わけ》なさそうな表情《ひょうじょう》をしていました。

パン屑《くず》の中《なか》にはかなり大《おお》きなものもありました。ネズミはその塊《かたまり》をすごく欲《ほ》しがっていましたが、セーラの足元《あしもと》に落《お》ちていたので、まだ少《すこ》しためらっていました。

「壁《かべ》の中《なか》にいる家族《かぞく》に持《も》って帰《かえ》りたいんだわ」

セーラはピンときました。ネズミはそろそろとした足取《あしど》りでちょっと近《ちか》づくと、まず小《ちい》さなパン屑《くず》をさらにいくつか食《た》べました。それから動《うご》きを止《と》めて、慎重《しんちょう》に匂《にお》いをかぎながら、セーラを横目《よこめ》で見《み》ると、大《おお》きな塊《かたまり》に一目散《いちもくさん》に近《ちか》づきました。大《おお》きな塊《かたまり》をくわえたネズミは、壁《かべ》のところまで飛《と》ぶようにして戻《もど》り、ひび割《わ》れの隙間《すきま》に入《はい》っていきました。

「自分《じぶん》の家族《かぞく》にあげたかったのね。わたしはあの子《こ》となら、友《とも》だちになれるはずよ」

それから1週間近《しゅうかんちか》くが過《す》ぎた後《あと》、久《ひさ》しぶりにアーメンガードが、屋根裏《やねうら》にこっそりと上《のぼ》ってきました。でも、ドアをノックしても、セーラはなかなか出《で》てきません。部屋《へや》があまりに静《しず》まり返《かえ》っていたため、アーメンガードは、セーラがもう眠《ねむ》っているのかもしれないと思《おも》ったほどです。

ところがしばらくすると、セーラが小《ちい》さな声《こえ》で話《はな》しかけているのが聞《き》こえたのです。

「ほらっ！　それを持《も》ってお家《うち》に帰《かえ》りなさい、メルキゼデク。家族《かぞく》のところに帰《かえ》るのよ」

セーラはそれからすぐに、ドアを開《あ》けました。アーメンガードは驚《おどろ》いた顔《かお》をしたまま、敷居《しきい》の上《うえ》に立《た》っています。

「だ……誰《だれ》と話《はな》しているの、セーラ？」

アーメンガードは声《こえ》を絞《しぼ》り出《だ》して尋《たず》ねました。

「怖《こわ》がらないって約束《やくそく》してちょうだい……これっぽっちも悲鳴《ひめい》を上《あ》げたりしちゃだめよ。約束《やくそく》してくれなきゃ、教《おし》えてあげられないわ」

アーメンガードはそう言《い》われただけでも、すぐに悲鳴《ひめい》を上《あ》げたいような気持《きも》ちになりましたが、

なんとか自分《じぶん》の気持《きも》ちを抑《おさ》えることができました。

屋根裏部屋《やねうらべや》を見渡《みわた》しても、そこには誰《だれ》もいません。でもセーラは、確《たし》かに誰《だれ》かに話《はな》しかけていました。アーメンガードは、幽霊《ゆうれい》の姿《すがた》を思《おも》い浮《う》かべました。

「それは……お化《ば》け？」

「いいえ」

セーラが笑《わら》いながら答《こた》えます。

「ネズミのお友《とも》だちよ」

アーメンガードは飛《と》び上《あ》がって、小《ちい》さなみすぼらしいベッドの真《ま》ん中《なか》に飛《と》び乗《の》り、足《あし》をナイトガウンと赤《あか》いショールで隠《かく》しました。大声《おおごえ》で叫《さけ》ぶのは我慢《がまん》しましたが、怖《こわ》さのあまり、息《いき》はたえだえになっています。

「ネズミ？　ネズミですって？」

「怖《こわ》がることなんてないわ。人《ひと》に慣《な》れさせているところですもの。この子《こ》はわたしのことを知《し》っているし、呼《よ》ぶと出《で》てくるわ。会《あ》いたくない？」

アーメンガードは、ネズミを警戒《けいかい》して、ベッドの上《うえ》で足《あし》を隠《かく》すのが精一杯《せいいっぱい》でした。でも、セーラの落《お》ち着《つ》き払《はら》った話《はな》しぶりや、メルキゼデクとの不思議《ふしぎ》な出会《であ》いを聞《き》いているうちに、ついに好奇《こうき》心《しん》が芽生《めば》えてきました。

「その子《こ》は……急《きゅう》に走《はし》ってきてベッドに飛《と》び乗《の》ったりしないわよね、そうでしょ？」

「しないわ」

セーラが答《こた》えます。

「メルキゼデクは、わたしたちと同《おな》じくらい礼儀正《れいぎただ》しいもの。ほら、見《み》てて！」

セーラは低《ひく》く口笛《くちぶえ》を吹《ふ》き始《はじ》めました。すると灰色《はいいろ》のひげをはやし、目《め》を輝《かがや》かせた小《ちい》さな生《い》き物《もの》が頭《あたま》を穴《あな》から出《だ》して、外《そと》を覗《のぞ》き始《はじ》めたのです。セーラがパン屑《くず》を床《ゆか》に落《お》とすと、静《しず》かに前《まえ》に出《で》てきて食《た》べ始《はじ》めました。大《おお》きなかけらは、てきぱきとした動作《どうさ》で運《はこ》んでいきます。セーラが説明《せつめい》します。

「あれは奥《おく》さんと子《こ》どもに持《も》ち帰《かえ》っているの。家《いえ》に戻《もど》っていった後《あと》は、家族《かぞく》が喜《よろこ》んでチューチュー鳴《な》いているのがいつも聞《き》こえる。鳴《な》き声《ごえ》には3種類《しゅるい》あるのよ。子《こ》どもたちの声《こえ》、ミス・メルキゼデクの声《こえ》、それとメルキゼデクの声《こえ》ね」

アーメンガードは笑《わら》い始《はじ》めました。

「セーラったら！　あなたって本当《ほんとう》に変《か》わった人《ひと》ね……でもやさしい人《ひと》だわ」

「そう、わたしは変《か》わっているの。そしてやさしくしようとも思《おも》っているの」

セーラは茶色《ちゃいろ》になった小《ちい》さな手《て》で額《ひたい》を擦《こす》りました。

「パパはいつもわたしのことを笑《わら》っていたわ。でも、わたしがいろんなお話《はなし》を考《かんが》え出《だ》すのを喜《よろこ》んでいた……それができなかったら、生《い》きていけないと思《おも》う」

セーラは口《くち》をつぐみ、屋根裏部屋《やねうらべや》を見渡《みわた》しました。

「ここでは絶対《ぜったい》にそう」

「ここはまだバスティーユのままなの？」

アーメンガードが、身《み》を乗《の》り出《だ》して尋《たず》ねました。

「あなたは、いつもバスティーユにいるふりをしているの？」

「ほとんどいつもね。時々《ときどき》、違《ちが》うところにいるふりもしてみるけど、たいていの場合《ばあい》は、バスティーユにいるふりをするのが一番簡単《いちばんかんたん》ね……寒《さむ》いときには特《とく》にそう」

まさにその瞬間《しゅんかん》、アーメンガードは、ベッドから飛《と》び降《お》りそうになりました。壁《かべ》を2回叩《かいたた》くような音《おと》が聞《き》こえたのです。

「あの音《おと》はなに？」

セーラは床《ゆか》から立《た》ち上《あ》がると、まるで演技《えんぎ》をするような口調《くちょう》で説明《せつめい》し始《はじ》めました。

「隣《となり》の牢屋《ろうや》にいる囚人《しゅうじん》よ」

「ベッキーね！」

「そうよ。いい、2回《かい》のノックは『囚人《しゅうじん》よ、そこにおられるか？』という意味《いみ》なの」

セーラは自分《じぶん》で壁《かべ》を3回《かい》ノックしました。

「これは『ああ、ここにいるとも。すべて大丈夫《だいじょうぶ》じゃ』という意味《いみ》ね」

ベッキーの屋根裏部屋《やねうらべや》がある壁《かべ》から、4回《かい》のノックが聞《き》こえてきました。

「あれは？」

セーラが説明《せつめい》を続《つづ》けます。

「『試練《しれん》に遭《あ》っている同志《どうし》よ、安《やす》らかな眠《ねむ》りにつこうではないか。おやすみ』という意味《いみ》よ」

「ああ、セーラ！」

アーメンガードは喜《よろこ》びで顔《かお》を輝《かがや》かせながら、楽《たの》しそうにささやきました。

「まるで物語《ものがたり》みたい！」

「そう、すべては物語《ものがたり》なの。あなたもそうだし……わたしもそう。ミンチン先生《せんせい》も物語《ものがたり》の登場人物《とうじょうじんぶつ》みたいなものなのよ」

10 インドのジェントルマン

セーラは孤独《こどく》で奇妙《きみょう》な生活《せいかつ》を送《おく》っていました。

アーメンガードとロッティは、それほど屋根裏部屋《やねうらべや》に上《あ》がってこられませんでしたし、下《した》の階《かい》に下《お》りていったときは、さらに孤独《こどく》な生活《せいかつ》が待《ま》っていました。

外《そと》に使《つか》い走《ばし》りに出《だ》されて街《まち》の通《とお》りを歩《ある》くと、まるで貧《まず》しい子《こ》どもが、買《か》い物《もの》かごを抱《かか》えているように見《み》えました。風《かぜ》が吹《ふ》いているときには帽子《ぼうし》を飛《と》ばされないように、手《て》で押《お》さえなければなりません。雨《あめ》が降《ふ》れば、水《みず》が靴《くつ》の中《なか》に容赦《ようしゃ》なくしみ込《こ》んでくるのがわかりました。

プリンセス・セーラと呼《よ》ばれていた頃《ころ》は、明《あか》るく生《い》き生《い》きとした小《ちい》さな顔《かお》や、美《うつく》しいコートや帽《ぼう》子《し》が、しばしば人々《ひとびと》の注目《ちゅうもく》を集《あつ》めました。でも、みすぼらしく、貧《まず》しい格好《かっこう》をした子《こ》どもは、珍《めずら》しくもかわいくもありません。セーラは見向《みむ》きもされませんでしたし、混《こ》み合《あ》った舗道《ほどう》を急《いそ》いで歩《ある》いていても、セーラの姿《すがた》など、誰《だれ》の目《め》にも映《うつ》らないようでした。

この頃《ころ》、セーラは急《きゅう》に体《からだ》が大《おお》きくなり始《はじ》めていました。古《ふる》くて、くたびれて、サイズの合《あ》わない服《ふく》を着《き》た自分《じぶん》が、とても変《へん》に見《み》えることも知《し》っていました。

ショーウインドーに鏡《かがみ》が置《お》いてあるお店《みせ》の前《まえ》を通《とお》ったときには、自分《じぶん》の姿《すがた》を見《み》て噴《ふ》き出《だ》しそうになったこともありましたし、恥《は》ずかしさのあまり顔《かお》を赤《あか》らめ、唇《くちびる》を噛《か》んでそっぽを向《む》いたこともあります。

そんなセーラにとってなぐさめになったのは、夕方《ゆうがた》、灯《あか》りのついた家《いえ》の窓《まど》から、明《あか》るく、楽《たの》しそうな、家庭《かてい》の様子《ようす》をちらりと眺《なが》めることでした。

女学院《じょがくいん》がある広場《ひろば》には、いくつかの家族《かぞく》が住《す》んでいました。中《なか》でもセーラが一番好《いちばんす》きだったのは、「大《おお》きな一家《いっか》」と呼《よ》んでいた家族《かぞく》でした。「大《おお》きな一家《いっか》」と名付《なづ》けたのは、みんなの身長《しんちょう》が高《たか》かったからではなく、人数《にんずう》がとても多《おお》かったからです。「大《おお》きな一家《いっか》」にはふっくらとして、血色《けっしょく》のいいお父《とう》さんとお母《かあ》さんとおばあさん、そして8人《にん》の子《こ》どもがいました。

8人《にん》の子《こ》どもたちは、やさしそうな子守《こも》りに付《つ》き添《そ》われて散歩《さんぽ》に連《つ》れていかれたり、乳母車《うばぐるま》で外出《がいしゅつ》したりしましたし、お母《かあ》さんと一緒《いっしょ》に馬車《ばしゃ》に乗《の》ることもありました。子《こ》どもたちは、子《こ》ども部屋《べや》の窓《まど》のところに集《あつ》まって、ぎゅうぎゅう押《お》し合《あ》いながら外《そと》を眺《なが》めたり、笑《わら》い声《ごえ》を上《あ》げたりしていました。

そして夕方《ゆうがた》になると、玄関《げんかん》のところに一目散《いちもくさん》に駆《か》け寄《よ》ってきてパパを出迎《でむか》え、キスをしたり、周《まわ》りで踊《おど》ったり、コートを脱《ぬ》がせてポケットの中《なか》のおみやげを探《さが》したりしました。

セーラはその一家《いっか》が大好《だいす》きでしたので、本《ほん》から引用《いんよう》して全員《ぜんいん》に名前《なまえ》をつけました。「大《おお》きな一家《いっか》」と呼《よ》ばないときには、勝手《かって》に「モンモランシー家《け》」とも呼《よ》んでいました。

ある日《ひ》の夕方《ゆうがた》、そのモンモランシー家《け》をめぐって、とてもおかしな出来事《できごと》が起《お》きました。でも本当《ほんとう》は、まったくおかしな出来事《できごと》などではなかったのかもしれません。

セーラが玄関《げんかん》の前《まえ》を通《とお》り過《す》ぎようとしていると、大《おお》きな一家《いっか》の子《こ》どもたちが、パーティーに出《で》かけようとしているのが見《み》えました。

白《しろ》いレースのドレスと、きれいな飾《かざ》り帯《おび》をつけた歳上《としうえ》の少女《しょうじょ》、ジャネットとノラが、ちょうど馬車《ばしゃ》に乗《の》り込《こ》んだところでした。5歳《さい》のドナルドがその後《あと》に続《つづ》きました。ドナルドは、バラ色《いろ》のほっぺたと青《あお》い目《め》をした男《おとこ》の子《こ》で、小《ちい》さくて丸《まる》い頭《あたま》は、ふわりとした巻《ま》き毛《げ》で覆《おお》われていました。

このときはクリスマスで、大《おお》きな一家《いっか》の子《こ》どもたちは、かわいそうな子《こ》どもたちの話《はなし》をたくさん聞《き》かされていました。プレゼントを与《あた》え、おとぎ話《ばなし》の劇《げき》に連《つ》れていってくれるママやパパもいない。寒《さむ》さに震《ふる》えながら薄《うす》い服《ふく》を身《み》にまとい、お腹《なか》をすかしているような子《こ》どもたちのことです。

こういう話《はなし》の中《なか》では、親切《しんせつ》な人々《ひとびと》が貧《まず》しい子《こ》どもたちに出会《であ》い、お金《かね》を恵《めぐ》んであげたり贈《おく》り物《もの》をしたり、おいしいごちそうを振《ふ》る舞《ま》うことになっています。

ドナルドも、そんな物語《ものがたり》の本《ほん》を読《よ》んで感動《かんどう》したばかりでした。なんとかしてかわいそうな子《こ》どもを見《み》つけて、自分《じぶん》がもらっていた6ペンス硬貨《こうか》をあげ、一生楽《いっしょうらく》な生活《せいかつ》をさせてあげようとじりじりしていました。6ペンス硬貨《こうか》1枚《まい》あれば、ずっと豊《ゆた》かに暮《く》らせるだろうと信《しん》じていたのです。

そんなドナルドの目《め》に入《はい》ったのが、セーラの姿《すがた》でした。セーラはみすぼらしいワンピースと帽子《ぼうし》姿《すがた》で立《た》っていて、腕《うで》には古《ふる》い買《か》い物《もの》かごを抱《かか》えていました。そして自分《じぶん》のことを、お腹《なか》をすかせたような目《め》つきで見《み》ています。

セーラがドナルドを見《み》つめていたのは、あまりにかわいい男《おとこ》の子《こ》なので、抱《だ》きしめてキスをしてあげたいと思《おも》っていたからでした。また、お腹《なか》をすかせていたような目《め》つきをしていたのは、大《おお》きな一家《いっか》のような明《あか》るくて、楽《たの》しい、家庭《かてい》の雰囲気《ふんいき》に憧《あこが》れていたためです。

でももちろん、ドナルドにそんなことはわかりません。そこで半《はん》ズボンのポケットに手《て》を入《い》れて6ペンスを取《と》り出《だ》すと、セーラに近《ちか》づいていったのです。

「はい、どうぞ、かわいそうな女《おんな》の子《こ》」

ドナルドは、いきなりセーラに硬貨《こうか》を差《さ》し出《だ》しました。

「ここに6ペンスあるんだ。あげるね」

セーラはびっくり仰天《ぎょうてん》しました。

そして最初《さいしょ》は真《ま》っ赤《か》になり、次《つぎ》には真《ま》っ青《さお》になりました。自分《じぶん》は乞食《こじき》の子《こ》どもと間違《まちが》えられたのです。

「あら、だめよ！」

セーラはドナルドに向《む》かって、そう言《い》いました。

「受《う》け取《と》るわけにはいかないの」

でもドナルドには、ささやかな慈善活動《じぜんかつどう》をやめるつもりなどありませんでした。

「だめ。これをもらって。かわいそうな女《おんな》の子《こ》なんだから！」

ドナルドは言《い》い張《は》ります。

「それで食《た》べ物《もの》だって買《か》えるよ。6ペンスもあるんだよ！」

ドナルドの顔《かお》には、とても素直《すなお》で親切《しんせつ》な気持《きも》ちが表《あらわ》れていましたし、お金《かね》を受《う》け取《と》らなければ、本当《ほんとう》にがっかりしてしまいそうでした。

セーラは誇《ほこ》り高《たか》い少女《しょうじょ》ですが、ドナルドの気持《きも》ちは傷《きず》つけたくありません。そこでセーラは、自《じ》分《ぶん》のプライドをポケットにしまい込《こ》むことにしました。

「ありがとう。あなたは親切《しんせつ》なのね。親切《しんせつ》でかわいい坊《ぼう》やだわ」

こう言《い》って6ペンス硬貨《こうか》を受《う》け取《と》ったのです。

ドナルドがうれしそうに馬車《ばしゃ》に乗《の》ると、セーラはその場《ば》を立《た》ち去《さ》りました。笑顔《えがお》を作《つく》ろうとしましたが、目《め》には涙《なみだ》が光《ひか》っています。

確《たし》かにセーラは自分《じぶん》が変《へん》で、みすぼらしく見《み》えることを知《し》っていました。でも乞食《こじき》に見《み》られるとは、夢《ゆめ》にも思《おも》っていなかったのです。

大《おお》きな一家《いっか》の馬車《ばしゃ》が動《うご》き出《だ》すと、乗《の》っていた子《こ》どもたちは興奮《こうふん》してしゃべり始《はじ》めました。

「まあ、ドナルドったら」

ジャネットはびっくりしたように、大《おお》きな声《こえ》で話《はな》しかけました。

「どうして6ペンスをあげたりしたの？　あの女《おんな》の子《こ》は乞食《こじき》なんかじゃないはずよ！」

ノラも大声《おおごえ》を出《だ》しました。

「乞食《こじき》みたいな話《はな》し方《かた》もしなかったわ！　顔《かお》だってそんなふうには全然《ぜんぜん》見《み》えなかった！」

再《ふたた》び、ジャネットがドナルドに文句《もんく》を言《い》いました。

「あの子《こ》が怒《おこ》るんじゃないかって、すごく心配《しんぱい》したのよ。あのね、乞食《こじき》じゃない人《ひと》を乞食《こじき》と間違《まちが》えたりすると怒《おこ》られるのよ」

「あの子《こ》は怒《おこ》ってなかったよ」

ドナルドは少《すこ》し戸惑《とまど》いながらも、自分《じぶん》の主張《しゅちょう》を曲《ま》げようとしません。

「ちょっと笑《わら》ったし、僕《ぼく》のことを親切《しんせつ》だって、親切《しんせつ》でかわいい坊《ぼう》やだって言《い》ってくれたんだ。本当《ほんとう》だよ！　6ペンスもあげたんだから」

セーラはそんな会話《かいわ》がかわされていることなど、まったく知《し》りませんでした。でも大《おお》きな一家《いっか》の子《こ》どもたちは、それからセーラにとても興味《きょうみ》を持《も》つようになりました。そしてセーラのことを「乞食《こじき》じゃない女《おんな》の子《こ》」と呼《よ》ぶようになったのです。

屋根裏部屋《やねうらべや》に戻《もど》ったセーラは、もらった6ペンスに苦労《くろう》しながら穴《あな》を空《あ》け、古《ふる》びた細《ほそ》いリボンに通《とお》して首《くび》にかけました。

セーラの心《こころ》の中《なか》では、大《おお》きな一家《いっか》に対《たい》する愛情《あいじょう》が膨《ふく》らんでいきました。自分《じぶん》が好《す》きになったすべてのものに対《たい》して、深《ふか》い愛情《あいじょう》を感《かん》じるようになっていったのです。

ベッキーのことはどんどん好《す》きになっていきましたし、1週間《しゅうかん》に2回《かい》、小《ちい》さな生徒《せいと》たちにフランス語《ご》の授業《じゅぎょう》をするのも、いつも楽《たの》しみにしていました。

セーラはスズメと仲良《なかよ》しになっていましたし、メルキゼデクとはもう親友《しんゆう》です。メルキゼデクは時々《ときどき》、奥《おく》さんや子《こ》どもまで連《つ》れてくることもありました。

そんな中《なか》、セーラの心《こころ》の中《なか》では、人形《にんぎょう》のエミリーに対《たい》する違和感《いわかん》が芽生《めば》えてきました。

エミリーは、自分《じぶん》のことを理解《りかい》してくれているし、同情《どうじょう》してくれてもいる。セーラはそう信《しん》じようと思《おも》っていましたし、そう信《しん》じているふりもしていました。一番身近《いちばんみぢか》な友《とも》だちと、心《こころ》を通《かよ》わせられない。そんなことは、絶対《ぜったい》に認《みと》めたくなかったのです。

セーラは時々《ときどき》、エミリーとじっと向《む》き合《あ》って座《すわ》ることがありました。メルキゼデクの家族《かぞく》が走《はし》り回《まわ》ったり、チューチューと鳴《な》く以外《いがい》には、なんの音《おと》も聞《き》こえないような静《しず》まり返《かえ》った夜《よる》には、特《とく》にそうしました。でも、いろいろ話《はな》しかけても、エミリーは一度《いちど》も答《こた》えてくれません。セーラは、こう自分《じぶん》に言《い》い聞《き》かせることで、心《こころ》を慰《なぐさ》めようとしました。

「わたしもそんなに返事《へんじ》をしないもの。周《まわ》りの人《ひと》が失礼《しつれい》なことを言《い》ってきたときや、バカにしてきたときには、ただ相手《あいて》を見《み》つめて、頭《あたま》の中《なか》で考《かんが》えるのよ。そうすると、ミンチン先生《せんせい》は怒《おこ》って顔《かお》が青《あお》くなるし、ミス・アメリアも怖《こわ》がるみたいだわ。これは他《ほか》の女《おんな》の子《こ》たちも同《おな》じね。嫌《いや》がらせをする人《ひと》たちには、何《なに》も答《こた》えないのがいいわ。たぶんエミリーは、すごくわたしに似《に》ているのね。そしてたぶん、自分《じぶん》のお友《とも》だちにさえも、返事《へんじ》をしたがらないんだわ。自分《じぶん》の気持《きも》ちを、心《こころ》の中《なか》に全部《ぜんぶ》しまっているのよ」

とはいえ、自分《じぶん》を納得《なっとく》させるのは簡単《かんたん》ではありませんでした。つらく、長《なが》い一日《いちにち》が終《お》わったときには、いかに想像力《そうぞうりょく》を膨《ふく》らませても、傷《きず》つき、孤独感《こどくかん》に苛《さいな》まれている誇《ほこ》り高《たか》い気持《きも》ちを、癒《いや》せないこともありました。

エミリーへの違和感《いわかん》は、ある日《ひ》の夜《よる》、一気《いっき》に膨《ふく》れ上《あ》がりました。

セーラは冷《ひ》えきった体《からだ》でお腹《なか》をすかせながら、屋根裏部屋《やねうらべや》に帰《かえ》ってきました。

「こんな暮《く》らし、もう耐《た》えきれない。わたしはすぐに死《し》んじゃうわ」

セーラは体《からだ》を震《ふる》わせながら、エミリーに話《はな》しかけました。

「凍《こご》えていて、ずぶ濡《ぬ》れで、死《し》ぬほどお腹《なか》がすいているんだもの。なのにあの人《ひと》たちは朝《あさ》から晩《ばん》まで叱《しか》るだけで、晩《ばん》ご飯《はん》も食《た》べさせてもらえなかった。

靴《くつ》がすり減《へ》っているせいで、滑《すべ》って転《ころ》んだときには、男《おとこ》の人《ひと》たちに笑《わら》われたわ。わたしは今《いま》も泥《どろ》まみれよ。ねえエミリー、話《はなし》を聞《き》いてる？」

しかしエミリーの視線《しせん》は、うつろなままです。おがくずの詰《つ》まった手《て》や足《あし》を、動《うご》かしたりもしてくれませんでした。セーラにはエミリーしかいません。この世《よ》の中《なか》には、他《ほか》に誰《だれ》もいないのです。

なのにエミリーは黙《だま》って座《すわ》ったままです。

セーラは自分《じぶん》を見《み》つめている、ガラスでできた目《め》と、無表情《むひょうじょう》な顔《かお》を見《み》ました。そこで突然《とつぜん》、胸《むね》が張《は》り裂《さ》けそうな悲《かな》しみと、強《つよ》い怒《いか》りに駆《か》られたのです。

小《ちい》さな手《て》を乱暴《らんぼう》に振《ふ》り上《あ》げると、エミリーを叩《たた》いて床《ゆか》に落《お》とし、激《はげ》しく泣《な》きじゃくり始《はじ》めました。

これまで一度《いちど》も泣《な》かなかったセーラがです。

「あなたはただの人形《にんぎょう》なのよ！」

セーラは涙《なみだ》を流《なが》しながら叫《さけ》びました。

「ただの人形《にんぎょう》、人形《にんぎょう》、人形《にんぎょう》よ！　あなたには心《こころ》なんてないし、わたしがどんなことをしても、感情《かんじょう》なんて持《も》てないの。体《からだ》の中《なか》には、おがくずが詰《つ》まっているんですもの。あなたは人形《にんぎょう》なんだわ！」

エミリーは床《ゆか》の上《うえ》に転《ころ》がっていました。両足《りょうあし》は頭《あたま》の上《うえ》に折《お》れ曲《ま》がり、鼻《はな》の先《さき》にはくぼみができています。セーラは両腕《りょううで》に顔《かお》を埋《うず》め、床《ゆか》に座《すわ》って泣《な》き続《つづ》けました。

でもしばらくすると、泣《な》き声《ごえ》は自然《しぜん》に小《ちい》さくなっていきました。セーラは気《き》持《も》ちを抑《おさ》えきれなくなった自分《じぶん》に、少《すこ》し驚《おどろ》いていたのです。

セーラは、ふと顔《かお》を上《あ》げてエミリーを見《み》ました。エミリーの瞳《ひとみ》にも、セーラの姿《すがた》が映《うつ》っていましたが、なぜかこのときには、セーラに本当《ほんとう》に同情《どうじょう》しているような表情《ひょうじょう》をたたえていたのです。そして冷静《れいせい》で、毅然《きぜん》としているようにも見《み》えました。セーラは屈《かが》んでエミリーを抱《だ》き上《あ》げました。心《こころ》の中《なか》は後悔《こうかい》の気《き》持《も》ちでいっぱいになり、小《ちい》さく笑《わら》いました。

「あなたは、お人形《にんぎょう》でいるしかないのよね」

セーラは、諦《あきら》めたようにため息《いき》をつきました。

「ラヴィニアとジェシーが、くだらないことをやめられないのと一緒《いっしょ》ね。みんな、同《おな》じにできているわけじゃないもの。たぶん、あなたもおがくずでできたお人形《にんぎょう》さんなりに、精一杯《せいいっぱい》がんばっているのよね」

セーラはエミリーにキスをして、服《ふく》をまっすぐに直《なお》してあげました。そして座《すわ》っていた椅子《いす》の上《うえ》に戻《もど》してあげたのです。


この頃《ごろ》、セーラは、女学院《じょがくいん》の隣《となり》の家《いえ》に誰《だれ》かが引《ひ》っ越《こ》してきてくれることを、心《こころ》から願《ねが》っていました。屋根裏部屋《やねうらべや》の天窓《てんまど》が、とても近《ちか》いところにあったからです。

「もし感《かん》じの良《よ》さそうな人《ひと》だったら……」

セーラは考《かんが》えました。

「『おはようございます』とごあいさつするし、そこからいろんなことが起《お》きるかもしれない」

ある日《ひ》の朝《あさ》、食料品店《しょくりょうひんてん》と肉屋《にくや》とパン屋《や》にお使《つか》いに行《い》ったセーラは、とてもうれしい光景《こうけい》を目《め》にしました。家具《かぐ》を山積《やまづ》みにした幌《ほろ》つきの馬車《ばしゃ》が、隣《となり》の家《いえ》の前《まえ》に停《と》まっていたのです。正面玄関《しょうめんげんかん》は開《あ》けられ、シャツ姿《すがた》の男《おとこ》の人《ひと》たちが重《おも》い荷物《にもつ》や家具《かぐ》を運《はこ》んでいます。

「住《す》む人《ひと》が決《き》まったのね！」

セーラは胸《むね》を躍《おど》らせました。

「本当《ほんとう》に誰《だれ》かがやってくるんだわ！　ああ、感《かん》じのいい人《ひと》が、屋根裏部屋《やねうらべや》の天窓《てんまど》から頭《あたま》を出《だ》して覗《のぞ》いてくれたらいいんだけど！」

セーラは、舗道《ほどう》の上《うえ》に立《た》ち止《ど》まり、家具《かぐ》が運《はこ》び込《こ》まれているのを眺《なが》めていたいと思《おも》いました。家《か》具《ぐ》を見《み》ることができれば、その持《も》ち主《ぬし》について、何《なに》かがわかるだろうと考《かんが》えていたからです。

「ミンチン先生《せんせい》が持《も》っているテーブルや椅子《いす》は、ミンチン先生《せんせい》にそっくり。最初《さいしょ》に見《み》たときから、そう思《おも》ったのを覚《おぼ》えているもの。大《おお》きな一家《いっか》のところは、大《おお》きくて座《すわ》り心地《ごこち》のいい椅子《いす》やソファーがあるはずよ。赤《あか》い花《はな》をあしらった壁紙《かべがみ》も、家族《かぞく》の人《ひと》たちにそっくりだわ。温《あたた》かくて楽《たの》しそうで、やさしそうで、そして、幸《しあわ》せそうなの」

しばらく経《た》つとセーラは、今度《こんど》はパセリを買《か》いに行《い》かされました。半地下《はんちか》の勝手口《かってぐち》から階段《かいだん》を上《のぼ》ってみると、心臓《しんぞう》がドキドキし始《はじ》めました。いくつかの家具《かぐ》が、馬車《ばしゃ》から出《だ》されて舗道《ほどう》の上《うえ》に置《お》かれていたのです。

その中《なか》には細《こま》かな彫刻《ちょうこく》が施《ほどこ》された、きれいなチーク材《ざい》のテーブルと椅子《いす》、そして豪華《ごうか》な東洋風《とうようふう》の刺繍《ししゅう》が施《ほどこ》されている衝立《ついたて》があったのです。そういう品々《しなじな》を見《み》ているうちに、セーラはホームシックのような、不思議《ふしぎ》な気持《きも》ちになりました。インドにいた頃《ころ》、とてもよく似《に》たものを見《み》ていたからです。ミンチン先生《せんせい》に取《と》り上《あ》げられた持《も》ち物《もの》には、お父《とう》さんがインドから送《おく》ってくれた、彫刻《ちょうこく》の施《ほどこ》されたチーク材《ざい》の机《つくえ》もありました。

「きれいで値段《ねだん》の張《は》りそうな家具《かぐ》ばかり。きっとお金持《かねも》ちのお家《うち》で、家族《かぞく》の誰《だれ》かがインドに住《す》んでいたんだわ。屋根裏部屋《やねうらべや》の天窓《てんまど》から一度《いちど》も顔《かお》を出《だ》してくれなくても、自分《じぶん》の友《とも》だちみたいに感《かん》じるんだろうな」

夕方《ゆうがた》、コックに言《い》いつけられてミルクの瓶《びん》を取《と》りに行《い》っていると、これまで以上《いじょう》におもしろくなりそうなことが起《お》きていました。

ハンサムで、ピンク色《いろ》の頬《ほお》をした「大《おお》きな一家《いっか》」のお父《とう》さんが、きびきびと広場《ひろば》を横切《よこぎ》り、隣《となり》の家《いえ》の玄関《げんかん》の階段《かいだん》を駆《か》け上《あ》がったのです。大《おお》きな一家《いっか》のお父《とう》さんは、その家《いえ》の中《なか》にかなり長《なが》い間《あいだ》いましたし、何度《なんど》か出《で》てきて作業員《さぎょういん》に指示《しじ》を出《だ》していました。新《あたら》しく引《ひ》っ越《こ》してきた人《ひと》と親《した》しくつきあっているのは間違《まちが》いありません。

「新《あたら》しく引《ひ》っ越《こ》してきた人《ひと》たちに子《こ》どもがいたら……」

セーラは想像《そうぞう》しました。

「大《おお》きな一家《いっか》の子《こ》どもたちも、きっと遊《あそ》びに来《く》るわ。そしたら遊《あそ》びたくて、屋根裏部屋《やねうらべや》に上《あ》がってきてくれるかもしれない」

隣《となり》の家《いえ》に引《ひ》っ越《こ》してきたのが、どういう人《ひと》なのかは数週間後《すうしゅうかんご》にわかりました。インドからやってきたジェントルマンで、大《おお》きな一家《いっか》のお父《とう》さんは、その人《ひと》の弁護士《べんごし》を務《つと》めていたのです。ただし、奥《おく》さんや子《こ》どもはいません。そして健康状態《けんこうじょうたい》もひどく、精神的《せいしんてき》にふさぎ込《こ》んでいるということでした。

ある日《ひ》、馬車《ばしゃ》がやってきて隣《となり》の家《いえ》の前《まえ》に停《と》まりました。馬車《ばしゃ》の扉《とびら》が開《ひら》くと、まず大《おお》きな一家《いっか》のお父《とう》さんが降《お》りて、その後《うし》ろから制服《せいふく》を着《き》た女性《じょせい》の看護士《かんごし》が降《お》りてきました。インドのジェントルマンを介《かい》するとと家《いえ》の中《なか》から、男性《だんせい》の召使《めしつか》いが二人《ふたり》、石段《いしだん》を下《お》りてきました。インドのジェントルマンを介《かい》助《じょ》するためにやってきたのです。

インドのジェントルマンは、やっとの思《おも》いで馬車《ばしゃ》から降《お》りると、両側《りょうがわ》から支《ささ》えられながら家《いえ》に入《はい》っていきました。やつれていて、打《う》ちひしがれているような顔《かお》をしていましたし、毛皮《けがわ》のコートを着《き》た体《からだ》は骸骨《がいこつ》のように痩《や》せこけていました。

大《おお》きな一家《いっか》のお父《とう》さんも後《あと》を追《お》いましたが、とても心配《しんぱい》しているように見《み》えました。その後《あと》すぐに別《べつ》の馬車《ばしゃ》が到着《とうちゃく》し、今度《こんど》はお医者《いしゃ》さんが中《なか》に入《はい》っていきました。

セーラとインドのジェントルマンとの物語《ものがたり》は、こうして始《はじ》まったのです。

11 ラム・ダス

女学院《じょがくいん》が建《た》っている広場《ひろば》からも、時々《ときどき》、夕焼《ゆうや》けが見《み》えることがありました。でも夕焼《ゆうや》けは、煙突《えんとつ》や屋根《やね》越《ご》しに、部分的《ぶぶんてき》にしか見《み》えませんでした。半地下《はんちか》の調理場《ちょうりば》の窓《まど》からは、まったく見《み》えませんでしたし、壁《かべ》のレンガが明《あか》るい色《いろ》に見《み》えたり、空《そら》がピンクや黄色《きいろ》になったりするのを知《し》って、想像《そうぞう》できるだけでした。

でも素晴《すば》らしい夕焼《ゆうや》けを、ぜんぶ見渡《みわた》せる場所《ばしょ》が一《ひと》つだけありました。屋根裏部屋《やねうらべや》です。すすけた木《き》や柵《さく》がある広場《ひろば》が突然《とつぜん》、うっとりするように美《うつく》しく輝《かがや》き始《はじ》めたとき、セーラは空《そら》で何《なに》かが起《お》きていることに気《き》づきました。他《ほか》の人《ひと》に気《き》づかれずに、こっそり炊事場《すいじば》を抜《ぬ》け出《だ》すことができたときには、必《かなら》ず屋根裏部屋《やねうらべや》に上《あ》がって、古《ふる》いテーブルの上《うえ》に立《た》ち、天窓《てんまど》から頭《あたま》と肩《かた》を出《だ》して自《じ》分《ぶん》の周《まわ》りを見渡《みわた》したのです。

素晴《すば》らしい夕焼《ゆうや》けが広《ひろ》がっているときには、スズメたちも控《ひか》えめにつぶやいているように思《おも》えましたし、まるで大空《おおぞら》と世界《せかい》が、自分《じぶん》だけのものになったようでした。他《ほか》の家《いえ》の屋根裏部屋《やねうらべや》から、誰《だれ》かが頭《あたま》を出《だ》していたことは、一度《いちど》もなかったからです。たいていの場合《ばあい》、天窓《てんまど》は閉《と》じられていました。仮《かり》に空気《くうき》を入《い》れ替《か》えるためにつっかい棒《ぼう》で開《あ》けられていても、誰《だれ》も窓《まど》のそばにはいないようでした。

インドのジェントルマンがやってきた何日《なんにち》か後《あと》にも、素晴《すば》らしい夕焼《ゆうや》けがありました。運《うん》のいいことに、セーラの午後《ごご》の仕事《しごと》はすべて終《お》わっていました。セーラは誰《だれ》からも、お使《つか》いや仕事《しごと》を言《い》いつけられたりしていなかったので、いつもよりも簡単《かんたん》に調理場《ちょうりば》を抜《ぬ》け出《だ》して、上《うえ》の階《かい》に向《む》かうことができたのです。

「本当《ほんとう》にすてきだわ」

セーラは空《そら》を見《み》ながら、そっと独《ひと》り言《ごと》を言《い》いました。

「きれいすぎて、少《すこ》し怖《こわ》いような感《かん》じさえする。何《なに》か不思議《ふしぎ》なことが起《お》ころうとしているみたい」

セーラはそこで突然《とつぜん》、違《ちが》う方向《ほうこう》を向《む》きました。隣《となり》の家《いえ》の天窓《てんまど》から、何《なに》かがキーキー鳴《な》くような音《おと》が聞《き》こえたのです。セーラと同《おな》じように、誰《だれ》かが夕焼《ゆうや》けを見《み》に来《き》たのでした。

しばらくすると、頭《あたま》と体《からだ》の一部分《いちぶぶん》が現《あらわ》れました。でもそれは小《ちい》さな女《おんな》の子《こ》やメイドではありませんでした。美《うつく》しい純白《じゅんぱく》の衣装《いしょう》を着《き》て、浅黒《あさぐろ》い顔《かお》のところで目《め》がきらきらと輝《かがや》いています。頭《あたま》に白《しろ》いターバンを巻《ま》いた、インド人《じん》の男性《だんせい》の召使《めしつか》いだったのです。セーラは思《おも》わずつぶやきました。

「ラスカー（インド人《じん》の船員《せんいん》）だわ」

セーラに聞《き》こえた音《おと》は、ラスカーが抱《だ》いている小《ちい》さな猿《さる》の鳴《な》き声《ごえ》だったのです。

セーラがその人《ひと》のほうを見《み》ると、相手《あいて》もセーラのほうを見《み》ました。でも、その顔《かお》はとても悲《かな》しげで、ホームシックにかかっているように見《み》えました。

セーラは男性《だんせい》が夕焼《ゆうや》けを見《み》に来《き》たのだとピンときました。イギリスにいると太陽《たいよう》を目《め》にする機会《きかい》が滅多《めった》にないので、太陽《たいよう》を見《み》たいと思《おも》うはずだからです。

その人《ひと》を興味深《きょうみぶか》そうにちらりと見《み》た後《あと》、セーラは笑《わら》いかけました。たとえ見知《みし》らぬ人《ひと》からであっても、にっこり微笑《ほほえ》まれると、いかに心《こころ》がホッとするかということを学《まな》んでいたのです。

セーラの微笑《ほほえ》みは、明《あき》らかに相手《あいて》を喜《よろこ》ばせたようでした。まばゆいばかりに白《しろ》い歯《は》を見《み》せたのです。まるで浅黒《あさぐろ》い顔《かお》に、明《あか》るい光《ひかり》がさしたようでした。親《した》しみを込《こ》めたセーラのまなざしは、疲《つか》れきっていたり、憂鬱《ゆううつ》な気分《きぶん》を抱《かか》えていたりする人《ひと》たちを、いつも元気《げんき》にするのです。

その人《ひと》はセーラにお辞儀《じぎ》をしてきました。おそらく、そのときに腕《うで》が緩《ゆる》んでしまったでしょう。小《ちい》さな猿《さる》は腕《うで》をすり抜《ぬ》けると屋根《やね》を伝《つた》って近《ちか》づいてきて、セーラの肩《かた》に飛《と》び移《うつ》ったのです。そこから屋根裏部屋《やねうらべや》へ入《はい》ってしまいました。

セーラはそれを見《み》て、うれしくなりました。でも小《ちい》さな猿《さる》は、飼《か》い主《ぬし》に戻《もど》さなければなりません。セーラはどうやって返《かえ》してあげようかと考《かんが》えました。……あのお猿《さる》さんは、捕《つか》まえさせてくれるかしら？　それともわんぱくで、また窓《まど》からどこかに逃《に》げていって、行方《ゆくえ》がわからなくなってしまうかしら……。それでは困《こま》ったことになってしまいます。

ラスカーのほうを振《ふ》り向《む》いたセーラは、お父《とう》さんと一緒《いっしょ》にインドに住《す》んでいた頃《ころ》に習《なら》った言葉《ことば》を、少《すこ》し覚《おぼ》えているのを思《おも》い出《だ》しました。セーラはゆっくりと、そして丁寧《ていねい》に話《はな》しかけてみます。

「あの子《こ》、わたしに、捕《つか》まえさせて、くれるかしら？」

ラスカーの浅黒《あさぐろ》い顔《かお》に驚《おどろ》きと喜《よろこ》びの表情《ひょうじょう》が広《ひろ》がりました。

セーラはそんなうれしそうな顔《かお》を見《み》たことがありません。神《かみ》さまが現《あら》われて、天《てん》からやさしい声《こえ》が響《ひび》いてきたように感《かん》じていたのでしょう。

セーラは相手《あいて》が、ヨーロッパの子《こ》どもたちに慣《な》れていることにもすぐに気《き》づきました。敬意《けいい》を込《こ》めて、何度《なんど》もお礼《れい》を言《い》ってきたからです。ラム・ダスというのがその人《ひと》の名前《なまえ》でした。

「わたくしラム・ダスは、お嬢《じょう》さまの下僕《げぼく》でございます。その小《ちい》さな猿《さる》は性格《せいかく》が穏《おだ》やかで、人《ひと》さまを噛《か》んだりはいたしません。でも残念《ざんねん》ながら、捕《つか》まえるのは大変《たいへん》なのでございます。まるで稲妻《いなずま》のごとく、こちらからあちらへと動《うご》き回《まわ》るのです。

お許《ゆる》しいただけるのであれば、ラム・ダスは屋根《やね》を横切《よこぎ》ってお嬢《じょう》さまのところにまいります。そして窓《まど》からお邪魔《じゃま》し、行儀《ぎょうぎ》の悪《わる》い猿《さる》を捕《つか》まえてごらんにいれます」

女《おんな》の子《こ》の部屋《へや》に窓《まど》から入《はい》るなどというのは、とても失礼《しつれい》なことです。ラム・ダスは、セーラがそんなふうに感《かん》じているのではないかと、明《あき》らかに不安《ふあん》を感《かん》じているようでした。

しかしセーラは、すぐに部屋《へや》に来《く》るように促《うなが》しました。

「こちらにいらっしゃれる？」

「すぐにまいります」

ラム・ダスが答《こた》えました。

「じゃあ、いらして。お猿《さる》さんはまるで怖《こわ》がっているみたいに、部屋《へや》の中《なか》を跳《は》ね回《まわ》っているわ」

ラム・ダスは自分《じぶん》の天窓《てんまど》を抜《ぬ》け出《だ》し、セーラの部屋《へや》に近《ちか》づいてきました。

その足取《あしど》りは、まるでこれまでの人生《じんせい》で、ずっと屋根《やね》を歩《ある》いてきたかのようにしっかりとしていて、素早《すばや》いものでした。

ラム・ダスはセーラの屋根裏部屋《やねうらべや》の天窓《てんまど》を抜《ぬ》けると、音《おと》も立《た》てずに床《ゆか》に降《お》りました。それからセーラのほうを向《む》き、再《ふたた》びお辞儀《じぎ》をしました。

小《ちい》さな猿《さる》はラム・ダスを見《み》ると小《ちい》さく鳴《な》きました。ラム・ダスは念《ねん》のために天窓《てんまど》を閉《し》めてから、追《お》いかけ始《はじ》めます。でも、追《お》いかけっこは、あまり長《なが》く続《つづ》きませんでした。小《ちい》さな猿《さる》は遊《あそ》びたい一心《いっしん》で、しばらくの間《あいだ》逃《に》げ回《まわ》り続《つづ》けると、ラム・ダスの肩《かた》に飛《と》び乗《の》って、何《なに》かをしゃべりながら、長《なが》い腕《うで》を首《くび》に回《まわ》してしがみつきました。

ラム・ダスは、セーラに丁寧《ていねい》にお礼《れい》を言《い》いました。セーラは、むき出《だ》しになった、みすぼらしい屋根裏部屋《やねうらべや》の様子《ようす》を、ラム・ダスがさっと眺《なが》めるのに気《き》づきました。でもセーラに対《たい》しては、まるでラジャ（インドの王《おう》さま）の小《ちい》さな娘《むすめ》に接《せっ》するように振《ふ》る舞《ま》いました。何《なに》も見《み》ていないふりをしたのです。

ラム・ダスは、図々《ずうずう》しく部屋《へや》に長居《ながい》をしたりしませんでした。短《みじか》い時間《じかん》の中《なか》で、非礼《ひれい》な振《ふ》る舞《ま》いを多目《おおめ》に見《み》てくれたことに対《たい》して、さらに深《ふか》くお礼《れい》を言《い》い続《つづ》けました。隣《となり》に引《ひ》っ越《こ》してきたインドのジェントルマンは、その小《ちい》さな猿《さる》のことを、とてもかわいがっていたからです。

ラム・ダスはもう一度《いちど》お辞儀《じぎ》をすると、天窓《てんまど》から抜《ぬ》け出《だ》して屋根《やね》をもう一度《いちど》横切《よこぎ》っていきました。まるで小《ちい》さな猿《さる》と同《おな》じように素早《すばや》い動《うご》きでした。

ラム・ダスがいなくなると、セーラは屋根裏部屋《やねうらべや》の真《ま》ん中《なか》に立《た》って、ラム・ダスの顔《かお》つきや振《ふ》る舞《ま》いを思《おも》い出《だ》していました。インドの衣装《いしょう》や、ラム・ダスのうやうやしい動作《どうさ》が、昔《むかし》の記憶《きおく》を呼《よ》び起《お》こしたのです。

1時間前《じかんまえ》、セーラはコックから侮辱《ぶじょく》するようなことを言《い》われたばかりでした。そんな自分《じぶん》が、つい数年前《すうねんまえ》までは、ラム・ダスのように振《ふ》る舞《ま》う人《ひと》たちに取《と》り囲《かこ》まれていたというのは、とても奇妙《きみょう》な感《かん》じがしました。ラム・ダスのような召使《めしつか》いは、セーラが横《よこ》を通《とお》り過《す》ぎるときにはお辞儀《じぎ》をしましたし、セーラが話《はな》しかけると、額《ひたい》が地面《じめん》に着《つ》きそうなほど、深々《ふかぶか》と頭《あたま》を下《さ》げました。お父《とう》さんと一緒《いっしょ》にインドで暮《く》らしていた頃《ころ》は、こういう人《ひと》たちが、セーラの身《み》の回《まわ》りのお世話《せわ》をしていたのです。

でも、それはまるで一瞬《いっしゅん》の夢《ゆめ》のようでした。すべては過去《かこ》のものになってしまいましたし、もう二度《にど》とよみがえることもないでしょう。自分《じぶん》の人生《じんせい》に変化《へんか》が起《お》きる可能性《かのうせい》など、ないように思《おも》えたからです。

ミンチン先生《せんせい》が何《なに》を企《たくら》んでいるのか、セーラにはわかっていました。セーラはまだ若《わか》いので、先生《せんせい》になれる年齢《ねんれい》がくるまでは、使《つか》いっ走《ぱし》りや召使《めしつか》いとしてこき使《つか》われるはずでした。

なのにセーラは、昔《むかし》、習《なら》ったことを復習《ふくしゅう》したり、さらに勉強《べんきょう》をしていくことも求《もと》められていたのです。セーラはほとんど毎晩《まいばん》のように一人《ひとり》で教室《きょうしつ》に行《い》き、本《ほん》を読《よ》んで勉強《べんきょう》しなければならないことになっていました。何度《なんど》か抜《ぬ》き打《う》ちでテストもされました。しかも期待《きたい》されていたほど勉強《べんきょう》が進《すす》んでいないと、ミンチン先生《せんせい》からどやしつけられるのです。

何冊《なんさつ》か本《ほん》を与《あた》えられれば、セーラは最後《さいご》までむさぼるように読《よ》みましたし、中身《なかみ》もすっかり覚《おぼ》えてしまいます。学《まな》ぶことが好《す》きだったからです。わざわざ先生《せんせい》をつけてやらなくとも、セーラは勉《べん》強《きょう》せずにはいられない——。ミンチン先生《せんせい》は、こう見抜《みぬ》いていました。数年後《すうねんご》に授業《じゅぎょう》を任《まか》せれば、いろんなことを生徒《せいと》に教《おし》えられる、便利《べんり》な先生《せんせい》になるに違《ちが》いありません。

さすがにそうなれば、もっとちゃんとした服《ふく》を着《き》せなければなりませんが、ミンチン先生《せんせい》は質素《しっそ》で、不格好《ぶかっこう》で、召使《めしつか》いのような印象《いんしょう》を与《あた》える服以外《ふくいがい》は、決《けっ》して与《あた》えないでしょう。

今《いま》、女学院《じょがくいん》のさまざまな場所《ばしょ》でこき使《つか》われているように、年齢《ねんれい》が上《うえ》になれば、今度《こんど》は教室《きょうしつ》でこき使《つか》われることになります。自分《じぶん》には、こんな未来《みらい》が待《ま》っているはずでした。ラム・ダスと別《わか》れた後《あと》、セーラは立《た》ったまま、そんなことを考《かんが》えていました。

しかし、しばらくすると、別《べつ》の気持《きも》ちが浮《う》かんできました。セーラの頬《ほお》は赤《あか》らみ、目《め》には光《ひかり》が戻《もど》りました。そして細《ほそ》い小《ちい》さな体《からだ》で背筋《せすじ》をピンと伸《の》ばし、顔《かお》を上《あ》げたのです。

「どんな運命《うんめい》がやってこようと」

セーラは言《い》いました。

「一《ひと》つだけ、変《か》えられないことがあるわ。今《いま》のわたしが、どんなにみすぼらしい格好《かっこう》をしていても、心《こころ》の中《なか》でプリンセスになることはできるはずよ。

確《たし》かに金色《きんいろ》のドレスを着《き》ていたら、プリンセスになるのは簡単《かんたん》でしょうね。でも誰《だれ》にも知《し》られずに、心《こころ》の中《なか》でプリンセスでい続《つづ》けるほうが、はるかに立派《りっぱ》なの。

マリー・アントワネットは王妃《おうひ》の座《ざ》を奪《うば》われて、牢屋《ろうや》に入《い》れられたとき、黒《くろ》いガウンしか着《き》られなかったし、髪《かみ》も真《ま》っ白《しろ》になってしまった。しかも周《まわ》りの人《ひと》からは『カペーの未亡人《みぼうじん》』と呼《よ》ばれて侮辱《ぶじょく》されたの。でも豪華《ごうか》なものに囲《かこ》まれて、すごく楽《たの》しく暮《く》らしていたときよりも、はるかに女王《じょおう》さまらしかった。わたしは、あの時《とき》のマリー・アントワネットが一番好《いちばんす》きだわ。

マリー・アントワネットは、自分《じぶん》を大声《おおごえ》でののしる群衆《ぐんしゅう》の前《まえ》でもひるまなかった。そういう人《ひと》たちよりも、心《こころ》が強《つよ》かったの。首《くび》をはねられたときでさえもよ」

こういう考《かんが》え方《かた》は、決《けっ》して目新《めあたら》しいものではありません。むしろセーラがずっと昔《むかし》から考《かんが》えていたことでした。つらい日々《ひび》が続《つづ》く中《なか》、セーラはそう思《おも》うことで自分《じぶん》を慰《なぐさ》め、励《はげ》ましていたのです。

セーラは誇《ほこ》りを胸《むね》に抱《いだ》いて、女学院《じょがくいん》の中《なか》を行《い》き来《き》しました。でもこれはミンチン先生《せんせい》にとって理解《りかい》できないことでしたし、強《つよ》い苛立《いらだ》ちを感《かん》じる理由《りゆう》にもなっていました。

セーラが、誰《だれ》よりも気高《けだか》く生《い》きているように見《み》えたからです。失礼《しつれい》な発言《はつげん》や辛辣《しんらつ》な言葉《ことば》など、セーラの耳《みみ》にはほとんど届《とど》いていないようでした。仮《かり》に聞《き》こえたとしても、まるで気《き》にかけていないようでした。そういうときに、セーラが心《こころ》の中《なか》で何《なに》をつぶやいているか、ミンチン先生《せんせい》は知《し》りませんでした。

「あなたは、プリンセスに向《む》かって話《はな》していることをわかってないの。もしわたしがその気《き》になれば、手《て》で合図《あいず》してあなたを処刑《しょけい》できるわ。

あなたを生《い》かしているのは、わたしがプリンセスであり、あなたは心《こころ》が貧《まず》しく、愚《おろ》かで、不親切《ふしんせつ》で、下品《げひん》な年寄《としよ》りで、まともな振《ふ》る舞《ま》い方《かた》を知《し》らないからなのよ」

こういう独《ひと》り言《ごと》を言《い》うのは、一番楽《いちばんたの》しく、わくわくすることでした。

また頭《あたま》の中《なか》で想像《そうぞう》を膨《ふく》らませるのは慰《なぐさ》めにもなりましたし、感情《かんじょう》を抑《おさ》える役《やく》にも立《た》ちました。

感情《かんじょう》を抑《おさ》えている間《あいだ》は、失礼《しつれい》な態度《たいど》を取《と》られたり、意地《いじ》の悪《わる》いことを言《い》われたりしても、同《おな》じような行動《こうどう》を取《と》ろうと思《おも》わなかったからです。

「プリンセスたるものは、礼儀正《れいぎただ》しくないと」

実際《じっさい》、女学院《じょがくいん》のメイドが、女主人《おんなしゅじん》のミンチン先生《せんせい》の声色《こわいろ》を真似《まね》て横柄《おうへい》な態度《たいど》を取《と》ったり、いろんな用事《ようじ》を押《お》し付《つ》けたりしてきても、セーラはしっかり胸《むね》を張《は》り、洗練《せんれん》された古風《こふう》な口調《くちょう》で返事《へんじ》をしました。

このためメイドが、まじまじとセーラを見《み》つめることも、しばしばありました。

「バッキンガム宮殿《きゅうでん》からお出《で》ましになった人以上《ひといじょう》に、お高《たか》くとまってるよ、あの小娘《こむすめ》は」

コックは時々《ときどき》、こんなふうに言《い》いながら、ククッと笑《わら》いました。

「カッとなって叱《しか》りつけてやったことなんてごまんとあるのに、いっつもお上品《じょうひん》なしゃべり方《かた》をしているんだ。〝お願《ねが》いいたします、コックさん〟〝ちょっとよろしいですか、コックさん〟〝申《もう》し訳《わけ》ありません、コックさん〟〝ご面倒《めんどう》をおかけします、コックさん〟とかね。まるでただみたいに、こういう台詞《せりふ》をばらまくんだよ」


ラム・ダスと出会《であ》った次《つぎ》の日《ひ》の朝《あさ》、セーラは教室《きょうしつ》で小《ちい》さな生徒《せいと》たちと一緒《いっしょ》にいました。授業《じゅぎょう》が終《お》わると、セーラはフランス語《ご》の練習帳《れんしゅうちょう》を集《あつ》めながら、いつものように想像《そうぞう》を膨《ふく》らませ始《はじ》めました。

「……セーラという女《おんな》の子《こ》が……足《あし》の指《ゆび》が見《み》えそうな、ボロボロの靴《くつ》を履《は》いているこのわたしが、本物《ほんもの》のプリンセスだったとするわ。ミンチン先生《せんせい》がそのことに気《き》づいたらどうなるかしら……」

セーラは、ミンチン先生《せんせい》の姿《すがた》をじっと見《み》つめながら、そんなことを考《かんが》えていました。

ミンチン先生《せんせい》は、セーラの目《め》つきが我慢《がまん》できませんでした。さっと近《ちか》づくと、いきなり頬《ほお》を叩《たた》いたのです。セーラはびっくりしました。そのショックで、頭《あたま》の中《なか》で思《おも》い描《えが》いていた夢《ゆめ》から覚《さ》めましたし、呼吸《こきゅう》を整《ととの》えるまでの少《すこ》しの間《あいだ》、じっと立《た》っていました。

でもそれから知《し》らず知《し》らずのうちに、小《ちい》さく笑《わら》い出《だ》してしまったのです。

「一体《いったい》、何《なに》を笑《わら》っているのよ？　本当《ほんとう》に厚《あつ》かましい子《こ》どもだこと！」

ミンチン先生《せんせい》は大声《おおごえ》を上《あ》げました。

「考《かんが》えごとをしていたんです」

「すぐにわたしにあやまりなさい」

セーラは一瞬《いっしゅん》、ためらいました。

「笑《わら》ったことはお詫《わ》びしますわ。もしそれが失礼《しつれい》にあたるようでしたら。でも、考《かんが》えごとをしていたことについては、あやまりません」

「何《なに》を考《かんが》えていたっていうのよ？　ぬけぬけとまあ。いったい何《なに》よ！」

ミンチン先生《せんせい》がわけもわからず怒《おこ》り出《だ》したので、ジェシーはクスクス笑《わら》い出《だ》しました。ラヴィニアと肘《ひじ》をつっつき合《あ》っています。他《ほか》の生徒《せいと》も、教科書《きょうかしょ》から顔《かお》を上《あ》げて聞《き》き耳《みみ》を立《た》てていました。

セーラはいつもおかしなことを言《い》いましたし、ミンチン先生《せんせい》をまったく怖《こわ》がらないようにも見《み》えました。今《いま》も、まったく怖《こわ》がっていません。

「わたしが考《かんが》えていたのは……」

セーラは堂々《どうどう》と、そして丁寧《ていねい》な言葉遣《ことばづか》いで答《こた》えました。

「あなたは自分《じぶん》が何《なに》をしているのか、わかっていらっしゃらないということです」

「じ、自分《じぶん》のやっていることを、わたしがわかっていないですって？」

ミンチン先生《せんせい》は、あえぐような声《こえ》で聞《き》き返《かえ》すのが、精一杯《せいいっぱい》でした。

「ええ」

セーラは話《はな》し続《つづ》けます。

「もし自分《じぶん》がプリンセスだったら、どんな仕打《しう》ちをしようかと考《かんが》えていたんです。それに、わたしが本物《ほんもの》のプリンセスだったら、あなたは絶対《ぜったい》にそんなことをしないだろうとも思《おも》っていました。わたしが何《なに》を言《い》おうが、何《なに》をしてもです。

それとあなたが、あることに突然《とつぜん》気《き》づいたら、どんなに驚《おどろ》いて怖《こわ》がるだろうかと……」

セーラは自分《じぶん》の仮《かり》の姿《すがた》をはっきりと思《おも》い描《えが》いていたので、ミンチン先生《せんせい》さえ動揺《どうよう》するような話《はな》し方《かた》で説明《せつめい》しました。この小《ちい》さな少女《しょうじょ》には、何《なに》か底知《そこし》れぬ力《ちから》が潜《ひそ》んでいるに違《ちが》いない――。想像力《そうぞうりょく》に乏《とぼ》しいミンチン先生《せんせい》でさえも、そう思《おも》ってしまったほどです。

「なんですって？　わたしが何《なに》に気《き》づくというの？」

ミンチン先生《せんせい》は声《こえ》を荒《あら》らげました。

「今《いま》のわたしは本当《ほんとう》にプリンセスだし、なんでもできるということにです……自分《じぶん》が望《のぞ》んだ通《とお》りに」

教室《きょうしつ》にいたすべての生徒《せいと》が、目《め》を丸《まる》くしました。ラヴィニアは椅子《いす》に前屈《まえかが》みになり、もっとよく見《み》ようとしました。

「自分《じぶん》の部屋《へや》に戻《もど》りなさい！」

ミンチン先生《せんせい》は、息《いき》もたえだえになりながら大声《おおごえ》で命令《めいれい》しました。

「今《いま》すぐにです！　教室《きょうしつ》から出《で》ていきなさい。若《わか》いレディーのみなさんは、授業《じゅぎょう》に集中《しゅうちゅう》して！」

「もし失礼《しつれい》でしたら、笑《わら》ったことをお許《ゆる》しください」

セーラは小《ちい》さく会釈《えしゃく》し、教室《きょうしつ》を出《で》ていきました。

ミンチン先生《せんせい》は怒《いか》りのやり場《ば》に困《こま》っていましたし、生徒《せいと》たちは教科書越《きょうかしょご》しにささやき合《あ》っていました。

「あれ見《み》た？　セーラって本当《ほんとう》に変《か》わってるわよね」

ジェシーがラヴィニアに話《はな》しかけます。

「でも本当《ほんとう》にすごい人《ひと》だったとしても、あたしは全然驚《ぜんぜんおどろ》かないな。もしかすると、そうかもよ！」

12 壁《かべ》の向《む》こう側《がわ》で

いくつかの家《いえ》が隣《とな》り合《あ》っているとき、壁《かべ》の向《む》こう側《がわ》で何《なに》が起《お》きていて、どんなことが話《はな》し合《あ》われているのかを考《かんが》えてみるのは興味深《きょうみぶか》いものです。セーラも、隣《となり》にあるインドのジェントルマンの家《いえ》で、何《なに》が起《お》きているのかを想像《そうぞう》してみるのが好《す》きでした。

セーラは女学院《じょがくいん》の教室《きょうしつ》が、インドのジェントルマンの書斎《しょさい》の隣《となり》にあることを知《し》っていました。授《じゅ》業時間《ぎょうじかん》が終《お》わった後《あと》に生徒《せいと》たちが騒《さわ》いでも迷惑《めいわく》がかからないぐらい、壁《かべ》が厚《あつ》ければいいなとも願《ねが》っていました。

「あの方《かた》のことがすごく好《す》きになってきているの」

セーラはアーメンガードに言《い》いました。

「だから煩《わずら》わしい思《おも》いはしてほしくないのよ。わたしはあの方《かた》を友《とも》だちとして受《う》け入《い》れたの。まったく話《はな》したことがない人《ひと》でも、友《とも》だちになることはできるわ。親戚《しんせき》のように身近《みぢか》に感《かん》じられるまで、相手《あいて》のことを見《み》て、考《かんが》えて、同情《どうじょう》するだけでいいの。お医者《いしゃ》さまが1日《にち》に2回《かい》も呼《よ》ばれたりするのを見《み》ていると、とても心配《しんぱい》になるわ」

「わたしは親戚《しんせき》がほとんどいないの」

アーメンガードは、自分《じぶん》のことを考《かんが》えながら答《こた》えました。

「でも、それがとってもうれしいの。親戚《しんせき》が好《す》きじゃないから。二人《ふたり》のおばさんは、いつも〝あらまあ、あなた太《ふと》りすぎだわ。甘《あま》いものを食《た》べちゃだめよ〟って言《い》うし、おじさんも年《ねん》がら年中《ねんじゅう》、いろんなことを聞《き》いてくるの。〝エドワード3世《せい》が王《おう》さまになったのは、いつだい？〟とか〝うなぎを食《た》べすぎて死《し》んだ王《おう》さまは誰《だれ》だったかね？〟とかね」

アーメンガードの話《はなし》を聞《き》いていたセーラは、笑《わら》ってしまいました。

「まあ、話《はな》したことがない人《ひと》の場合《ばあい》は、そんなことを聞《き》かれたりもしないけどね。それにあの方《かた》なら、すごく仲《なか》が良《よ》くなったとしても、あなたにそんなことは言《い》ったりしないわ」

セーラは、「大《おお》きな一家《いっか》」の人《ひと》たちが好《す》きでした。みんな幸《しあわ》せそうに見《み》えたからです。

でもインドのジェントルマンを好《す》きになったのは、幸《しあわ》せではなさそうに見《み》えたからでした。重《おも》い病気《びょうき》を患《わずら》って、まだ治《なお》りきっていない――セーラはそんなふうに思《おも》っていたのです。

インドのジェントルマンのことは、調理場《ちょうりば》でもさかんに話題《わだい》になっていました。メイドたちはなんらかの方法《ほうほう》で、ありとあらゆる情報《じょうほう》をかき集《あつ》めてくるのです。

……あの人《ひと》はインド人《じん》のジェントルマンではなく、インドに住《す》んでいたイギリス人《じん》らしい。とても不幸《ふこう》な目《め》に遭《あ》って、一時《いちじ》は破産《はさん》してしまったらしい。受《う》けたショックがあまりに大《おお》きかったせいで、脳炎《のうえん》になって死《し》にかけたし、それから体《からだ》も悪《わる》くなってしまったらしい。

でもそこから運《うん》が変《か》わって、持《も》っていた全財産《ぜんざいさん》は戻《もど》ってきた。破産《はさん》しかけたり病気《びょうき》になったりしたのは、鉱山《こうざん》に関係《かんけい》しているらしい……。


「鉱山《こうざん》、それもダイヤモンドが埋《う》まっているやつだってさ！」

コックはあからさまに、セーラに嫌《いや》みを言《い》いました。

「あたしなら、自分《じぶん》の貯金《ちょきん》なんて、ビタ一文《いちもん》、鉱山《こうざん》につぎ込《こ》むような真似《まね》はしないね。特《とく》にダイヤモンドのやつなんかにはね。その手《て》の話《はなし》なら、みんなちっとは知《し》ってるわけだし」

一方《いっぽう》、セーラは一人《ひとり》で物思《ものおも》いにふけっていました。

(パパと同《おな》じような経験《けいけん》をしたんだわ。でもあの方《かた》は助《たす》かった)

セーラはさらにインドのジェントルマンに心《こころ》を寄《よ》せるようになりました。

夜《よる》、お使《つか》いに行《い》かされた帰《かえ》り道《みち》、周《まわ》りに人《ひと》が誰《だれ》もいないときには、セーラは隣《となり》の家《いえ》の前《まえ》によく立《た》ち止《ど》まりました。そして鉄《てつ》の柵《さく》を握《にぎ》り、小《ちい》さな声《こえ》に気持《きも》ちを込《こ》めながら、祈《いの》りを捧《ささ》げたのです。

「どうかあなたに『小《ちい》さな奥《おく》さん』がいらっしゃって、体《からだ》をさすってくれますように。パパの頭《あたま》が痛《いた》むとき、わたしがさすってあげたように。

ああ、本当《ほんとう》にお気《き》の毒《どく》だわ！　わたしはあなたの『小《ちい》さな奥《おく》さん』になりたいわ。おやすみなさい……おやすみなさい。どうか神《かみ》さまのご加護《かご》がありますように」

祈《いの》りを捧《ささ》げると、セーラは自分《じぶん》の心《こころ》も慰《なぐさ》められ、少《すこ》し温《あたた》かくなったような気《き》がしました。また自《じ》分《ぶん》が寄《よ》せている同情《どうじょう》の気持《きも》ちはとても強《つよ》かったので、必《かなら》ず届《とど》いているに違《ちが》いないと思《おも》っていました。窓《まど》やドア、そして壁《かべ》にさえぎられていたとしてもです。

インドのジェントルマンは、ほとんどの場合《ばあい》、大《おお》きなガウンを着《き》ていました。また椅子《いす》に座《すわ》って額《ひたい》を手《て》のひらで支《ささ》えながら、絶望《ぜつぼう》した表情《ひょうじょう》で暖炉《だんろ》の炎《ほのお》を見《み》つめていました。セーラの目《め》には、今《いま》も心《こころ》に悩《なや》みを抱《かか》えているように映《うつ》りました。

「何《なに》かをずっと考《かんが》えていらっしゃるみたい。

でもお金《かね》は取《と》り戻《もど》せたんだろうし、頭《あたま》の病気《びょうき》も時間《じかん》が経《た》てば治《なお》るはずだから、あんな表情《ひょうじょう》をしているのはおかしいわ。悩《なや》んでいるように見《み》えるのは、別《べつ》の理由《りゆう》があるのかしら」

別《べつ》の理由《りゆう》があったとすれば、「大《おお》きな一家《いっか》」のお父《とう》さんはきっと知《し》っているはずだ。セーラはそう信《しん》じていました。

大《おお》きな一家《いっか》のお父《とう》さんは、インドのジェントルマンに時々会《ときどきあ》いに行《い》ったからです。お父《とう》さんほど頻繁《ひんぱん》ではないにせよ、奥《おく》さんや子《こ》どもたちも家《いえ》を訪問《ほうもん》していました。

インドのジェントルマンは、大《おお》きな一家《いっか》の子《こ》どもたちをかわいがっていました。歳上《としうえ》の二人《ふたり》の娘《むすめ》、ジャネットとノラは、特《とく》にかわいがっているようでした。そう、弟《おとうと》のドナルドがセーラに6ペンスを恵《めぐ》んだときに、とても心配《しんぱい》した女《おんな》の子《こ》たちです。

でもインドのジェントルマンは、実際《じっさい》にはあらゆる子《こ》どものことをとても大切《たいせつ》に思《おも》っていました。特《とく》に小《ちい》さな女《おんな》の子《こ》には心《こころ》を寄《よ》せていました。

ジャネットとノラは、インドのジェントルマンが自分《じぶん》たちに愛情《あいじょう》を注《そそ》いでくれるのと同《おな》じように、相手《あいて》のことが好《す》きでしたし、お行儀《ぎょうぎ》よく短《みじか》い時間《じかん》だけ会《あ》いに行《い》くのを、とても楽《たの》しみにしていました。

「お気《き》の毒《どく》だわ」

ジャネットはよく、こんなふうに言《い》っていました。

「でも、わたしたちに会《あ》うと、元気《げんき》が出《で》るって言《い》ってくださるの」

ジャネットは一番歳上《いちばんとしうえ》でしたので、妹《いもうと》や弟《おとうと》たちが騒《さわ》いだりしないように気《き》をつけていました。インドのジェントルマンに、インドのお話《はなし》をしてほしいと控《ひか》えめにお願《ねが》いするタイミングを決《き》めるのはジャネットでしたし、相手《あいて》が疲《つか》れてきたのに気《き》づいたときにそっと部屋《へや》から出《で》て、ラム・ダスを呼《よ》びに行《い》くのもジャネットでした。

子《こ》どもたちはラム・ダスのことが大好《だいす》きでした。ラム・ダスも、インドの言葉《ことば》以外《いがい》で話《はな》せたならば、いつまでもお話《はなし》を聞《き》かせてあげたでしょう。

インドのジェントルマンの本当《ほんとう》の名前《なまえ》は、ミスター・カリスフォードと言《い》いました。

ジャネットは「乞食《こじき》じゃない女《おんな》の子《こ》」との出会《であ》いについて話《はな》してあげました。インドのジェントルマンは、その話《はなし》にとても関心《かんしん》を持《も》ちましたし、ラム・ダスから屋根《やね》の上《うえ》で子猿《こざる》の冒険《ぼうけん》の話《はなし》を聞《き》いた後《あと》は、さらに興味《きょうみ》を持《も》つようになりました。

ラム・ダスはセーラの屋根裏部屋《やねうらべや》と、その荒《あ》れ果《は》てた様子《ようす》――むき出《だ》しの床《ゆか》や壊《こわ》れた漆喰《しっくい》の壁《かべ》、錆《さ》びついたままの暖炉《だんろ》、そして硬《かた》くて狭《せま》いベッドのことなどを、まるで手《て》に取《と》るように細《こま》かく説明《せつめい》していたからです。

「カーマイケル」

この話《はなし》を聞《き》いた後《あと》、インドのジェントルマンは大《おお》きな一家《いっか》のお父《とう》さんに話《はな》しかけました。

ミスター・カーマイケルというのが、大《おお》きな一家《いっか》のお父《とう》さんの名前《なまえ》でした。

「この広場《ひろば》には、そういう屋根裏部屋《やねうらべや》がどのくらいあるんだろう。そんなベッドで寝《ね》ている、かわいそうな下働《したばたら》きの女《おんな》の子《こ》が、何人《なんにん》ぐらいいるんだろう。なのにこのわたしは、羽毛《うもう》の枕《まくら》の上《うえ》で寝返《ねがえ》りを打《う》ちながら、財産《ざいさん》のことを重荷《おもに》に感《かん》じたり悩《なや》んだりしている。しかもその財産《ざいさん》のほとんどは……自分《じぶん》のものじゃないんだ」

「まあまあ」

大《おお》きな一家《いっか》のお父《とう》さんは、わざと明《あか》るい声《こえ》で答《こた》えました。

「自分《じぶん》を責《せ》めるのは、やめたほうがいいですよ。そのほうが、体《からだ》も早《はや》くよくなりますから。それにインドの財産《ざいさん》を全部《ぜんぶ》持《も》っていたとしても、世界中《せかいじゅう》の悩《なや》みを解決《かいけつ》できるわけじゃありません。この広場《ひろば》にある屋根裏部屋《やねうらべや》を全部《ぜんぶ》、作《つく》り替《か》えたとしても、他《ほか》の広場《ひろば》や通《とお》りにも、屋根裏部屋《やねうらべや》は山《やま》ほど残《のこ》っているんです。それが現実《げんじつ》なんですよ！」

インドのジェントルマンは椅子《いす》に座《すわ》ったまま、赤々《あかあか》と燃《も》えている暖炉《だんろ》の炎《ほのお》をじっと見《み》つめながら、爪《つめ》を噛《か》んでいました。

「仮《かり》の話《はなし》だが……」

少《すこ》し間《ま》をおいた後《あと》、インドのジェントルマンはゆっくりと話《はな》を続《つづ》けました。

「あの子《こ》が……頭《あたま》から片時《かたとき》も離《はな》れたことのないあの子《こ》が……万《まん》が一《いち》、本当《ほんとう》に万《まん》が一《いち》だが、隣《となり》の家《いえ》のかわいそうなお嬢《じょう》さんのような目《め》に遭《あ》っている可能性《かのうせい》はあると思《おも》うかね？」

大《おお》きな一家《いっか》のお父《とう》さんは、不安《ふあん》そうに相手《あいて》を見《み》ました。精神状態《せいしんじょうたい》を考《かんが》えても健康状態《けんこうじょうたい》を考《かんが》えても、その問題《もんだい》をそんなふうに考《かんが》え始《はじ》めることが、一番悪《いちばんわる》いことを知《し》っていたからです。

「もしもパリにあるマダム・パスカルの学校《がっこう》にいた女《おんな》の子《こ》が、あなたが捜《さが》しているお子《こ》さんだったとするなら」

大《おお》きな一家《いっか》のお父《とう》さんは、なだめるように言《い》いました。

「その子《こ》は、きちんと面倒《めんどう》を見《み》てあげられるロシアの一家《いっか》に引《ひ》き取《と》られたようです。亡《な》くなったロシアの一家《いっか》の娘《むすめ》さんと、一番《いちばん》の仲《なか》のいい友《とも》だちだったからなんです。その一家《いっか》には子《こ》どもがいなかったし、マダム・パスカルは、かなり裕福《ゆうふく》な人《ひと》だと言《い》っていました」

インドのジェントルマンは声《こえ》を荒《あら》らげました。

「あのひどい女《おんな》は、子《こ》どもがどこに連《つ》れていかれたのかもわかっていないんだ！」

大《おお》きな一家《いっか》のお父《とう》さんは肩《かた》をすくめました。

「ええ、抜《ぬ》け目《め》のない、世渡《よわた》り上手《じょうず》なフランス女《おんな》なんですよ。父親《ちちおや》が亡《な》くなった後《あと》、一文無《いちもんな》しになった子《こ》どもを都合良《つごうよ》く手放《てばな》すことができて、単純《たんじゅん》に喜《よろこ》んでいるようでした。ああいうタイプの女《おんな》は、重荷《おもに》になりそうな子《こ》どもを、わざわざ抱《かか》え込《こ》んだりしません」

　でもインドのジェントルマンは、納得《なっとく》しませんでした。

「しかし君《きみ》は、〝もしもその子《こ》が、わたしが捜《さが》しているお子《こ》さんだったら〟という言《い》い方《かた》をした。〝もしも〟と言《い》ったんだ。それはつまり、自分《じぶん》たちには確《たし》かなことがわからないということだ。パリの学校《がっこう》にいた子《こ》は、名前《なまえ》だって違《ちが》っていたんだ」

「マダム・パスカルは『クルー』ではなく『カリュー』と発音《はつおん》したんです。ただそれは、単《たん》なる発音《はつおん》の問題《もんだい》だったのかもしれませんね。女《おんな》の子《こ》のおかれた状況《じょうきょう》は、奇妙《きみょう》なほど似《に》ていましたから。インドにいるイギリス人《じん》の将校《しょうこう》が、母親《ははおや》のいない小《ちい》さな女《おんな》の子《こ》を学校《がっこう》に預《あず》けた。そして財産《ざいさん》を失《うしな》った後《あと》、突然《とつぜん》、亡《な》くなってしまっている」

　大《おお》きな一家《いっか》のお父《とう》さんは、ちょっと間《ま》をおきました。まるで新《あたら》しい考《かんが》えが閃《ひらめ》いたかのようにです。

「パリの学校《がっこう》に預《あず》けられたというのは確《たし》かですか？　パリで間違《まちが》いないのでしょうか？」

　インドのジェントルマンは苦々《にがにが》しい表情《ひょうじょう》を浮《う》かべて、突然《とつぜん》、強《つよ》い口調《くちょう》で言《い》いました。

「なあ君《きみ》、わたしは確《たし》かなことなんて何《なに》も知《し》らないんだ。その子《こ》にも、その子《こ》の母親《ははおや》にも一度《いちど》も会《あ》ったことがない。子《こ》どもの頃《ころ》はラルフ・クルーと大《だい》の親友《しんゆう》だったが、学校《がっこう》を卒業《そつぎょう》した後《あと》は、インドで再会《さいかい》するまで一度《いちど》も会《あ》っていなかったんだ。

わたしは鉱山《こうざん》がもたらしてくれるはずの、途方《とほう》もない可能性《かのうせい》に夢中《むちゅう》になっていた。そしてクルーも夢《む》中《ちゅう》になった。あまりに途方《とほう》がなくて、目《め》もくらむような話《はなし》だったから、わたしたちは半《なか》ば、気《き》が動転《どうてん》してしまっていたんだ。だからお互《たが》いに会《あ》ったときにも、他《ほか》のことについてはほとんど話《はな》さなかった。わたしが知《し》っていたのは、子《こ》どもがどこか外国《がいこく》の学校《がっこう》に預《あず》けられたということだけだったんだ」

インドのジェントルマンは、気《き》が高《たか》ぶり始《はじ》めていました。大《おお》きな一家《いっか》のお父《とう》さんは、その様子《ようす》を不安《ふあん》げに見《み》ていました。いくつか質問《しつもん》しなければならないことがありましたが、静《しず》かに、そして注意深《ちゅういぶか》く、尋《たず》ねなければなりません。

「でもその子《こ》が預《あず》けられたのは、パリにある学校《がっこう》だったと思《おも》う理由《りゆう》があるんでしょう？」

「ああ。なぜならその子《こ》の母親《ははおや》はフランス人《じん》だったからね。それにその子《こ》の母親《ははおや》は、自分《じぶん》の娘《むすめ》に、パリで教育《きょういく》を受《う》けさせたがっていたという話《はなし》も聞《き》いた。パリにいるとしか思《おも》えない」

「なるほど。その可能性《かのうせい》は高《たか》そうですね」

インドのジェントルマンは前《まえ》に身《み》を乗《の》り出《だ》し、やせ細《ほそ》った手《て》でテーブルを叩《たた》きました。

「わたしはあの子《こ》を見《み》つけ出《だ》さなければならない。もし生《い》きているなら、必《かなら》ずどこかにいるんだ。だが友《とも》だちもいなくて、一文無《いちもんな》しのような状態《じょうたい》になっているなら、それはわたしのせいだ。

鉱山《こうざん》の話《はなし》は、突然《とつぜん》、運《うん》が向《む》いてきて、夢《ゆめ》を叶《かな》えることができた。なのにかわいそうなクルーの子《こ》どもは、通《とお》りで物乞《ものご》いをしているかもしれないんだ。そんなことが心《こころ》に引《ひ》っかかっている人間《にんげん》が、どうやってまともな精神状態《せいしんじょうたい》になれる？」

「いけません、いけません」

大《おお》きな一家《いっか》のお父《とう》さんが、あわてて話《はなし》をさえぎります。

「冷静《れいせい》になってください。その子《こ》が見《み》つかったときに、渡《わた》してあげられる財産《ざいさん》があると考《かんが》えて、元《げん》気《き》を出《だ》すんです」

「先行《さきゆ》きが真《ま》っ暗《くら》になったときに、どうして男《おとこ》らしく踏《ふ》みとどまれなかったんだろう？　自分《じぶん》の金《かね》だけでなく、他人《たにん》の金《かね》まで預《あず》かっているような状況《じょうきょう》でなかったなら、踏《ふ》みとどまれたはずなんだ」

惨《みじ》めな気持《きも》ちになったインドのジェントルマンは、うめき声《ごえ》を上《あ》げました。

「かわいそうなクルーは、自分《じぶん》が持《も》っていたありったけのお金《かね》を、あの計画《けいかく》につぎ込《こ》んだ。わたしを信用《しんよう》していたし、好《す》いてくれてもいたんだよ。なのに、わたしに破産《はさん》させられたと思《おも》いながら死《し》んでいったんだ……このトム・カリスフォード……名門《めいもん》のイートン校《こう》で一緒《いっしょ》にクリケットをした、大《だい》の親友《しんゆう》であるはずの人間《にんげん》にだ。どんなにひどい悪党《あくとう》だと思《おも》っただろう！」

「そんなに自分《じぶん》を責《せ》めてはいけません」

大《おお》きな一家《いっか》のお父《とう》さんが、なだめにかかります。

「あなたは、精神的《せいしんてき》にまいってしまっていたのです。例《れい》の場所《ばしょ》を立《た》ち去《さ》った2日後《かご》には、病院《びょういん》にいてベッドに縛《しば》りつけられて、脳炎《のうえん》のためにうなされていたんですから」

インドのジェントルマンは、両手《りょうて》に額《ひたい》を埋《うず》めました。

「ちくしょう、そのとおりだ。不安《ふあん》と恐怖《きょうふ》のせいで、頭《あたま》がおかしくなっていたんだ。もう何週間《なんしゅうかん》も眠《ねむ》っていなかったし、よろめきながら家《いえ》の外《そと》に出《で》たときは、おぞましい化《ば》け物《もの》がそこら中《じゅう》にいて、わたしをあざ笑《わら》っているような気《き》がしたんだ」

「その説明《せつめい》だけで十分《じゅうぶん》ですよ」

大《おお》きな一家《いっか》のお父《とう》さんは言《い》いました。

「脳炎《のうえん》にかかる寸前《すんぜん》の人《ひと》が、まともな判断《はんだん》なんか下《くだ》せるわけがないんです！　そうじゃなかったら、踏《ふ》みとどまって最後《さいご》まで戦《たたか》ったはずですよ」

インドのジェントルマンは、がっくりとうつむいたまま首《くび》を振《ふ》りました。

「意識《いしき》が戻《もど》ったときには、クルーは死《し》んでしまっていた……すでに埋葬《まいそう》まで終《お》わっていたんだ。そしてわたしも、何《なに》も思《おも》い出《だ》せなくなった。子《こ》どものことさえ、何《なん》か月間《げっかん》も忘《わす》れていたんだよ」

インドのジェントルマンは一瞬《いっしゅん》話《はな》すのをやめて、額《ひたい》を擦《こす》りました。

「昔《むかし》のことを思《おも》い出《だ》そうとすると、今《いま》でも時々《ときどき》、頭《あたま》がぼんやりする。確《たし》かクルーは、娘《むすめ》のことを変《へん》な愛称《あいしょう》で呼《よ》んでいたはずなんだ。『小《ちい》さな奥《おく》さん』とね」

「さあ、元気《げんき》を出《だ》してください」

大《おお》きな一家《いっか》のお父《とう》さんが言《い》いました。

「それでも見《み》つかりますよ。マダム・パスカルから子《こ》どもを引《ひ》き取《と》ったロシア人《じん》を捜《さが》すんです。マダム・パスカルは、ロシア人《じん》の夫婦《ふうふ》がモスクワに住《す》んでいるだろうと、漠然《ばくぜん》と考《かんが》えているようでした。それを手掛《てが》かりにするんです。わたしがモスクワに行《い》きますよ」

「長旅《ながたび》ができるなら、一緒《いっしょ》に行《い》くんだが……」

インドのジェントルマンは言《い》いました。

「でも毛皮《けがわ》にくるまって暖炉《だんろ》の火《ひ》を見《み》つめながら、ここに座《すわ》っていることしかできない。炎《ほのお》を見《み》つめていると、クルーの陽気《ようき》で若々《わかわか》しい顔《かお》が浮《う》かび上《あ》がって、こっちを見《み》つめているような気分《きぶん》になるんだ。まるで何《なに》かを尋《たず》ねてくるようにね。夜《よる》、夢《ゆめ》を見《み》ることも時々《ときどき》ある。いつもわたしの前《まえ》に立《た》って、同《おな》じ質問《しつもん》を口《くち》にするんだ。クルーが何《なに》を言《い》うかわかるかい？」

大《おお》きな一家《いっか》のお父《とう》さんは、少《すこ》し低《ひく》い声《こえ》で答《こた》えました。

「いえ、正確《せいかく》には……」

「いつもこう言《い》うんだよ。『トム……相棒《あいぼう》よ……『小《ちい》さな奥《おく》さん』はどこだい？』とね」

インドのジェントルマンは、大《おお》きな一家《いっか》のお父《とう》さんの手《て》にすがりつきました。

「クルーに教《おし》えてやらねばならない……絶対《ぜったい》にだ！　あの子《こ》を捜《さが》し出《だ》すのを手伝《てつだ》ってくれ。頼《たの》む！」

セーラは実際《じっさい》にはパリの学校《がっこう》にいたこともありませんし、モスクワにも行《い》っていません。でも、インドのジェントルマンと大《おお》きな一家《いっか》のお父《とう》さんは、そう思《おも》い込《こ》んでいたのです。


この頃《ころ》、壁《かべ》の向《む》こう側《がわ》にある建物《たてもの》の中《なか》では、セーラが屋根裏部屋《やねうらべや》に座《すわ》ってメルキゼデクに話《はな》しかけていました。夕飯《ゆうはん》をもらいに、巣穴《すあな》から出《で》てきたのです。

「今日《きょう》はプリンセスでい続《つづ》けるのが大変《たいへん》だったわ。午後《ごご》は寒《さむ》かったわね。今夜《こんや》も冷《ひ》えるわ」

セーラは突然《とつぜん》、両腕《りょうで》の中《なか》に黒《くろ》い頭《あたま》を埋《うず》めました。孤独《こどく》を感《かん》じたときに、よくそうするようにです。

「ああ、パパ」

セーラはささやきました。

「わたしがパパの『小《ちい》さな奥《おく》さん』だった頃《ころ》なんて、まるで遠《とお》い昔《むかし》のことみたい！」

その日《ひ》、女学院《じょがくいん》とインドのジェントルマンの家《いえ》を隔《へだ》てる壁《かべ》の両側《りょうがわ》では、こんなことが起《お》きていたのです。

13 民衆《みんしゅう》の一人《ひとり》と

その年《とし》の冬《ふゆ》は、特《とく》に寒《さむ》くて天気《てんき》がよくありませんでした。

セーラはお使《つか》いに出《だ》されたときに、雪《ゆき》の中《なか》を歩《ある》いていかなければならないこともありました。雪《ゆき》が溶《と》けて泥《どろ》と混《ま》じり合《あ》い、ぬかるみになると、さらにひどい一日《いちにち》になりました。霧《きり》が立《た》ち込《こ》め、一《いち》日中《にちじゅう》、街灯《がいとう》が灯《とも》されたこともあります。

そんなときでも、大《おお》きな一家《いっか》の窓《まど》からは、いつも楽《たの》しげで温《あたた》かい雰囲気《ふんいき》に満《み》ちた、うっとりするような光景《こうけい》が見《み》えましたし、インドのジェントルマンが座《すわ》っている書斎《しょさい》も、暖《あたた》かそうな暖炉《だんろ》の炎《ほのお》の色《いろ》に包《つつ》まれていました。

でもセーラの屋根裏部屋《やねうらべや》は、言葉《ことば》では表《あらわ》せないほど物寂《ものさび》しい雰囲気《ふんいき》でした。窓《まど》から夕焼《ゆうや》けや日《ひ》の出《で》を見《み》ることも、もうできませんでしたし、セーラには、星《ほし》もほとんど見《み》えなくなったように思《おも》えました。灰色《はいいろ》や泥《どろ》のような色《いろ》をした雲《くも》が、天窓《てんまど》の上《うえ》に低《ひく》くたれ込《こ》め、激《はげ》しい雨《あめ》も降《ふ》りました。

午後《ごご》4時《じ》になると、霧《きり》が出《で》ていない日《ひ》でさえ、辺《あた》りは暗《くら》くなりました。太陽《たいよう》が沈《しず》んでしまうため、何《なに》かの用事《ようじ》で屋根裏部屋《やねうらべや》に戻《もど》るはめになったときには、ろうそくをつけなければなりませんでした。調理場《ちょうりば》にいるコックやメイドは、気分《きぶん》がふさぎ込《こ》み、これまでにも増《ま》して当《あ》たり散《ち》らします。ベッキーも小《ちい》さな奴隷《どれい》のように、こき使《つか》われていました。

「もし、お嬢《じょう》さんがいなかったら」

ある晩《ばん》、セーラの部屋《へや》にやってきたベッキーは、かすれ気味《ぎみ》の声《こえ》で言《い》いました。

「あたしはもう死《し》んじゃってますよ。ここは本当《ほんとう》の牢屋《ろうや》みたいですもん。マダムは、ますます牢屋《ろうや》の見張《みは》り番《ばん》みたいになってきてますね。お嬢《じょう》さんは、ミンチン先生《せんせい》が大《おお》きな鍵《かぎ》の束《たば》をぶら下《さ》げているとおっしゃったけど、それが見《み》えるみたい。コックは、マダムの手下《てした》みたいです。すみません、もうちょっとだけバスティーユのお話《はなし》……あたしたちが牢屋《ろうや》の壁《かべ》の下《した》に掘《ほ》った、抜《ぬ》け穴《あな》の話《はなし》を聞《き》かせてもらっていいですか」

「じゃあ、もっと暖《あたた》かくなるような話《はなし》をしてあげるわ」

セーラは寒《さむ》さに震《ふる》えながら言《い》いました。

「ベッドのカバーで体《からだ》を包《つつ》んで、体《からだ》をくっつけましょうよ。そしたらインドのジェントルマンが飼《か》っている猿《さる》さんがすんでいた、熱帯《ねったい》の森《もり》の話《はなし》をしてあげる。

お猿《さる》さんがお隣《となり》の家《いえ》の屋根裏部屋《やねうらべや》から、悲《かな》しそうな顔《かお》で外《そと》を眺《なが》めているのを見《み》ると、ああ、熱帯《ねったい》の森《もり》のことを考《かんが》えているんだなってわかるの。昔《むかし》はたぶん、その森《もり》でココナツの木《き》にぶら下《さ》がっていたのよ。誰《だれ》に捕《つか》まえられたのかはわからないけど、お猿《さる》さんはココナツを採《と》ってあげていた家族《かぞく》を、そこに置《お》いてきちゃったのかもしれないわ」

「ちょっとあったかくなってきました、お嬢《じょう》さん。でもなんでかわかりませんけど、バスティーユの話《はなし》だって、お嬢《じょう》さんが話《はな》してくれると、体《からだ》があったかくなるんです」

「それは、何《なに》か別《べつ》のことを考《かんが》えさせてくれるからよ」

セーラはベッドカバーから浅黒《あさぐろ》い、小《ちい》さな顔《かお》だけを出《だ》しながら言《い》いました。

「わたしはそのことに気《き》づいたの。体《からだ》が本当《ほんとう》にきつくてつらいときは、何《なに》か違《ちが》うことを自分《じぶん》に考《かんが》えさせなきゃいけないの」

「そんなことができるんですか？」

ベッキーはセーラを尊敬《そんけい》するような目《め》で見《み》ながら、おずおずと尋《たず》ねました。

「できるときもあるし、できないときもあるわ」

セーラは一瞬《いっしゅん》、眉間《みけん》にしわを寄《よ》せた後《あと》、きっぱりと言《い》いました。

「でも、それができるときは、大丈夫《だいじょうぶ》なの。ひどいことが起《お》きたときは……本当《ほんとう》にどうしようもないときには……自分《じぶん》はプリンセスなんだって、これまで以上《いじょう》に一生懸命《いっしょうけんめい》に思《おも》い込《こ》むのよ。『わたしはプリンセス、妖精《ようせい》のプリンセスよ。何《なに》もわたしを傷《きず》つけられないし、嫌《いや》な気持《きも》ちにさせられない』ってね。これで嫌《いや》なことを、何度忘《なんどわす》れられたかわからないわ」

セーラは笑《わら》いながら説明《せつめい》しましたが、何《なに》か違《ちが》うことを考《かんが》えなければいけない場面《ばめん》は何度《なんど》もありました。自分《じぶん》がプリンセスであることを証明《しょうめい》しなければならない試練《しれん》も、たくさん降《ふ》りかかってきました。

もっともきびしい試練《しれん》は、とある、ひどい天気《てんき》の日《ひ》にやってきました。セーラは、この日《ひ》のことをその後《ご》も何度《なんど》となく考《かんが》えましたし、数年経《すうねんた》っても、決《けっ》して忘《わす》れませんでした。

それは数日間《すうじつかん》、雨《あめ》が絶《た》え間《ま》なく降《ふ》っていた日《ひ》のことでした。街中《まちじゅう》の通《とお》りはうすら寒《さむ》く、滑《すべ》りやすく、憂鬱《ゆううつ》で冷《つめ》たい霧《きり》に包《つつ》まれていました。至《いた》る所《ところ》がぬかるんでいて、ありとあらゆるものが霧雨《きりさめ》と霧《きり》に覆《おお》われています。こういう日《ひ》には、セーラは遠《とお》くまで歩《ある》いていかなければならないような、やっかいな用事《ようじ》を必《かなら》ず言《い》いつけられました。

何度《なんど》も何度《なんど》もお使《つか》いに出《だ》されたために、みすぼらしい服《ふく》はぐっしょりと濡《ぬ》れてしまいます。くたびれた帽子《ぼうし》についている、古《ふる》ぼけたダチョウの羽《はね》は垂《た》れ下《さ》がり、さらに不格好《ぶかっこう》になっていました。

履《は》き古《ふる》された靴《くつ》は濡《ぬ》れすぎていて、水《みず》が染《し》み込《こ》まないほどです。おまけにセーラは、昼《ひる》ご飯《はん》も食《た》べさせてもらっていませんでした。機嫌《きげん》の悪《わる》いミンチン先生《せんせい》が罰《ばつ》を与《あた》えたのです。

あまりに寒《さむ》く、ひもじく、そして疲《つか》れきっていたために、セーラの顔《かお》はやつれて見《み》えました。街《まち》ですれ違《ちが》う心《こころ》のやさしい人《ひと》たちが、セーラに同情《どうじょう》したことさえありました。

でもセーラは、そんなことに気《き》づきません。早足《はやあし》で歩《ある》きながら、何《なに》か別《べつ》のことを自分《じぶん》に考《かんが》えさせようとしていましたし、「ふり」をしたり「もしかしたら」と想像《そうぞう》してみるのに必死《ひっし》でした。声《こえ》に出《だ》したり、唇《くちびる》を動《うご》かしたりすることさえせずにです。

(もし乾《かわ》いた服《ふく》を着《き》ていたら)

セーラは考《かんが》えました。

(もしいい靴《くつ》を履《は》いていて、丈《たけ》が長《なが》くて厚《あつ》いコートと毛糸《けいと》のストッキングを着《き》ていて、大《おお》きな傘《かさ》を持《も》っていたら。そして、もし……もしだけど……あったかいロールパンを売《う》っているパン屋《や》さんのそばに行《い》ったときに、6ペンスを見《み》つけたら……誰《だれ》が落《お》としたのかわからないものよ。もし本当《ほんとう》にそんなことが起《お》きたら、お店《みせ》の中《なか》に入《はい》ってホカホカのロールパンを6個《こ》買《か》って、一気《いっき》に全部《ぜんぶ》食《た》べちゃうの)

この世の中《なか》では、とても不思議《ふしぎ》なことが時々起《ときどきお》きます。セーラに起《お》きたのも、まさに不思議《ふしぎ》な出来事《できごと》でした。

そう自分《じぶん》に言《い》い聞《き》かせていたとき、セーラはちょうど通《とお》りを横切《よこぎ》らなければならなくなりました。ひどいぬかるみで、泥水《どろみず》につかるようにしながら、渡《わた》っていかなければなりません。

セーラは自分《じぶん》の足元《あしもと》と泥《どろ》を見《み》つめながら歩《ある》きましたが、向《む》こう側《がわ》の舗道《ほどう》にたどり着《つ》いた瞬間《しゅんかん》、道路《どうろ》の脇《わき》の溝《みぞ》で、何《なに》かが光《ひか》っているのが見《み》えたのです。

それは銀色《ぎんいろ》の硬貨《こうか》でした。多《おお》くの人《ひと》に踏《ふ》みにじられながら、それでも健気《けなげ》に、鈍《にぶ》く輝《かがや》いていたのです。6ペンス硬貨《こうか》とまではいきませんでしたが、それに次《つ》いで額《がく》の大《おお》きい、4ペンス硬貨《こうか》です。

セーラは寒《さむ》さのために、血色《けっしょく》がまだらになっている手《て》で、すぐに硬貨《こうか》を拾《ひろ》い上《あ》げました。

「あら」

セーラは息《いき》をのみました。

「本当《ほんとう》になったわ！　想像《そうぞう》していたことが本当《ほんとう》に起《お》きたのよ！」

それからセーラは、自分《じぶん》の正面《しょうめん》にあるお店《みせ》をまっすぐに見《み》ました。なんとそこはパン屋《や》さんで、陽気《ようき》で肉付《にくづ》きがよく、血色《けっしょく》のいいおかみさんがショーウインドーのところに、焼《や》き上《あ》がったばかりの、おいしそうなパンを並《なら》べているところでした。大《おお》きくて、ふっくらしていて、ツヤツヤしている、干《ほ》しぶどうの入《はい》ったロールパンです。

セーラは一瞬《いっしゅん》、めまいがしそうになりました。４ペンスを拾《ひろ》った驚《おどろ》きもありましたし、ロールパンがいっぱいに並《なら》んでいる光景《こうけい》を見《み》た影響《えいきょう》もありました。さらには半地下《はんちか》にあるパン屋《や》さんの調理《ちょうり》場《ば》から、パンを焼《や》くおいしそうな匂《にお》いが漂《ただよ》ってきたからです。

セーラは、遠慮《えんりょ》せずに４ペンスを使《つか》っていいことを知《し》っていました。しばらくの間《あいだ》、泥《どろ》の中《なか》に落《お》ちていたのは確《たし》かですし、一日中《いちにちじゅう》、押《お》し合《あ》いながら通《とお》り過《す》ぎていく人《ひと》の波《なみ》に紛《まぎ》れて、持《も》ち主《ぬし》もわからなくなっています。

「でもパン屋《や》さんのおかみさんのところに行《い》って、お金《かね》を落《お》としていないか聞《き》かなきゃ」

セーラは、パン屋《や》さんの石段《いしだん》を上《のぼ》り始《はじ》めました。ところが、あるものが目《め》に入《はい》って、突然《とつぜん》、足《あし》を止《と》めたのです。

それはセーラよりもみすぼらしい、乞食《こじき》の少女《しょうじょ》でした。

ボロボロの布《ぬの》を集《あつ》めたような格好《かっこう》をしていて、泥《どろ》まみれで赤《あか》くなった小《ちい》さな裸足《はだし》の足《あし》が見《み》えています。体全部《からだぜんぶ》を覆《おお》うには、ボロボロの布《ぬの》が足《た》りなかったからです。ボサボサに縮《ちぢ》れた髪《かみ》と汚《よご》れた顔《かお》、大《おお》きな目《め》はくぼんでいて、ひもじそうな表情《ひょうじょう》をしています。

その目《め》を見《み》た瞬間《しゅんかん》、セーラは相手《あいて》がお腹《なか》をすかしていることを悟《さと》りました。そしてとても気《き》の毒《どく》に感《かん》じたのです。

「この子《こ》……」

セーラは小《ちい》さくため息《いき》をつきながら独《ひと》り言《ごと》を言《い》いました。

「『民衆《みんしゅう》』の一人《ひとり》だわ……そしてわたしよりもお腹《なか》をすかせている」

乞食《こじき》の少女《しょうじょ》はセーラを見上《みあ》げると、体《からだ》を引《ひ》きずるようにして横《よこ》に少《すこ》しずれました。他《ほか》の人《ひと》の邪魔《じゃま》にならないように、道《みち》を譲《ゆず》るのに慣《な》れていたのです。セーラは小《ちい》さな４ペンス硬貨《こうか》を握《にぎ》りしめて、しばらくためらった後《あと》、思《おも》い切《き》ってその子《こ》に話《はな》しかけました。

「あなた、お腹《なか》がすいているの？」

少女《しょうじょ》はもぞもぞと、ボロ切《き》れと体《からだ》をまた動《うご》かしました。

「すいてる」

かすれた声《こえ》が聞《き》こえました。

「そりゃすいてるよ」

「お昼《ひる》ご飯《はん》、食《た》べていないんでしょう？」

「昼《ひる》は抜《ぬ》き」

少女《しょうじょ》はさらにしゃがれた声《こえ》で答《こた》えました。

「朝《あさ》もまだだし……昨日《きのう》の晩飯《ばんめし》もなし。全然《ぜんぜん》食《た》べてない」

「いつから？」

「わかんない。何回《なんかい》も何回《なんかい》も頼《たの》んだんだけど、どこに行《い》ってもだめ」

その子《こ》の姿《すがた》を見《み》るだけで、セーラはひもじくなって、フラフラしました。でも頭《あたま》の中《なか》では、いつものように奇妙《きみょう》なことを考《かんが》え始《はじ》めていました。

「もし私《わたし》がプリンセスだったら、プリンセスの一人《ひとり》だったら……。プリンセスと呼《よ》ばれていた人《ひと》たちは、王座《おうざ》を追《お》われて貧《まず》しくなっても……いつも一緒《いっしょ》に分《わ》かち合《あ》っていたはずだわ……『民衆《みんしゅう》』の人《ひと》たちとね……自分《じぶん》よりも貧《まず》しくてお腹《なか》をすかせている人《ひと》たちに出会《であ》ったときは、いつも分《わ》かち合《あ》っていたの……」

「ちょっと待《ま》ってて」

セーラは少女《しょうじょ》に言《い》うと、パン屋《や》さんに入《はい》っていきました。

お店《みせ》の中《なか》は暖《あたた》かく、おいしそうな匂《にお》いが立《た》ち込《こ》めています。お店《みせ》のおかみさんは、窓《まど》のところの飾《かざ》り棚《だな》に、焼《や》きたてのパンをさらにいくつか並《なら》べようとしているところでした。

「よろしいですか？」

セーラが声《こえ》をかけました。

「あなたは4ペンス落《お》とされませんでしたか？……銀《ぎん》の4ペンス硬貨《こうか》です」

こう言《い》いながらセーラは、汚《よご》れた硬貨《こうか》を差《さ》し出《だ》しました。

おかみさんはそれを見《み》た後《あと》、セーラを見《み》ました――思《おも》い詰《つ》めたような小《ちい》さな顔《かお》と、昔《むかし》はすてきなはずだったのに、今《いま》はくたびれてしまった服《ふく》を眺《なが》めました。

「おやまあ……いいえ、落《お》としてないわ。それ、見《み》つけたの？」

おかみさんが答《こた》えました。

「ええ。舗道《ほどう》の溝《みぞ》のところで」

「じゃあ、とっときな。1週間《しゅうかん》も落《お》ちたままだったかもしれないし、落《お》とし主《ぬし》なんて誰《だれ》にもわかんないもの。見《み》つかりっこないよ」

「わかっています、でもお尋《たず》ねしようと思《おも》ったんです」

「立派《りっぱ》な子《こ》だね。そんなことをする人《ひと》はめったにいないわ」

おかみさんは一瞬《いっしゅん》にして、セーラのことを気《き》に入《い》ったようでした。

「なんか買《か》いたいものはある？」

おかみさんはこう付《つ》け加《くわ》えました。セーラがパンに目《め》をやったのに気《き》がついたからです。

「ロールパンを4つ、いただけますか？　1個《こ》1ペニーのものを」

おかみさんはショーウインドーのところに行《い》くと、ロールパンを紙袋《かみぶくろ》に入《い》れました。

セーラは、おかみさんが6個《こ》のパンを入《い》れたのに気《き》づきました。

「4個《こ》と言《い》ったんです。すみません。4ペンスしか持《も》っていないんです」

「2個《こ》はおまけしたの。後《あと》でも食《た》べられるでしょ。お腹《なか》はすいてないの？」

セーラの視界《しかい》が涙《なみだ》でかすみました。

「すいています。親切《しんせつ》にしてくださって、本当《ほんとう》にありがとうございます。でも……」

セーラはこう付《つ》け加《くわ》えようとしました。

「外《そと》にはわたしよりも、お腹《なか》をすかせた女《おんな》の子《こ》がいるんです」

ちょうどそのとき、2、3人《にん》のお客《きゃく》さんが入《はい》ってきました。誰《だれ》もが急《いそ》いでいるように見《み》えましたので、セーラはおかみさんにもう一度《いちど》お礼《れい》を言《い》って外《そと》に出《で》ました。

乞食《こじき》の少女《しょうじょ》は、店《みせ》の階段《かいだん》の隅《すみ》でまだうずくまっていました。びしょびしょに濡《ぬ》れて、ぼろぼろの布《ぬの》をまとっている姿《すがた》は、ぞっとするほどでした。まともにものを食《た》べていないせいで、うつろな目《め》でただぼんやりと前《まえ》を見《み》ています。

すると少女《しょうじょ》は荒《あ》れて黒《くろ》ずんだ手《て》の甲《こう》で、突然《とつぜん》、顔《かお》を擦《こす》りました。ふいに涙《なみだ》がこぼれ落《お》ちたのに驚《おどろ》いたようで、ブツブツと何《なに》かをつぶやきました。

セーラは紙袋《かみぶくろ》を開《あ》けて、熱《あつ》いパンを一《ひと》つ取《と》り出《だ》しました。パンを持《も》っていたせいで、かじかんだ手《て》は少《すこ》しだけ温《あたた》かくなっていました。

「はい」

セーラはボロボロの布《ぬの》に包《つつ》まれた膝《ひざ》の上《うえ》に、パンをのせました。

「あったかくておいしいわ。食《た》べて。そしたら、ちょっとはましになるから」

少女《しょうじょ》はびっくりしてセーラを見上《みあ》げました。あまりにも突然《とつぜん》、幸運《こううん》がめぐってきたために怯《おび》えたようにさえ見《み》えました。それからパンを手《て》に取《と》ると口《くち》の中《なか》に押《お》し込《こ》み、オオカミのようにムシャムシャと食《た》べ始《はじ》めたのです。

「すげえ！　ああ！」

少女《しょうじょ》は、かすれた声《こえ》で大喜《おおよろこ》びしています。

「これ、うめえ！」

セーラはさらにパンを3つ取《と》り出《だ》して、膝《ひざ》の上《うえ》に置《お》きました。乞食《こじき》の少女《しょうじょ》は、しわがれた声《こえ》で、さらに凄《すさ》まじい声《こえ》を上《あ》げました。

(この子《こ》はわたしよりもお腹《なか》をすかせているわ)

セーラは自分《じぶん》に言《い》いきかせました。

（飢《う》え死《じ》にしそうになっているんですもの）

４つ目《め》のパンを膝《ひざ》に置《お》くとき、セーラの手《て》は震《ふる》え始《はじ》めました。でもこう言《い》いながら、５つ目《め》のパンまで渡《わた》したのです。

「わたしは飢《う》え死《じ》にするほど、お腹《なか》がすいていないわ」

少女《しょうじょ》は、あまりにお腹《なか》がすいていたために、お礼《れい》を言《い》うのを忘《わす》れていました。礼儀正《れいぎただ》しく振《ふ》る舞《ま》うことを教《おし》えてもらっていたとしても、夢中《むちゅう》でかぶりついていたでしょう。そもそも少女《しょうじょ》は、礼儀《れいぎ》作法《さほう》などまったく知《し》りませんでした。哀《あわ》れなことに、小《ちい》さな動物《どうぶつ》となんら変《か》わりはなかったのです。

「じゃあ、さようなら」

セーラはこう言《い》って通《とお》りの反対側《はんたいがわ》に渡《わた》り、後《うし》ろを振《ふ》り返《かえ》ってました。少女《しょうじょ》は両手《りょうて》にパンを持《も》っていましたが、食《た》べるのをやめてセーラを見《み》ていました。セーラが小《ちい》さくうなずいてみせると、その子《こ》は物珍《ものめずら》しそうな、そして何《なに》か言《い》い残《のこ》したことがあるような目《め》つきでセーラをもう一度《いちど》見《み》て、ボサボサの頭《あたま》を動《うご》かして合図《あいず》しました。少女《しょうじょ》は、セーラの姿《すがた》が見《み》えなくなるまで、新《あたら》しいパンにかぶりつこうとはしませんでした。口《くち》の中《なか》に入《い》れていた分《ぶん》を、飲《の》み込《こ》もうとさえしませんでした。

パン屋《や》のおかみさんは、お店《みせ》の窓《まど》からこの様子《ようす》を見《み》ていました。

「まあ、なんてこった！　あの子《こ》はパンをあげたんだわ。自分《じぶん》だって、すごくお腹《なか》をすかせているみたいだったのに」

おかみさんはしばらく窓《まど》のところに立《た》って、考《かんが》えていました。それから入《い》り口《ぐち》のドアを開《あ》け、少《しょう》女《じょ》に話《はな》しかけたのです。

「そのパン、誰《だれ》にもらったんだい？」

少女《しょうじょ》は頭《あたま》を動《うご》かして、セーラの姿《すがた》が見《み》えなくなろうとしている方向《ほうこう》を、あごで指《さ》しました。

「何個《なんこ》もらったの？」

「5個《こ》」

「自分《じぶん》のためには1個《こ》しか取《と》っておかなかったんだね。まるまる6個《こ》だって食《た》べられただろうに……目《め》を見《み》りゃわかるよ」

おかみさんは遠《とお》くを歩《ある》いていくセーラの姿《すがた》を見《み》て、いたたまれない気持《きも》ちになりました。

「あんなに早《はや》く歩《ある》いていかなくたっていいのに。12個《こ》あげたって罰《ばち》は当《あ》たらなかったよ」

おかみさんはこうつぶやくと、何《なに》かを決心《けっしん》したかのように少女《しょうじょ》のほうを向《む》きました。

「こっちに入《はい》っておいで」

おかみさんはそう言《い》いながら、店《みせ》のドアを開《あ》けてやったのです。少女《しょうじょ》は立《た》ち上《あ》がって、足《あし》を引《ひ》きずりながら入《はい》りました。

暖《あたた》かくてパンの匂《にお》いに包《つつ》まれた店《みせ》の中《なか》に招《まね》かれるなどというのは、信《しん》じられないことでした。自《じ》分《ぶん》に何《なに》が起《お》きるかはまるでわかりませんでしたし、気《き》にしてさえいませんでした。

「あそこであったまりな」

おかみさんは、奥《おく》にある小《ちい》さな部屋《へや》の暖炉《だんろ》を指《ゆび》さします。

「いいかい、パンを一《ひと》かけらも恵《めぐ》んでもらえないときには、ここに来《き》てわたしに言《い》うんだよ。あの女《おんな》の子《こ》のためにも、なんかしてあげなかったら罰《ばち》が当《あ》たるから」

たった一《ひと》つのパンでも空腹《くうふく》をいくらか和《やわ》らげることはできます。セーラは歩《ある》きながら、温《あたた》かいパンを小《ちい》さくちぎってゆっくり食《た》べました。少《すこ》しでも長《なが》くもつようにです。

(これが魔法《まほう》のパンだったら、そして一口分《ひとくちぶん》がお昼《ひる》ご飯《はん》と同《おな》じくらいあったら、食《た》べすぎになっちゃうわ)

女学院《じょがくいん》がある広場《ひろば》に着《つ》いたときには、辺《あた》りは暗《くら》くなっていました。家々《いえいえ》にはすべて灯《あか》りが灯《とも》っています。「大《おお》きな一家《いっか》」の部屋《へや》の窓《まど》には、まだ鎧戸《よろいど》が下《お》りていませんでした。

いつもならば、この時間《じかん》になると、お父《とう》さんが大《おお》きな椅子《いす》に座《すわ》り、その周《まわ》りに子《こ》どもたちが群《む》れている光景《こうけい》をよく見《み》ることができます。

この晩《ばん》も、子《こ》どもたちはお父《とう》さんの椅子《いす》の周《まわ》りにいました。でも、お父《とう》さんは座《すわ》っていません。逆《ぎゃく》に家《いえ》の中《なか》は、かなり騒《さわ》がしくなっていました。

お父《とう》さんが旅行《りょこう》に出《で》かけようとしていたのです。馬車《ばしゃ》が玄関《げんかん》の前《まえ》に停《と》まり、大《おお》きな旅行用《りょこうよう》のカバンがその上《うえ》に紐《ひも》で括《くく》り付《つ》けられていました。子《こ》どもたちはお父《とう》さんの周《まわ》りで踊《おど》ったり、話《はなし》をしたり、しがみついたりしています。そばでは、血色《けっしょく》のいい、きれいなお母《かあ》さんが立《た》って、話《はなし》をしていました。まるで最後《さいご》にいろいろ確認《かくにん》をしているようでした。

「あの方《かた》は長《なが》いこと、旅行《りょこう》に出《で》かけるのかしら」

セーラは考《かんが》えました。

「旅行《りょこう》カバンは大《おお》きめだわ。ああ、子《こ》どもたちはどんなに寂《さび》しく思《おも》うかしら。わたしも寂《さび》しく思《おも》うわ……あの方《かた》は、わたしがいることさえ知《し》らないけど」

玄関《げんかん》が開《あ》くと、セーラは横《よこ》に移動《いどう》しました。ドナルドに6ペンスを渡《わた》されたことを覚《おぼ》えていたのです。

身支度《みじたく》を整《ととの》えたお父《とう》さんが出《で》てきました。歳上《としうえ》の子《こ》どもたちが、その周《まわ》りにいます。

「モスクワは雪《ゆき》だらけなの？　どこも凍《こお》っているってほんと？」

小《ちい》さな女《おんな》の子《こ》のジャネットが聞《き》きました。

他《ほか》の子《こ》どもたちからも、次々《つぎつぎ》に質問《しつもん》が飛《と》びます。

「ロシアの馬車《ばしゃ》にも乗《の》ったりするの？」

「ねえねえ、ロシアの皇帝《こうてい》には会《あ》うの？」

お父《とう》さんは笑《わら》いながら答《こた》えます。

「そういうことは手紙《てがみ》に書《か》いて全部《ぜんぶ》教《おし》えてあげるよ。いろんな写真《しゃしん》も送《おく》ってあげるから。早《はや》く部屋《へや》に戻《もど》りなさい。今夜《こんや》はぞっとするほど湿気《しっけ》が多《おお》いね。ああ、モスクワに行《い》かずにお前《まえ》たちと一緒《いっしょ》にいたいよ。おやすみ、おやすみ、おちびちゃんたち。神《かみ》さまのご加護《かご》がありますように！」

お父《とう》さんはそう言《い》うと、階段《かいだん》を駆《か》け下《お》りて馬車《ばしゃ》に飛《と》び乗《の》りました。

「『小《ちい》さな女《おんな》の子《こ》』を見《み》つけたら、よろしくって言《い》ってね！」

最後《さいご》にドナルドが叫《さけ》びました。ドナルドは玄関《げんかん》マットのところで飛《と》んだり跳《は》ねたりしています。

やがて子《こ》どもたちは家《いえ》の中《なか》に入《はい》り、玄関《げんかん》のドアを閉《し》めました。

「ねえ、気《き》づいた？」

部屋《へや》に戻《もど》りながら、ジャネットがノラに言《い》いました。

「『乞食《こじき》じゃない女《おんな》の子《こ》』が通《とお》って行《い》ったわよ？　すごく寒《さむ》そうでずぶ濡《ぬ》れだったし、振《ふ》り返《かえ》ってわたしたちを眺《なが》めているのが見《み》えたの。

あの子《こ》はいつも、お金持《かねも》ちの人《ひと》からもらった、お下《さ》がりみたいな服《ふく》を着《き》てるんだって。ママがそう言《い》ってたわ。古《ふる》くなって着《き》られなくなったのを、もらっているんだろうって」

広場《ひろば》を横切《よこぎ》り、セーラが戻《もど》ってきました。少《すこ》し頭《あたま》がぼんやりして、体《からだ》がフラフラします。

「『小《ちい》さな女《おんな》の子《こ》』って誰《だれ》なんだろう」

セーラは考《かんが》えていました。

「あの方《かた》は、誰《だれ》を捜《さが》しに行《い》くのかしら……」

セーラは階段《かいだん》を下《お》りて、半地下《はんちか》にある炊事場《すいじば》に向《む》かっていきました。重《おも》い、重《おも》い、古《ふる》ぼけた買《か》い物《もの》かごを運《はこ》びながらです。

その頃《ころ》、大《おお》きな一家《いっか》のお父《とう》さんは汽車《きしゃ》に乗《の》るために駅《えき》に急《いそ》いでいました。モスクワでは、クルー大尉《たいい》の行方《ゆくえ》不明《ふめい》になった小《ちい》さな娘《むすめ》を、必死《ひっし》で捜《さが》すことになっていました。

14 メルキゼデクが見《み》たもの

まさにこの日《ひ》の午後《ごご》、セーラが外出《がいしゅつ》している間《あいだ》に、屋根裏部屋《やねうらべや》では奇妙《きみょう》な出来事《できごと》が起《お》きていました。それを見《み》たり聞《き》いたりしたのは、ネズミのメルキゼデクだけです。

セーラが朝早《あさはや》く部屋《へや》を出《で》た後《あと》、屋根裏部屋《やねうらべや》は一日中《いちにちじゅう》、静《しず》まり返《かえ》っていました。その静《しず》けさを破《やぶ》るのは、スレート屋根《やね》や天窓《てんまど》を打《う》ち付《つ》ける雨《あめ》の音《おと》だけでした。

メルキゼデクは少《すこ》し退屈《たいくつ》していました。そこで雨《あめ》の音《おと》がやむと、巣穴《すあな》から出《で》て偵察《ていさつ》に出《で》ることにしました。セーラがしばらく戻《もど》ってこないのを、知《し》っていたにもかかわらずです。

メルキゼデクは部屋《へや》の中《なか》を散歩《さんぽ》しながら、そこら中《じゅう》をかぎ回《まわ》っていました。そこで突然《とつぜん》、自分《じぶん》が最後《さいご》にもらったパン屑《くず》が残《のこ》っていることに気《き》づきました。

メルキゼデクが屋根《やね》から聞《き》こえてくる音《おと》に注意《ちゅうい》を向《む》けたのはそのときでした。

何《なに》かが屋根《やね》の上《うえ》で動《うご》いていて、天窓《てんまど》に近《ちか》づいてきます。

まず浅黒《あさぐろ》い顔《かお》が屋根裏部屋《やねうらべや》の中《なか》を覗《のぞ》き込《こ》み、その後《うし》ろからもう一人《ひとり》の顔《かお》が見《み》えました。一人《ひとり》はラム・ダス、もう一人《ひとり》はインドのジェントルマンの秘書《ひしょ》をしている若者《わかもの》でした。

ラム・ダスはとても身軽《みがる》に、物音一つ《ものおとひと》立《た》てずに床《ゆか》に下《お》りました。そして若《わか》い秘書《ひしょ》も、ラム・ダスと同《おな》じように、音《おと》もなく天窓《てんまど》をすり抜《ぬ》けました。二人《ふたり》の姿《すがた》を見《み》たメルキゼデクは、自分《じぶん》の巣穴《すあな》に向《む》かって、まっしぐらに走《はし》り始《はじ》めました。怪《あや》しい人間《にんげん》を、死《し》ぬほど怖《こわ》がっていたのです。

メルキゼデクは、セーラのことは怖《こわ》がらなくなっていました。でもこの見知《みし》らぬ人《ひと》たちのそばにいるのは危険《きけん》です。巣穴《すあな》からこっそり覗《のぞ》いているほうが安全《あんぜん》でした。でも、メルキゼデクが完全《かんぜん》に姿《すがた》を隠《かく》してしまう前《まえ》に、灰色《はいいろ》の尻尾《しっぽ》の先《さき》がちらりと見《み》えました。

「あれはネズミかい？」

秘書《ひしょ》はラム・ダスに小声《こごえ》で尋《たず》ねました。

「そう、ネズミです、旦那《だんな》さま。壁《かべ》のところにたくさんいます」

「うわぁ。女《おんな》の子《こ》がネズミを怖《こわ》がらないなんて、どうなっているんだろう」

ラム・ダスは両手《りょうて》で「おっしゃるとおりです」と相《あい》づちを打《う》つような身振《みぶ》りをして、うやうやしく微笑《ほほえ》んでみせました。ラム・ダスは、セーラと親《した》しい説明役《せつめいやく》として屋根裏部屋《やねうらべや》に来《き》ていました。

セーラと直接話《ちょくせつはなし》をしたのは、一度《いちど》しかなかったにもかかわらずです。

「他《ほか》の子《こ》どもとは違《ちが》っています。すべてのものと友《とも》だちになれるんです、旦那《だんな》さま。

あの子《こ》はそこにあるテーブルの上《うえ》に立《た》って空《そら》を見《み》ますし、呼《よ》べばスズメもやってきます。ネズミも寂《さび》しいときに餌《えさ》をあげて飼《か》いならしました。

この学校《がっこう》にいる、かわいそうなもう一人《ひとり》の召使《めしつか》いの女《おんな》の子《こ》も、慰《なぐさ》めてもらいにやってきます。内緒《ないしょ》で屋根裏部屋《やねうらべや》に上《あ》がってくる小《ちい》さな女《おんな》の子《こ》もいますし、もっと歳《とし》が上《うえ》の少女《しょうじょ》も、あの子《こ》に憧《あこが》れているようです。もしあの子《こ》がやめなければ、いつまでも話《はなし》を聞《き》いているでしょう。わたしは屋根《やね》をこっそり這《は》ってきて、そういう光景《こうけい》を何度《なんど》も見《み》たのです」

「ずいぶん詳《くわ》しいようだね」

秘書《ひしょ》が感心《かんしん》したように言《い》うと、ラム・ダスはさらに細《こま》かく説明《せつめい》しました。

「毎日《まいにち》、どんなふうに過《す》ごしているのかもすべて知《し》っています。いつ部屋《へや》から出《で》ていくのか、そしていつ戻《もど》ってくるのかも。あの子《こ》の悲《かな》しみや、ささやかな楽《たの》しみ、寒《さむ》さに凍《こご》えていることや、ひもじさに耐《た》えていること、真夜中《まよなか》まで一人《ひとり》で本《ほん》を読《よ》んで勉強《べんきょう》をしていることも知《し》っています。

わたしはあの子《こ》が気《き》づいていないときに、そっと姿《すがた》を見《み》ていたこともありますし、無事《ぶじ》でいるかどうかを確認《かくにん》するために、何度《なんど》も来《き》ました。具合《ぐあい》が悪《わる》くなったときも、わたしならすぐにわかるでしょう。そのときにはここに来《き》て、看病《かんびょう》をするつもりです。それが叶《かな》うのであれば……ですが」

「あの子《こ》以外《いがい》は誰《だれ》もこの場所《ばしょ》に近《ちか》づかない……あの子《こ》も、いきなり戻《もど》ってきたりしないというのは確《たし》かなんだろうね。もし僕《ぼく》たちがここにいるのが見《み》つかったら、カリスフォード殿下《でんか》の計画《けいかく》も台無《だいな》しになってしまう」

秘書《ひしょ》が念《ねん》を押《お》すと、ラム・ダスは音《おと》も立《た》てずに部屋《へや》を横切《よこぎ》ってドアのところに行《い》き、耳《みみ》を澄《す》ませました。

「誰《だれ》もまいりません、旦那《だんな》さま。あの子《こ》は買《か》い物《もの》かごを持《も》って部屋《へや》から出《で》ていきました。数時間《すうじかん》は帰《かえ》ってこないでしょう。それにわたしがここに立《た》っていれば、どんな足音《あしおと》でもすぐに聞《き》こえます」

秘書《ひしょ》は鉛筆《えんぴつ》とメモを胸《むね》のポケットから取《と》り出《だ》しました。

「聞《き》き耳《みみ》を立《た》てておいてくれ」

秘書《ひしょ》はこう言《い》うと、ゆっくり、そして惨《みじ》めな狭《せま》い部屋《へや》の中《なか》を、静《しず》かに歩《ある》き回《まわ》り始《はじ》めました。そして目《め》に入《はい》ったものを素早《すばや》くメモに書《か》き記《しる》しています。秘書《ひしょ》はまず、狭《せま》いベッドのところに行《い》きました。そしてマットレスを手《て》で押《お》して、驚《おどろ》いたように言《い》いました。

「石《いし》のように硬《かた》いマットだな。いつか、あの子《こ》がいないとき交換《こうかん》してやらないと。でもここに運《はこ》んでくるには、特別《とくべつ》な準備《じゅんび》をする必要《ひつよう》がありそうだ。今夜《こんや》は無理《むり》だ」

次《つぎ》に秘書《ひしょ》はベッドカバーを持《も》ち上《あ》げて、一《ひと》つだけ置《お》かれていた薄《うす》い枕《まくら》を調《しら》べました。

「カバーは汚《よご》れて擦《す》り切《き》れている。毛布《もうふ》は薄《うす》いし、シートはつぎはぎでボロボロだ」

秘書《ひしょ》はだんだん腹《はら》が立《た》ってきたようでした。

「子《こ》どもをこんなベッドで眠《ねむ》らせるなんて……しかも一流《いちりゅう》の女学院《じょがくいん》を名乗《なの》っている学校《がっこう》がだ！　あの暖炉《だんろ》にも、長《なが》いこと火《ひ》が入《はい》っていないはずだ」

秘書《ひしょ》は錆《さ》びた暖炉《だんろ》の鉄格子《てつごうし》を見《み》ながら言《い》いました。

「一度《いちど》も使《つか》われているのを見《み》たことがありません」

ラム・ダスが説明《せつめい》します。

「この学校《がっこう》の女主人《おんなしゅじん》は、自分以外《じぶんいがい》の誰《だれ》かが、寒《さむ》い思《おも》いをしているかもしれないなどと思《おも》うような人間《にんげん》ではないのです。あの子《こ》も、ひどい性格《せいかく》の女主人《おんなしゅじん》に奴隷《どれい》のようにこき使《つか》われ続《つづ》けています。それでも、王族《おうぞく》の血《ち》を引《ひ》いているような態度《たいど》で振《ふ》る舞《ま》っているのです」

秘書《ひしょ》はすばやくメモを取《と》り続《つづ》けています。そして1枚《まい》のメモを破《やぶ》って胸《むね》のポケットに忍《しの》ばせると上《うえ》を見《み》ました。

「それにしてもだ、なんともおかしなことを計画《けいかく》したもんだね。誰《だれ》の思《おも》いつきだい？」

ラム・ダスは丁寧《ていねい》にお辞儀《じぎ》をしました。

「最初《さいしょ》に考《かんが》えついたのは、わたしです。ある晩《ばん》、わたしは寂《さび》しくなって、開《あ》いていた天窓《てんまど》のそばに寝《ね》そべって話《はなし》を聞《き》いていました。わたしも孤独《こどく》ですから。するとあの子《こ》は、こっそり屋根裏部屋《やねうらべや》に来《き》た友《とも》だちに、どんなふうな部屋《へや》に変《か》えたいかという夢物語《ゆめものがたり》を聞《き》かせていました。まるで、変《か》わった部屋《へや》の様子《ようす》が実際《じっさい》に見《み》えているようでしたし、話《はなし》をしているうちに明《あか》るく、そして元気《げんき》になっていきました。そうして、わたしもこの計画《けいかく》を思《おも》いついたのです」

ラム・ダスの説明《せつめい》は続《つづ》きます。

「最初《さいしょ》は単《たん》なる思《おも》いつきにすぎませんでした。でも次《つぎ》の日《ひ》、カリスフォード殿下《でんか》の具合《ぐあい》が悪《わる》く、気分《きぶん》もふさぎ込《こ》んでいるときに、自分《じぶん》の思《おも》いつきをお話《はな》しして、楽《たの》しませてさしあげたのです。殿下《でんか》はその話《はなし》にたいそう興味《きょうみ》を示《しめ》して、あの子《こ》に強《つよ》く関心《かんしん》を持《も》つようになられました。そしてとうとう、あの子《こ》が想像《そうぞう》した夢物語《ゆめものがたり》を、本当《ほんとう》に叶《かな》えてあげることを決心《けっしん》されたのです」

「でも眠《ねむ》っている間《あいだ》に、部屋《へや》の模様替《もようが》えなんてできると思《おも》うかい？　目《め》を覚《さ》ましたらどうする？」

若《わか》い秘書《ひしょ》も、いろいろと想像《そうぞう》してみて、ワクワクし始《はじ》めたようでした。

「わたしは自分《じぶん》の足《あし》がベルベットでできているように、音《おと》を立《た》てずに動《うご》けますから」

ラム・ダスは答《こた》えました。

「それにあの子《こ》はぐっすり眠《ねむ》ります……不幸《ふしあわ》せな目《め》に遭《あ》っていてもです。わたしはこれまで、この部屋《へや》に何度《なんど》も忍《しの》び込《こ》むことができました。あの子《こ》は枕《まくら》の上《うえ》で、寝返《ねがえ》り一《ひと》つ打《う》ちませんでした。天窓《てんまど》からものを渡《わた》していただければ、眠《ねむ》っているうちに全部《ぜんぶ》の作業《さぎょう》をやってのけられます。目《め》が覚《さ》めたときには、魔法使《まほうつか》いがこの部屋《へや》にいたと思《おも》うでしょう」

ラム・ダスが表情《ひょうじょう》をなごませると、若《わか》い秘書《ひしょ》も微笑《ほほえ》み返《かえ》しました。

「アラビアンナイトの物語《ものがたり》のようになるだろうね。そんなことを思《おも》いつけるのは、東洋人《とうようじん》だけだよ。ロンドンの霧《きり》の中《なか》で育《そだ》ってきた人間《にんげん》は、そんなことを思《おも》いつかない」

床《ゆか》、暖炉《だんろ》、壊《こわ》れた足《あし》のせ台《だい》、古《ふる》いテーブル、壁《かべ》……若《わか》い秘書《ひしょ》はすべてのものについて、メモを取《と》っていきました。そして周《まわ》りを見渡《みわた》しながら、ポケットにしまい込《こ》みました。

「十分《じゅうぶん》だと思《おも》う。もうおいとましてもいいだろう」

そして二人《ふたり》は入《はい》ってきたときと同《おな》じように、物音《ものおと》一《ひと》つ立《た》てずに天窓《てんまど》から出《で》ていきました。

メルキゼデクはホッとしました。そして二人《ふたり》がいなくなったのを確《たし》かめてから、巣穴《すあな》から出《で》て部屋《へや》の匂《にお》いをかぎ回《まわ》り始《はじ》めました。

怪《あや》しい人間《にんげん》でさえも、もしかしたらパンのかけらを一《ひと》つか二《ふた》つ、落《お》としてくれたかもしれない――メルキゼデクは、密《ひそ》かにそう期待《きたい》していたのです。

15　魔法《まほう》

セーラがお使《つか》いから帰《かえ》ってきました。隣《となり》の家《いえ》の前《まえ》を横切《よこぎ》ると、ちょうどラム・ダスが鎧戸《よろいど》を閉《し》めようとしているところでした。

「あんなにきれいなお部屋《へや》には、ずいぶん長《なが》いこと入《はい》ってないわ」

暖炉《だんろ》の中《なか》では、いつものように赤々《あかあか》と火《ひ》が燃《も》えていますし、インドのジェントルマンはその前《まえ》に腰掛《こしか》けています。でも手《て》のひらで頭《あたま》を支《ささ》えている様子《ようす》は、これまでと同《おな》じように孤独《こどく》で不幸《ふしあわ》せそうでした。

「かわいそうなお方《かた》！　あなたは何《なに》を考《かん》えていらっしゃるのかしら」

インドのジェントルマンが考《かんが》えていたのは、大《おお》きな一家《いっか》のお父《とう》さんのことでした。

「仮《かり》に……カーマイケルがモスクワで女《おんな》の子《こ》を捜《さが》し出《だ》すことができたとしても、そもそも、その子《こ》は、わたしが捜《さが》している子《こ》どもではないかもしれない。クルーの娘《むすめ》とはまったくの別人《べつじん》だったとしたら、どうすればいいんだろう」

セーラが女学院《じょがくいん》に戻《もど》ると、今度《こんど》はミンチン先生《せんせい》に出《で》くわしました。ミンチン先生《せんせい》は半地下《はんちか》の調理《ちょうり》場《ば》に来《き》て、コックを叱《しか》りつけたばかりでした。

「どこでさぼっていたの？　何時間《なんじかん》も外《そと》をほっつき歩《ある》いていたんでしょ」

ミンチン先生《せんせい》は、セーラを問《と》いつめ始《はじ》めます。

「道《みち》がとてもぬかるんでいて、歩《ある》くのが大変《たいへん》だったんです。靴《くつ》がボロボロなので、しょっちゅう滑《すべ》ってしまうんです」

ミンチン先生《せんせい》は聞《き》く耳《みみ》を持《も》ちません。

「言《い》い訳《わけ》はしないで。それにデタラメな嘘《うそ》を言《い》うのも、一切《いっさい》やめなさい」

ミンチン先生《せんせい》がいなくなると、セーラはコックのところに行《い》き買《か》ってきたものを、テーブルの上《うえ》に置《お》きました。

「頼《たの》まれたものはここにあります」

コックはミンチン先生《せんせい》に叱《しか》りつけられたせいで、最高《さいこう》に不機嫌《ふきげん》でした。

「そのまま帰《かえ》ってこないで、一晩中《ひとばんじゅう》、外《そと》にいりゃあよかったのに」

コックはぶつぶつ言《い》いながら、その品々《しなじな》を見《み》ました。

「何《なに》か、食《た》べるものをいただけますか？」

セーラは弱々《よわよわ》しい声《こえ》で尋《たず》ねました。

「夕飯《ゆうはん》なんて終《お》わったし、もう片付《かたづ》けたわ。まさか温《あたた》めておいてもらえるなんて、勘違《かんちが》いしてないだろうね？」

コックはとても残酷《ざんこく》な気持《きも》ちになっていましたし、セーラがやってきたことを密《ひそ》かに喜《よろこ》んでいました。いつものように八《や》つ当《あ》たりをするには、とても都合《つごう》のいい相手《あいて》だったのです。

「でも、わたしはお昼《ひる》ご飯《はん》もいただいてないんです」

「食料庫《しょくりょうこ》にいくつかパンが残《のこ》ってる。今日《きょう》、今《いま》の時間《じかん》に食《た》べられるのはそれだけ」

セーラは言《い》われた場所《ばしょ》に行《い》ってパンを見《み》つけました。古《ふる》くて堅《かた》く、パサパサに乾燥《かんそう》したパンです。しかも意地悪《いじわる》なコックは、パンと一緒《いっしょ》に食《た》べるものを何《なに》もくれませんでした。

セーラは屋根裏部屋《やねうらべや》に向《む》かいました。

これまでにも、階段《かいだん》が長《なが》く急《きゅう》に感《かん》じられることは時々《ときどき》ありました。でもこの日《ひ》は、あまりに疲《つか》れていて、自分《じぶん》の部屋《へや》にたどり着《つ》けないのではないかとさえ思《おも》えましたし、セーラは階段《かいだん》の途中《とちゅう》で、何度《なんど》も休《やす》まなければなりませんでした。

階段《かいだん》の一番上《いちばんうえ》まで着《つ》くと、屋根裏部屋《やねうらべや》のドアの下《した》からぼんやり灯《あか》りが漏《も》れています。セーラはうれしくなりました。アーメンガードがこっそり部屋《へや》を抜《ぬ》け出《だ》して、訪《たず》ねてきてくれたに違《ちが》いありません。ドアを開《あ》けてみると、そこにはまさにアーメンガードがいました。

「今日《きょう》はあなたに会《あ》えると思《おも》わなかったわ、アーミー」

アーメンガードは赤《あか》いショールにくるまって、ベッドの真《ま》ん中《なか》に座《すわ》っていました。

「ミス・アメリアが、おばさんのところに泊《と》まりに行《い》ったの。生徒《せいと》の部屋《へや》を見回《みまわ》りに来《く》る人《ひと》は誰《だれ》もいないわ。その気《き》になれば、朝《あさ》までだってここにいられるの」

アーメンガードはそう言《い》って、天窓《てんまど》の下《した》にあるテーブルを指《ゆび》さしました。その上《うえ》には何冊《なんさつ》もの本《ほん》が置《お》いてあります。

「パパがまた本《ほん》を送《おく》ってくれたの。あれがそうよ」

アーメンガードは、げんなりしたような顔《かお》をしましたが、セーラはテーブルのところに走《はし》っていき、一番上《いちばんうえ》に積《つ》んであった本《ほん》のページをめくり始《はじ》めました。

「あら、なんてきれいなんでしょう！　カーライルが書《か》いたフランス革命《かくめい》の本《ほん》だわ。これ、本当《ほんとう》に読《よ》んでみたかったの！」

セーラは夢中《むちゅう》になっていました。

「わたしはお断《ことわ》りね」

アーメンガードは興味《きょうみ》がなさそうに答《こた》えます。

「でもわたしが読《よ》んでないと、パパはすごく機嫌《きげん》が悪《わる》くなるわ。実家《じっか》に戻《もど》るまで、内容《ないよう》を全部覚《ぜんぶおぼ》えなきゃならない。ねえ、どうすればいいと思《おも》う？」

セーラはページをめくる手《て》を止《と》めました。

「もし本《ほん》を貸《か》してくれるんなら、わたしが読《よ》んで内容《ないよう》を全部《ぜんぶ》教《おし》えてあげるわ。そうしたら、あなたも覚《おぼ》えられるじゃない」

アーメンガードのぽっちゃりした顔《かお》に、かすかに希望《きぼう》の光《ひかり》が浮《う》かびました。

「もしそんなふうにしてくれるんだったら、なんだってあげるわ」

「なんにもいらないわ。わたしは本《ほん》が読《よ》みたいだけなの」

「わたしも本《ほん》が好《す》きになりたいんだけど、無理《むり》みたい。パパみたいに賢《かしこ》くないから」

アーメンガードの話《はなし》を聞《き》いていたセーラの心《こころ》の中《なか》に、かすかに疑問《ぎもん》が湧《わ》いてきました。

「お父《とう》さまには、なんて説明《せつめい》するつもり？」

「あら、パパは知《し》らなくていいのよ。わたしが自分《じぶん》で読《よ》んだと思《おも》うから」

セーラは手《て》にした本《ほん》を置《お》き、ゆっくりと首《くび》を振《ふ》りました。

「それじゃ嘘《うそ》をつくようなものだわ。お父《とう》さまに、本《ほん》を読《よ》んだのはわたしだって正直《しょうじき》に言《い》うわけにはいかないの？」

「パパはわたしに読《よ》んでもらいたいのよ」

アーメンガードは、話《はなし》が思《おも》いもよらぬ方向《ほうこう》に流《なが》れ始《はじ》めたので、しょんぼりしていました。でもセーラは、こういう言《い》い方《かた》をすることで納得《なっとく》させることにしました。

「お父《とう》さまは、何《なに》が書《か》いてあるかを覚《おぼ》えてほしいわけよね？　じゃあわたしが本《ほん》の中身《なかみ》を簡単《かんたん》に教《おし》えてあげて、あなたに覚《おぼ》えさせてあげても同《おな》じじゃない。きちんと説明《せつめい》すれば、お父《とう》さまだって喜《よろこ》んでくれると思《おも》うわ」

セーラはアーメンガードに、いつもやさしく接《せっ》してきました。自分《じぶん》との違《ちが》いを、あまり強《つよ》く意識《いしき》させないようにしようと、気《き》を配《くば》ってきたのです。

でもアーメンガードには、そこまでの洞察力《どうさつりょく》はありませんでした。屋根裏部屋《やねうらべや》でのひどい生活《せいかつ》のことも、実《じつ》はよくわかっていませんでしたし、セーラの立場《たちば》になって考《かんが》えてみるような、想像力《そうぞうりょく》も持《も》っていませんでした。セーラが「ふり」をする様子《ようす》を眺《なが》めたり、いろんな話《はなし》を聞《き》かせてもらったりしながら、セーラの生活《せいかつ》の楽《たの》しそうな一面《いちめん》しか見《み》ていなかったのです。

最近《さいきん》のセーラは青白《あおじろ》い顔《かお》をしていることも時々《ときどき》ありましたし、とても痩《や》せてきていました。急《きゅう》に背《せ》が伸《の》びてきていただけでなく、たくさんの仕事《しごと》を押《お》し付《つ》けられてばたばたと走《はし》り回《まわ》っていたので、食事《しょくじ》をたっぷりとっていたとしても、すごくお腹《なか》をすかせていたでしょう。変《へん》な時間《じかん》に調理場《ちょうりば》の都《つ》合《ごう》で出《だ》される、食欲《しょくよく》もわかないような残《のこ》りものではなく、もっと栄養《えいよう》のある食事《しょくじ》を出《だ》されていたとしてもです。

でも誇《ほこ》り高《たか》いセーラは、不平《ふへい》を一切《いっさい》言《い》いませんでした。飢《う》え死《じ》にしそうなほどお腹《なか》がすいたときも、黙《だま》って我慢《がまん》していたのです。この晩《ばん》もそうでした。

実際《じっさい》、アーメンガードはセーラと一緒《いっしょ》に座《すわ》っていても、相手《あいて》がお腹《なか》をすかせてフラフラしているなどと、夢《ゆめ》にも思《おも》っていませんでした。

「あなたみたいに痩《や》せたいわ、セーラ」

アーメンガードは、とんちんかんなことを言《い》いました。

「あなたは前《まえ》よりも痩《や》せたはずよ。目《め》はすごく大《おお》きく見《み》えるし、肘《ひじ》からは細《ほそ》くて小《ちい》さな骨《ほね》が突《つ》き出《で》ているもの」

「わたしは前《まえ》からいつも痩《や》せた子《こ》どもだったの」

セーラは、まくれ上《あ》がっていた袖《そで》を下《お》ろしながら、わざと元気《げんき》な声《こえ》で言《い》いました。

「それに緑《みどり》の瞳《ひとみ》は昔《むかし》からいつも大《おお》きかったの」

「わたしは、あなたの独特《どくとく》な目《め》が大好《だいす》きよ」

アーメンガードはセーラの目《め》を覗《のぞ》き込《こ》みながら、愛情《あいじょう》を込《こ》めて褒《ほ》めました。

「いつもすごく遠《とお》くを見《み》つめているように見《み》えるもの。わたしはその目《め》が好《す》きだし……緑色《みどりいろ》なのも好《す》き……たいていは黒《くろ》に見《み》えるけど」

「わたしの目《め》は、猫《ねこ》の目《め》なのよ。でも暗《くら》いところでは見《み》えないわ……やってみたけどだめだったの……見《み》えたらいいんだけどね」

天窓《てんまど》のところで何《なに》かが動《うご》いたのは、セーラがこう笑《わら》いながら口《くち》にした瞬間《しゅんかん》でした。もしどちらかが、たまたま天窓《てんまど》のほうを眺《なが》めていたなら、浅黒《あさぐろ》い顔《かお》をした男性《だんせい》が、注意深《ちゅういぶか》く部屋《へや》の中《なか》を覗《のぞ》き込《こ》み、また、さっと姿《すがた》を消《け》したのを見《み》てびっくりしていたでしょう。

とはいえ、まったく音《おと》がしなかったわけではありません。耳《みみ》のいいセーラは、とっさに後《うし》ろを少《すこ》し振《ふ》り向《む》いて窓《まど》を見上《みあ》げました。

「何《なに》か聞《き》こえたように思《おも》わなかった？」

「い……いいえ。あなたには聞《き》こえたの？」

「たぶん、空耳《そらみみ》ね。でも何《なに》かが、屋根《やね》の上《うえ》にいるような音《おと》がしたの」

「ありえるとすれば何《なに》？　もしかしたら……泥棒《どろぼう》？」

「まさか。盗《ぬす》むものなんてないもの……」

セーラはこう言《い》いかけて口《くち》をつぐみました。

今度《こんど》は二人《ふたり》の耳《みみ》にも、はっきりと音《おと》が聞《き》こえてきたのです。

それはミンチン先生《せんせい》が、階段《かいだん》のところでベッキーを怒鳴《どな》りつける声《こえ》でした。セーラはベッドから立《た》ち上《あ》がると、ろうそくを消《け》しました。

「このずうずうしい泥棒猫《どろぼうねこ》！　コックは、これまでも何回《なんかい》か食《た》べ物《もの》がなくなったことがあると言《い》ってたわ」

ミンチン先生《せんせい》の声《こえ》が響《ひび》き渡《わた》ります。

「違《ちが》います、マダム。お腹《なか》はすいてましたけど、あたしじゃありません……絶対《ぜったい》にです！」

ベッキーは泣《な》いていました。

「よりによってミートパイを半分《はんぶん》もくすねるだなんて、あきれるわ！　牢屋《ろうや》に入《い》れられてもおかしくないわね」

そのミートパイは、ミンチン先生《せんせい》が、夜食用《やしょくよう》に特別《とくべつ》に用意《ようい》させたものでした。

「嘘《うそ》をつくのはやめなさい。今《いま》すぐ、部屋《へや》に戻《もど》りなさい」

セーラとアーメンガードには、ミンチン先生《せんせい》が頬《ほお》を叩《たた》く音《おと》が聞《き》こえました。ベッキーが階段《かいだん》を駆《か》け上《あ》がり、自分《じぶん》の屋根裏部屋《やねうらべや》に戻《もど》ったのもわかりました。

「ミートパイなら、二《ふた》つだって食《た》べられたわ。でも一《ひと》かけらだって食《た》べなかった。コックが、お気《き》に入《い》りの警察《けいさつ》の人《ひと》にあげたんだよ」

ベッキーが枕《まくら》に顔《かお》を埋《うず》めて泣《な》いているのが聞《き》こえます。

セーラは真《ま》っ暗《くら》な部屋《へや》の真《ま》ん中《なか》に立《た》っていました。歯《は》をくいしばって腕《うで》を伸《の》ばし、両手《りょうて》を開《ひら》いたり握《にぎ》りしめたりしています。セーラは我慢《がまん》の限界《げんかい》に達《たっ》していましたが、ミンチン先生《せんせい》が階段《かいだん》を下《お》りて、すべてが静《しず》まり返《かえ》るまでは、あえて動《うご》かないようにしていました。

「どうしようもない人間《にんげん》だわ！」

セーラは怒《いか》りをにじませながら言《い》いました。

「コックは自分《じぶん》でミートパイを盗《ぬす》んだのに、ベッキーがやったと言《い》ったのよ。ベッキーは盗《ぬす》んでなんかないわ。すごくお腹《なか》がすいたときには、ゴミ箱《ばこ》からパンの残《のこ》り屑《くず》を拾《ひろ》って食《た》べているぐらいなのに！」

セーラはこう言《い》うと、両手《りょうて》で顔《かお》を覆《おお》って、小《ちい》さくすすり泣《な》き始《はじ》めました。アーメンガードは、すっかり怖気《おじけ》づいてしまいました。あのセーラが泣《な》いているのです！

おっとりしたアーメンガードも、さすがに想像力《そうぞうりょく》を働《はたら》かせ始《はじ》めました。セーラはひどい目《め》に遭《あ》わされているのではないか、自分《じぶん》が味《あじ》わったことのないような、つらい思《おも》いをしているのではないかと、ハッと気《き》がついたのです。

アーメンガードは暗闇《くらやみ》の中《なか》でベッドを抜《ぬ》け出《だ》し、テーブルのところまで手探《てさぐ》りで進《すす》んでいきました。そしてマッチをすって、ろうそくをつけました。

「セーラ」

アーメンガードはおそるおそる尋《たず》ねました。

「あなた一度《いちど》も言《い》わなかったし……わたしも失礼《しつれい》なことは言《い》いたくないんだけど……もしかして、すごくお腹《なか》がすいているんじゃない？」

やせ我慢《がまん》はついに見抜《みぬ》かれました。セーラは手《て》で覆《おお》っていた顔《かお》を上《あ》げます。

「そう、そうなの。あなたを食《た》べてしまえるくらい、お腹《なか》が減《へ》っているのよ。だからベッキーの泣《な》き声《ごえ》を聞《き》くのが余計《よけい》につらいの。あの子《こ》はもっとお腹《なか》がすいているわ」

アーメンガードは息《いき》をのみました。

「そ、そんなこと……そんなことちっとも気《き》づかなかった」

「内緒《ないしょ》にしておきたかったの。そんなことをしたら、自分《じぶん》が乞食《こじき》になってしまったような気持《きも》ちになってしまうから。ただでさえ、わたしはそんなふうに見《み》える格好《かっこう》をしているんだから」

「いいえ、そんなことないわ……ないわよ！」

アーメンガードが、必死《ひっし》に否定《ひてい》します。

「確《たし》かにあなたの服装《ふくそう》はちょっと変《へん》だわ……でも乞食《こじき》に見《み》えるわけがないわ。そんな顔《かお》つきは、していないもの」

「一度《いちど》、小《ちい》さな子《こ》どもが、わたしに6ペンスを恵《めぐ》んでくれたことがあったの」

セーラは細《ほそ》いリボンを首《くび》から外《はず》しました。

「もしわたしが、お金《かね》に困《こま》っているように見《み》えたりしなかったら、あの子《こ》は自分《じぶん》がクリスマスにもらった6ペンスをくれたりしなかったはずよ」

どちらも目《め》に涙《なみだ》を浮《う》かべていましたが、かわいらしい6ペンスを見《み》ると、少《すこ》し笑《え》みがこぼれました。

「その男《おとこ》の子《こ》って誰《だれ》？」

アーメンガードは、特別《とくべつ》な6ペンス硬貨《こうか》をじっと見《み》つめながら尋《たず》ねました。

「パーティーに出《で》かけようとしている、小《ちい》さな男《おとこ》の子《こ》だった。大《おお》きな一家《いっか》の一人《ひとり》で、足《あし》がまるまるとした小《ちい》さな男《おとこ》の子《こ》よ……。たぶん、あの子《こ》がいる子《こ》ども部屋《べや》にはクリスマスのプレゼントやケーキ、いろんなものがいっぱい詰《つ》まったバスケットがあるんだわ。なのに、わたしはこんな格好《かっこう》だから、一文無《いちもんな》しに思《おも》われて……」

アーメンガードは、ハッとしたように後《うし》ろに体《からだ》をずらしました。セーラが口《くち》にしたバスケットという単語《たんご》を聞《き》いて、何《なに》かを思《おも》い出《だ》したのです。

「ああそうだわ、セーラ！」

アーメンガードは大声《おおごえ》を出《だ》しました。

「これを思《おも》い出《だ》さなかったなんて、わたしはなんて間抜《まぬ》けなのかしら」

「何《なに》を？」

セーラに聞《き》かれたアーメンガードは、興奮《こうふん》して早口《はやくち》になりました。

「今日《きょう》の午後《ごご》、親戚《しんせき》の中《なか》で一番感《いちばんかん》じのいいおばさんが小包《こづつみ》を送《おく》ってきてくれたの。すてきなものがたくさん入《はい》っていたわ。わたしはまだ手《て》をつけていないの。お昼《ひる》のデザートにプディングをたくさん食《た》べたし、パパが送《おく》ってきた本《ほん》にも、すごくうんざりしていたからね。でも……」

アーメンガードは、中身《なかみ》を次々《つぎつぎ》に説明《せつめい》していきます。

「小包《こづつみ》にはケーキ、ミートパイやジャムのタルトとロールパン、オレンジや赤《あか》すぐりのワイン、イチジクやチョコレートも入《はい》っていたのよ。部屋《へや》にこっそり戻《もど》って、バスケットに入《い》れて持《も》ってくるわ。一緒《いっしょ》に食《た》べましょうよ」

セーラは頭《あたま》がクラクラしそうになりました。お腹《なか》がすきすぎているときは、食《た》べ物《もの》の話《はなし》を聞《き》くと逆効果《ぎゃくこうか》なのです。セーラはアーメンガードの腕《うで》を掴《つか》みました。

「そんなこと本当《ほんとう》にできるの？」

「大丈夫《だいじょうぶ》よ。わたしならできるわ」

アーメンガードはドアのところに駆《か》け寄《よ》りました。そしてドアを開《あ》けて、暗闇《くらやみ》の中《なか》に頭《あたま》を入《い》れて耳《みみ》を澄《す》ませました。それからセーラのところに戻《もど》ってきました。

「灯《あか》りはついていないわ。みんなもう寝《ね》ているのよ。わたしはそっと……ゆっくり歩《ある》けるから……誰《だれ》にも気《き》づかれない」

大喜《おおよろこ》びした二人《ふたり》は、お互《たが》いの手《て》を取《と》りました。セーラの瞳《ひとみ》も突然《とつぜん》、ぱっと輝《かがや》きました。

「じゃあアーミー！　一緒《いっしょ》に『ふり』をしましょうよ！　パーティーをするふりをするの。それとそう、せっかくだから、隣《となり》の囚人《しゅうじん》も招待《しょうたい》してもらえない？」

「そう！　そうね！　壁《かべ》をノックしてみましょうよ。牢屋《ろうや》の看守《かんしゅ》にも聞《き》こえないわ」

セーラは壁《かべ》のところに行《い》きました。

壁越《かべご》しに、ベッキーの泣《な》き声《ごえ》が静《しず》かになってきたのがわかります。セーラが4回《かい》ノックをすると、5回《かい》のノックが返《かえ》ってきました。

「ベッキーが来《く》るわ」

ドアが開《あ》き、ベッキーが姿《すがた》を現《あらわ》しました。目《め》は真《ま》っ赤《か》でメイド帽《ぼう》は頭《あたま》からずり落《お》ちかけています。

ベッキーはアーメンガードの姿《すがた》を見《み》ると、エプロンで何度《なんど》も顔《かお》を拭《ふ》き始《はじ》めました。

「わたしのことは全然気《ぜんぜんき》にしないで、ベッキー！」

アーメンガードが声《こえ》をかけました。

「彼女《かのじょ》が、あなたを誘《さそ》ったのよ。わたしたちのために、いいものを持《も》ってきてくれるんだって」

今度《こんど》はセーラがベッキーに声《こえ》をかけました。興奮《こうふん》したベッキーが思《おも》わず叫《さけ》びます。

「食《た》べ物《もの》ですか、お嬢《じょう》さん？　おいしい食《た》べ物《もの》ですか？」

「そうよ。だからこれからパーティーを開《ひら》くふりをするつもりなの」

「それに、好《す》きなだけ食《た》べていいのよ」

アーメンガードが口《くち》を挟《はさ》みます。

「今《いま》、すぐに取《と》ってくるわね！」

アーメンガードはあまりに急《いそ》いでいたために、つま先立《さきだ》ちで、こっそり屋根裏部屋《やねうらべや》から出《で》ていくときに、赤《あか》いショールを落《お》としてしまいました。しかし誰《だれ》もそれに気《き》づきません。一方《いっぽう》のベッキーは、突然自分《とつぜんじぶん》に訪《おとず》れた幸運《こううん》に感動《かんどう》していました。

「ああ、お嬢《じょう》さん、お嬢《じょう》さん！」

ベッキーはあえぐような声《こえ》で、セーラにお礼《れい》を言《い》いました。

「あたしを誘《さそ》うように、言《い》ってくださったんですね。それを考《かん》がえただけでも、泣《な》きたくなっちゃいます」

セーラは息《いき》を整《ととの》えて、しっかり説明《せつめい》し始《はじ》めました。

「どうしてかわからないけど、いつも何《なに》かが起《お》きるの。一番《いちばん》ひどい状況《じょうきょう》になる前《まえ》に、まるで魔法《まほう》がかかるみたいにね。そのことを、いつも思《おも》い出《だ》せたらいいのに。本当《ほんとう》にひどいことなんて、滅多《めった》に起《お》きないのよ」

ベッキーに元気《げんき》を出《だ》させようと、セーラは体《からだ》を軽《かる》く揺《ゆ》さぶりました。

「だめ、だめ！　泣《な》いてちゃいけない！　急《いそ》いでテーブルをセットしなくちゃならないんだから」

「テーブルに何《なに》をセットするんですか、お嬢《じょう》さん？」

ベッキーは屋根裏部屋《やねうらべや》を見渡《みわた》しました。

「あまりセットできるものはないみたいね」

セーラも屋根裏部屋《やねうらべや》を見渡《みわた》して、軽《かる》く笑《わら》います。でも、アーメンガードが床《ゆか》に赤《あか》いショールを落《お》としていったのに気《き》づきました。

「ショールがあるわ」

セーラは声《こえ》を弾《はず》ませました。

「これを使《つか》っても、気《き》にしないはずよ。とてもすてきな赤《あか》いテーブルクロスになるわ」

セーラとベッキーは、古《ふる》いテーブルを前《まえ》に引《ひ》っ張《ぱ》り出《だ》して、ショールをかけました。やさしさにあふれた、温《あたた》かい色《いろ》です。ショールをテーブルにかけただけで、部屋《へや》の雰囲気《ふんいき》は変《か》わり始《はじ》めました。

「床《ゆか》に真《ま》っ赤《か》なじゅうたんが敷《し》いてあったら、どんなにいいかしら！　そうなっているふりをしなきゃ」

セーラはむき出《だ》しになっているはずの床板《ゆかいた》を、うっとりした目《め》で眺《なが》め始《はじ》めました。そこには、目《め》に見《み》えないじゅうたんがすでに敷《し》かれていたのです。

「なんて柔《やわ》らかくて、ふかふかしているのかしら！」

その意味《いみ》がわかったベッキーも、足《あし》を上《あ》げるとそっと下《お》ろしてみせました。柔《やわ》らかさを確《たし》かめているようにです。

「さあ、次《つぎ》はどうしようかな？」

セーラはじっと立《た》って、両手《りょうて》で目《め》を隠《かく》しました。

「こうやって考《かんが》えながら少《すこ》し待《ま》っていると、何《なに》かがひらめくの。魔法《まほう》が教《おし》えてくれるのよ……そうだわ！」

セーラは叫《さけ》びました。

「自分《じぶん》がプリンセスだったときに持《も》っていた、古《ふる》いトランクを見《み》てみなくちゃ」

セーラは部屋《へや》の隅《すみ》に行《い》くと膝《ひざ》をつき、トランクを開《あ》けました。

中《なか》には、ガラクタしか入《はい》っていないはずです。でもセーラには、何《なに》かが見《み》つかることがわかっていました。不思議《ふしぎ》な魔法《まほう》は、いつもこうやって教《おし》えてくれるのです。

トランクの隅《すみ》には小包《こづつみ》が入《はい》っていました。あまりぱっとしない小包《こづつみ》なので、これまで気《き》にも留《と》めませんでしたし、セーラも昔《むかし》の記念《きねん》に取《と》っておいただけでした。

でも小包《こづつみ》には、12枚《まい》の小《ち》さな白《しろ》いハンカチが入《はい》っていたのです。セーラはうれしそうにそれを掴《つか》むと、テーブルに走《はし》り寄《よ》って、赤《あか》いテーブルクロスの上《うえ》に並《なら》べました。

「これはお皿《さら》なの。金色《きんいろ》のね。それと、豪華《ごうか》な刺繍《ししゅう》のあるナプキンにもなるのよ。スペインの修道《しゅうどう》院《いん》で、修道女《しゅうどうじょ》が編《あ》んだすてきなものよ」

「本当《ほんとう》にそうなんですか、お嬢《じょう》さん？」

ベッキーは、うきうきしながら尋《たず》ねました。

「そういうふりをするのよ。一生懸命《いっしょうけんめい》にふりをすると、本物《ほんもの》みたいに見《み》えてくるわ」

セーラがトランクのところにもう一度《いちど》行《い》ったので、ベッキーも自分《じぶん》の夢《ゆめ》を叶《かな》えてみようと、必死《ひっし》になり始《はじ》めました。

セーラは、ふと振《ふ》り返《かえ》って、テーブルのそばに立《た》っているベッキーを見《み》ました。とても様子《ようす》が変《へん》です。まぶたを閉《と》じて、顔《かお》をしかめながら首《くび》を左右《さゆう》に小《ち》さく振《ふ》っています。両手《りょうて》は、体《からだ》の脇《わき》で固《かた》く握《にぎ》り締《し》められていました。何《なに》かとても重《おも》いものを持《も》ち上《あ》げているように見《み》えます。

「どうしたのベッキー？　何《なに》をしているの？」

ベッキーはビクッと動《うご》いて、目《め》を開《あ》けました。

「あたしも『ふり』をしていたんですよ、お嬢《じょう》さん」

ベッキーはバツが悪《わる》そうに答《こた》えました。

「お嬢《じょう》さんのように、想像《そうぞう》したものを見《み》ようと思《おも》って。もう少《すこ》しでできるとこだったんです。でももっと力《ちから》を入《い》れないと」

「たぶん、まだ慣《な》れてないからよ」

セーラはやさしい言《い》い方《かた》をしました。

「でも何度《なんど》かできるようになると、あとはすごく簡単《かんたん》なのよ。わたしは最初《さいしょ》からそんなにがんばらなかったもの。しばらくするとひらめくのよ」

セーラは夏用《なつよう》の古《ふる》い帽子《ぼうし》を、トランクの底《そこ》から引《ひ》っ張《ぱ》り出《だ》しました。帽子《ぼうし》には造花《ぞうか》の花輪《はなわ》がついています。

「これはごちそう用《よう》の花飾《はなかざ》りにするの。花《はな》は部屋《へや》をいい匂《にお》いでいっぱいにしてくれるわ。それとベッキー、洗面台《せんめんだい》のところにあるコップと石《せっ》けん置《お》きを取《と》って。テーブルの真《ま》ん中《なか》に飾《かざ》るから」

ベッキーはうやうやしくセーラに渡《わた》しました。

「これは何《なに》に変《か》わるんですか、お嬢《じょう》さん？」

「彫刻《ちょうこく》がされた水差《みずさ》しなのよ」

セーラは、そう言《い》いながらコップに花輪《はなわ》をからませ、石《せっ》けん置《お》きにも花輪《はなわ》についていたバラを飾《かざ》りました。

「あら、すてきじゃないですか！」

「何《なに》か、キャンディーを入《い》れられるものがあるといいんだけど……」

セーラがつぶやきました。

「あるわ！」

セーラは再《ふたた》びトランクのところに駆《か》け寄《よ》りました。

「さっき、何《なに》かを見《み》たのを思《おも》い出《だ》したわ」

それは赤《あか》と白《しろ》の薄《うす》い紙《かみ》で包《つつ》まれた、一束《ひとたば》の毛糸《けいと》でした。薄紙《うすがみ》は、すぐにキャンディーを入《い》れる小《こ》皿《ざら》の形《かたち》にされ、残《のこ》った造花《ぞうか》と組《く》み合《あ》わされました。

赤《あか》いショールがかけられたテーブルは、がらりと変《か》わりました。これ以上《いじょう》、豪華《ごうか》に見《み》せられるものがあるとすれば、それは本物《ほんもの》の魔法《まほう》だけでしょう。

セーラは後《うし》ろに下《さ》がってテーブルを見《み》つめながら、うっとりしています。ベッキーもうれしそうにテーブルを眺《なが》めた後《あと》、息《いき》を弾《はず》ませながら話《はな》しかけました。

「ここは」

ベッキーは屋根裏部屋《やねうらべや》を見渡《みわた》しながら尋《たず》ねました。

「今《いま》でもバスティーユの牢屋《ろうや》ですか……それとも何《なに》か違《ちが》うところに変《か》わったんです？」

「そう、そうよ！　まるで変《か》わったわ。ここは大《おお》きな宴会場《バンケットホール》なの！」

「あらすごい！　お嬢《じょう》さん！　毛布《ブランケット》の部屋《ホール》ですね！」

ベッキーはセーラの見事《みごと》な発想力《はっそうりょく》に驚《おどろ》きながら、自分《じぶん》の周《まわ》りにでき上《あ》がった素晴《すば》らしいパーティー会場《かいじょう》を眺《なが》めました。

「バンケットホールよ。お客《きゃく》さんにごちそうが振《ふ》る舞《ま》われる、広《ひろ》いお部屋《へや》って意味《いみ》なの。天井《てんじょう》は丸《まる》くアーチ型《がた》になっていて、吟遊詩人《ぎんゆうしじん》のいる場所《ばしょ》もあるわ。大《おお》きな暖炉《だんろ》では赤々《あかあか》と丸太《まるた》が燃《も》えていて、きれいな形《かたち》をした細長《ほそなが》いろうそくが、いろんなところで揺《ゆ》れているの」

「す……すごいですよ、ミス・セーラ！」

ベッキーは息《いき》をのみました。

するとドアが開《あ》き、アーメンガードが入《はい》ってきました。重《おも》いバスケットを提《さ》げているので、少《すこ》し足元《あしもと》がふらついています。

でも、部屋《へや》の中《なか》を見《み》た途端《とたん》、うれしそうな声《こえ》を出《だ》しながら、後《あと》ずさりました。テーブルの天板《てんばん》には赤《あか》い布《ぬの》が敷《し》かれ、その上《うえ》には白《しろ》いナプキンが置《お》かれて、花《はな》のリースも飾《かざ》られています。この飾《かざ》りつけは見事《みごと》でした。

「ああ、セーラ！　あなたみたいに賢《かしこ》い女《おんな》の子《こ》は見《み》たことがないわ」

「悪《わる》くないでしょ？　古《ふる》いトランクから出《だ》してきたものなの。自分《じぶん》の『魔法《まほう》』に尋《たず》ねてみたら、トランクのところに行《い》って中《なか》を見《み》てみなさいって教《おし》えてくれたのよ」

粉砂糖《こなざとう》のかかったケーキ、くだもの、キャンディー、ジュース……次々《つぎつぎ》とバスケットから中身《なかみ》が取《と》り出《だ》されると、テーブルが一気《いっき》に華《はな》やいでいきます。

「本当《ほんとう》のパーティーみたい」

アーメンガードが叫《さけ》びました。

「女王《じょおう》さまのテーブルみたいね」

ベッキーがため息交《いきま》じりに言《い》います。

そこでアーメンガードは、突然《とつぜん》、素晴《すば》らしい考《かんが》えを思《おも》いつきました。

「セーラ、こういうのはどう。あなたはプリンセスで、これはお城《しろ》で開《ひら》かれている晩餐会《ばんさんかい》だってふりをするの」

「でもこのごちそうは、あなたが持《も》ってきたものよ。あなたがプリンセスにならなきゃ。そしたらわたしたちは、お付《つ》きの人《ひと》になるから」

「あら、わたしには無理《むり》よ。太《ふと》ってるし、どうすればいいかわからないもの。あなたが女王《じょおう》さまになるべきだわ」

「いいわ。そのほうがいいなら」

ところがそこで突然《とつぜん》、セーラの頭《あたま》に何《なに》か違《ちが》う考《かんが》えがひらめきました。セーラは錆《さ》びた、暖炉《だんろ》の鉄《てつ》柵《さく》のところに走《はし》り寄《よ》ったのです。

「ここには紙《かみ》くずやゴミがたくさん詰《つ》まっているの！」

セーラは興奮《こうふん》して説明《せつめい》し始《はじ》めました。

「もし火《ひ》をつけたら、ちょっとの間《あいだ》だけ、明《あか》るく燃《も》えるわ。そしたら暖炉《だんろ》で炎《ほのお》が揺《ゆ》れているみたいな感《かん》じになるはずよ」

セーラはマッチをすって、紙《かみ》に火《ひ》をつけました。束《つか》の間《ま》の炎《ほのお》が部屋《へや》を照《て》らします。

「すぐ消《き》えるでしょうけど、パーティーが始《はじ》まれば、本当《ほんとう》に暖炉《だんろ》で薪《まき》が燃《も》えているわけじゃないなんてことは忘《わす》れるわ」

セーラはゆらめく炎《ほのお》を背景《はいけい》に立《た》って微笑《ほほえ》みました。

「本物《ほんもの》みたいに見《み》えない？　さあ、パーティーを始《はじ》めましょう」

セーラはまず先頭《せんとう》に立《た》ってテーブルに着《つ》きました。それからアーメンガードとベッキーに、優雅《ゆうが》に手招《てまね》きします。まさに夢見心地《ゆめみごこち》でした。

「前《まえ》にお進《すす》みください、お嬢《じょう》さまがた。そしてごちそうのテーブルにお座《すわ》りになって。わたしのお父《とう》さま、国王陛下《こくおうへいか》は長旅《ながたび》のために出席《しゅっせき》していませんが、あなたたちをもてなすように申《もう》しつかっております」

セーラは部屋《へや》の隅《すみ》に、少《すこ》し顔《かお》を向《む》けました。

「ほほう、あそこには楽隊《がくたい》が控《ひか》えているわ。ビオラとファゴットで演奏《えんそう》を始《はじ》めなさい……。あのね、プリンセスたちは……」

セーラはアーメンガードとベッキーに、急《いそ》いで説明《せつめい》し始《はじ》めました。

「パーティーを開《ひら》くときには、いつも演奏《えんそう》させるの。だから、あそこの隅《すみ》に楽隊《がくたい》がいるふりをして。さあごちそうをいただきましょう！」

しかし、ケーキを味《あじ》わう時間《じかん》はありませんでした。口《くち》にした人《ひと》さえいません。３人全員《にんぜんいん》が同時《どうじ》に立《た》ち上《あ》がり、ごくりと息《いき》をのみながら、真《ま》っ青《さお》な顔《かお》でドアのほうに耳《みみ》を澄《す》ませました。

誰《だれ》かが階段《かいだん》を上《のぼ》ってきていました。間違《まちが》えようがありません。すべてが終《お》わるときが、やってきたのです。

「あれは……マダムです」

ベッキーは声《こえ》を詰《つ》まらせて、ケーキを床《ゆか》に落《お》としました。

「そうね……ミンチン先生《せんせい》に見《み》つかったんだわ」

ミンチン先生《せんせい》は、ドアをバシンと一気《いっき》に開《あ》けました。怒《いか》りで顔《かお》が真《ま》っ青《さお》になっています。

そして怯《おび》えているセーラたちの顔《かお》を見《み》た後《あと》、テーブルに目《め》をやり、火《ひ》をつけられた紙《かみ》が、暖炉《だんろ》の中《なか》で燃《も》え尽《つ》きようとしているのを眺《なが》めました。

「どうせこんなことじゃないかと、前《まえ》から睨《にら》んでいたのよ。でもこんな大《おお》おっぴらにやっているとは夢《ゆめ》にも思《おも》っていなかったわ。ラヴィニアが教《おし》えてくれたのよ」

密告《みっこく》したのはラヴィニアでした。なぜか秘密《ひみつ》を嗅《か》ぎつけたのです。

ミンチン先生《せんせい》はまずベッキーのところに大股《おおまた》で歩《ある》いていくと、頬《ほお》を張《は》りました。今夜《こんや》はこれで２

度目《どめ》です。

「なんて厚《あつ》かましい小娘《こむすめ》なんだろう。さっき叱《しか》られたばかりなのに。朝《あさ》になったら、ここから出《で》ていきなさい！」

セーラはじっと立《た》ったままでした。目《め》はだんだん大《おお》きく見開《みひら》かれ、顔《かお》はどんどん青白《あおじろ》くなっていきます。

アーメンガードが泣《な》き出《だ》しました。

「ああ、ベッキーを追《お》い出《だ》したりしないでください。わたしのおばさんが食《た》べ物《もの》を送《おく》ってくれたんです。それで……ただ……パーティーをしていただけなんです」

「ふん、そんなの見《み》ればわかるわ」

ミンチン先生《せんせい》は、小《こ》バカにした口調《くちょう》で言《い》いました。

「プリンセスが、テーブルの一番《いちばん》いい席《せき》に座《すわ》ってたわけでしょ」

ミンチン先生《せんせい》はセーラのほうを向《む》き、猛烈《もうれつ》な勢《いきお》いで怒鳴《どな》り始《はじ》めました。

「これはあなたの仕業《しわざ》ね。アーメンガードは、こんなことを絶対《ぜったい》に考《かんが》えつかないもの。あなたがテーブルを飾《かざ》ったんでしょう……このガラクタで」

ミンチン先生《せんせい》はベッキーのほうに向《む》かい、足《あし》で床《ゆか》を踏《ふ》みならしました。

「お前《まえ》の屋根裏部屋《やねうらべや》に帰《かえ》れ！」

ベッキーがそろそろと部屋《へや》を出《で》ていくと、ミンチン先生《せんせい》が、再《ふたた》びセーラに怒《いか》りをぶつけます。

「明日《あした》は、朝《あさ》ご飯《はん》も、昼《ひる》ご飯《はん》も、晩《ばん》ご飯《はん》もなしよ！　わたしが見張《みは》っているから」

「今日《きょう》だって、昼《ひる》ご飯《はん》と晩《ばん》ご飯《はん》を食《た》べさせてもらっていません、ミンチン先生《せんせい》……」

セーラは弱々《よわよわ》しい声《こえ》で答《こた》えました。

「なら、なおさら結構《けっこう》。自分《じぶん》の立場《たちば》を思《おも》い知《し》る、いい機会《きかい》になるでしょ。そこに立《た》っていないで。これをバスケットにしまいなさい」

ミンチン先生《せんせい》は、テーブルの上《うえ》に並《なら》べられたものを自分《じぶん》でバスケットに入《い》れ始《はじ》めます。そしてアーメンガードの新《あたら》しい本《ほん》を見《み》つけました。

「それとあなた」

ミンチン先生《せんせい》はアーメンガードを睨《にら》みました。

「あなたがこのきれいな新《あたら》しい本《ほん》を、汚《きたな》い屋根裏部屋《やねうらべや》に持《も》ち込《こ》んだのね。明日《あした》は一日中《いちにちじゅう》、自分《じぶん》の部屋《へや》にいるのよ。それとお父《とう》さまに手紙《てがみ》を書《か》きますから。今晩《こんばん》、あなたがどこにいたのかを知《し》ったら、なんとおっしゃるかしら」

セーラは厳《きび》しい顔《かお》つきで、じっとミンチン先生《せんせい》を見《み》ています。それに気《き》づいたミンチン先生《せんせい》は、さらに大声《おおごえ》で怒鳴《どな》りました。

「何《なに》を考《かんが》えているの？　なんだってわたしのことを、そんなふうに見《み》ているのよ？」

「想像《そうぞう》していたんです」

セーラは静《しず》かに答《こた》えました。セーラの振《ふ》る舞《ま》い方《かた》に、失礼《しつれい》なところは何《なに》もありません。ただただ悲《かな》しくて、うちひしがれていただけでした。

「また、何《なに》を考《かんが》えていたっていうのよ？」

二人《ふたり》の会話《かいわ》はまさに教室《きょうしつ》で起《お》きた風景《ふうけい》を思《おも》い出《だ》させました。

「わたしが考《かんが》えていたのは……」

セーラは低《ひく》い声《こえ》で言《い》いました。

「もしわたしが今夜《こんや》、ここにいることを知《し》ったなら、パパはなんと言《い》うだろうと思《おも》って」

ミンチン先生《せんせい》は前《まえ》と同《おな》じように激怒《げきど》しましたし、前《まえ》と同《おな》じように、怒《いか》りに任《まか》せて乱暴《らんぼう》で品《ひん》のない叱《しか》り方《かた》をしました。

今度《こんど》はセーラのところに近寄《ちかよ》り、体《からだ》を強《つよ》く揺《ゆ》さぶったのです。

「この生意気《なまいき》な、手《て》に負《お》えない小娘《こむすめ》め！　よくもまあ、そんなことが言《い》えたもんだ！　よくもまあ！」

ミンチン先生《せんせい》は本《ほん》を拾《ひろ》い上《あ》げ、ごちそうの残《のこ》りと共《とも》にバスケットに入《い》れると、アーメンガードの腕《うで》に押《お》し付《つ》けました。

そしてよろめいているアーメンガードを自分《じぶん》の前《まえ》に立《た》たせて、ドアのほうに押《お》しました。

「好《す》きなだけ一人《ひとり》で考《かんが》えていればいいわ」

ミンチン先生《せんせい》はこう捨《す》て台詞《ぜりふ》を残《のこ》すと、バスケットの重《おも》さでよろめいているアーメンガードを前《まえ》に立《た》たせ、一緒《いっしょ》に部屋《へや》から出《で》ていきました。

セーラは静《しず》まり返《かえ》った部屋《へや》の中《なか》で、一人《ひとり》ぼっちで立《た》っていました。夢《ゆめ》のような一時《ひととき》は、あっというまに終《お》わってしまいました。暖炉《だんろ》で燃《も》えていた紙《かみ》は燃《も》え尽《つ》き、黒《くろ》い残《のこ》りかすだけしかありません。

テーブルはむき出《だ》しになり、金色《きんいろ》の皿《さら》と豪華《ごうか》に刺繍《ししゅう》されたナプキン、そして美《うつく》しい花飾《はなかざ》りは再《ふたた》びフリルのハンカチや、赤《あか》と白《しろ》の紙《かみ》くず、捨《す》てられた造花《ぞうか》に姿《すがた》を変《か》え、床《ゆか》に散《ち》らかっていました。楽《がく》隊《たい》も消《き》え、ビオラとファゴットも鳴《な》りやみました。

そんな部屋《へや》の中《なか》で、エミリーは壁《かべ》にもたれて座《すわ》り、険《けわ》しい顔《かお》つきで前《まえ》を見《み》つめていました。セーラはエミリーを見《み》るとそばに行《い》き、震《ふる》える手《て》で抱《だ》きかかえました。

「もう、ごちそうは残《のこ》されていないの。プリンセスも、消《き》えてしまったわ。部屋《へや》に残《のこ》っているのはバスティーユの囚人《しゅうじん》だけよ」

セーラはこう言《い》うと、床《ゆか》に座《すわ》り込《こ》んで顔《かお》を覆《おお》いました。

もしこのとき、顔《かお》を隠《かく》さず、偶然《ぐうぜん》、天窓《てんまど》を見上《みあ》げていたりしたら、ここからの話《はなし》の展開《てんかい》は、かなり違《ちが》っていたものになっていたでしょう。

セーラがアーメンガードと話《はなし》をしていたときと同《おな》じように、浅黒《あさぐろ》い顔《かお》をして、頭《あたま》に白《しろ》いターバンを巻《ま》いた人物《じんぶつ》が、ガラス窓《まど》に顔《かお》を押《お》し付《つ》けてじっと見《み》つめていたのです。

でもセーラは上《うえ》を見上《みあ》げたりしませんでした。しばらくの間《あいだ》、小《ちい》さな黒《くろ》い頭《あたま》を手《て》に埋《うず》めると立《た》ち上《あ》がり、ゆっくりとベッドに向《む》かっていきました。

「目《め》を覚《さ》ましている間《あいだ》は、なんのふりもできないわ。そんなことをしてもしょうがないもの。もし眠《ねむ》ったら、もしかしたら夢《ゆめ》がわたしに何《なに》かを見《み》せてくれるかもしれない」

おそらく食《た》べ物《もの》を食《た》べていなかったせいでしょう、どっと疲《つか》れを感《かん》じたセーラは、フラフラしながらベッドの端《はし》に座《すわ》りました。

「暖炉《だんろ》に赤々《あかあか》と炎《ほのお》が燃《も》えていて、小《ちい》さな炎《ほのお》がたくさん踊《おど》っていたら」

セーラはつぶやきました。

「もしも暖炉《だんろ》の前《まえ》にフカフカの椅子《いす》があって、そばに小《ちい》さなテーブルが置《お》かれていて、ちょっとした……温《あたた》かい夕食《ゆうしょく》が用意《ようい》してあったら」

「そしてもし……」

セーラは薄《うす》いベッドカバーを、自分《じぶん》の体《からだ》に巻《ま》きつけながら言《い》いました。

「そしてもし、これがきれいで柔《やわ》らかなベッドで、毛布《もうふ》と大《おお》きな羽毛《うもう》の枕《まくら》があったら。それに……それに……」

疲《つか》れ果《は》てていたことが、セーラにとって幸《さいわ》いでした。まぶたが閉《と》じられ、あっという間《ま》に眠《ねむ》ってしまったからです。


どのくらい眠《ねむ》っていたのでしょう。セーラがふと目《め》を覚《さ》ましました。セーラは気《き》づいていませんでしたが、眠《ねむ》りから呼《よ》び戻《もど》したのは天窓《てんまど》がパタンと閉《と》じられる音《おと》だったのです。白《しろ》い服《ふく》をまとった人物《じんぶつ》がしなやかに天窓《てんまど》をすり抜《ぬ》け、屋根《やね》の上《うえ》でかがみながら、セーラの様子《ようす》をうかがっていました。

でもセーラは目《め》を開《あ》けませんでした。あまりに眠《ねむ》かったのと、あまりに体《からだ》がポカポカと温《あたた》かくて心地《ここち》よかったからです。セーラはまだ、自分《じぶん》が夢《ゆめ》を見《み》ていると思《おも》っていました。こんなに体《からだ》がポカポカと、気持《きも》ちよくなるはずがないのです。

「なんてすてきな夢《ゆめ》なのかしら！　わたしは……目《め》を……覚《さ》ましたく……ない……の」

セーラは温《あたた》かい毛布《もうふ》が、自分《じぶん》にかけられているのを感《かん》じました。手《て》を出《だ》してみると、サテンのカバーがかかったキルティングの羽毛布団《うもうぶとん》にも触《さわ》ることができました。

こんな心地《ここち》良い眠《ねむ》りから、目覚《めざ》めてしまうわけにはいきません。じっと体《からだ》を動《うご》かさず、心地《ここち》よい感触《かんしょく》が、少《すこ》しでも長《なが》く続《つづ》くようにしなければなりませんでした。

でもそれはできませんでした……まぶたをしっかり閉《と》じていても、どうしても目《め》が覚《さ》めてしまうのです。それは火《ひ》の匂《にお》いと音《おと》……暖炉《だんろ》で小《ちい》さな炎《ほのお》がパチパチと燃《も》える音《おと》でした。

セーラは渋々《しぶしぶ》、まぶたを開《ひら》いて周《まわ》りを見《み》てみました。そしてまた微笑《ほほえ》みながらささやきました。

「あら、わたしはまだ夢《ゆめ》の中《なか》にいるんだわ」

肘《ひじ》をついて体《からだ》を起《お》こしてみると、屋根裏部屋《やねうらべや》には、一度《いちど》も見《み》たことがなかったものがずらりと並《なら》んでいたからです。夢《ゆめ》に違《ちが》いありません。もし夢《ゆめ》から本当《ほんとう》に覚《さ》めているのでなければ、そのようなものが目《め》に入《はい》るわけがないのです……絶対《ぜったい》に。

暖炉《だんろ》の中《なか》では、火《ひ》が赤々《あかあか》と燃《も》えています。暖炉《だんろ》の横《よこ》にある棚《たな》では、小《ちい》さな真鍮製《しんちゅうせい》のやかんがシューシュー音《おと》を立《た》てています。床《ゆか》の上《うえ》には、厚《あつ》くて温《あたた》かい真《ま》っ赤《か》なじゅうたんが敷《し》かれていますし、暖炉《だんろ》の前《まえ》には折《お》り畳《たた》み式《しき》の椅子《いす》が広《ひろ》げて置《お》かれ、その上《うえ》にはクッションがのっています。椅子《いす》のそばには、やはり折《お》り畳《たた》み式《しき》のテーブルが広《ひろ》げてあります。その上《うえ》には白《しろ》いカバーが敷《し》かれ、小《ちい》さなカップとソーサー、ティーポットが置《お》かれています。

自分《じぶん》が座《すわ》っているベッドには、新《あたら》しくて温《あたた》かいカバーと、サテンで覆《おお》われた羽毛布団《うもうぶとん》が置《お》かれていました。足元《あしもと》にはシルクでできた、キルティングのガウンと、スリッパ、そして何冊《なんさつ》かの本《ほん》までありました。

まるで自分《じぶん》が夢見《ゆめみ》ていたおとぎの部屋《へや》が、本当《ほんとう》に現《あらわ》れたようです。テーブルの上《うえ》には、バラ色《いろ》のカバーで覆《おお》われたランプも立《た》っているのです。

セーラの呼吸《こきゅう》はだんだん短《みじか》く、そして速《はや》くなっていきます。

「こんな夢《ゆめ》は見《み》たことがないわ。この夢《ゆめ》は……消《き》えてなくならないもの」

セーラはベッドカバーを横《よこ》にのけて、喜《よろこ》びで目《め》を輝《かがや》かせながら、床《ゆか》に足《あし》を置《お》きました。

「不思議《ふしぎ》だわ……ベッドから起《お》きたのに、まだ夢《ゆめ》が続《つづ》いている……」

セーラは一度《いちど》も見《み》たことのない品々《しなじな》に囲《かこ》まれながら、ゆっくりと部屋《へや》を見渡《みわた》しました。

「夢《ゆめ》を見《み》ているのに……本物《ほんもの》みたいに感《かん》じる。まるで魔法《まほう》みたい。本当《ほんとう》は、自分《じぶん》の目《め》に見《み》えているような気持《きも》ちになっているだけのはずなのに」

セーラはだんだん早口《はやくち》になっています。

「でも、もしこのまま、ずっと目《め》に見《み》えているんだったら……」

セーラは叫《さけ》びました。

「夢《ゆめ》でも構《かま》わない！　構《かま》わないわ！」

セーラはあえぐようにしながら、もう一度《いちど》叫《さけ》びました。

「絶対《ぜったい》に本物《ほんもの》なわけがないもの！　でもああ、なんて本物《ほんもの》らしく見《み》えるのかしら！」

セーラは燃《も》えさかる火《ひ》のそばに来《き》て膝《ひざ》を抱《だ》き、手《て》を炎《ほのお》の上《うえ》にかざしました。あまりに近《ちか》くにかざしすぎたために、びっくりして後《うし》ろに下《さ》がったほどです。

「熱《あつ》いわ！　夢《ゆめ》なら熱《あつ》くなんてないはずよ」

セーラは大声《おおごえ》を出《だ》しました。それから急《きゅう》に立《た》ち上《あ》がり、テーブル、皿《さら》、じゅうたんを触《さわ》って歩《ある》きました。ベッドに行《い》って毛布《もうふ》にも触《さわ》りましたし、柔《やわ》らかなガウンにも頬《ほお》ずりをしました。

「温《あたた》かいわ。それに柔《やわ》らかい！」

セーラは泣《な》き出《だ》しそうになりました。

「これは夢《ゆめ》じゃない。全部《ぜんぶ》本物《ほんもの》なんだわ！」

セーラはガウンをはおり、スリッパに足《あし》を通《とお》してみました。

「これも本物《ほんもの》だわ。全部《ぜんぶ》がそう。わたしは……わたしは夢《ゆめ》を見《み》ているわけじゃないんだわ！」

セーラはよろめくような足取《あしど》りで本《ほん》のところに近《ちか》づき、一番上《いちばんうえ》に積《つ》んである本《ほん》を開《ひら》きました。カバーと本文《ほんもん》の間《あいだ》に挟《はさ》んである白《しろ》い紙《かみ》には、何《なに》かが書《か》かれています。

それはこんな短《みじか》いメッセージでした。

「屋根裏部屋《やねうらべや》の少女《しょうじょ》へ。友《とも》だちより」

手紙《てがみ》を見《み》たセーラは、本《ほん》に顔《かお》を埋《うず》めて泣《な》き出《だ》しました。セーラがそんな行動《こうどう》を取《と》ることはめったにありません。でも泣《な》き出《だ》したのは、不思議《ふしぎ》ではありませんでした。

「誰《だれ》なのかはわからない。でも誰《だれ》かが、わたしのことを気《き》にかけてくれている。こんなわたしにも、友《とも》だちがいるのよ」

セーラはろうそくを手《て》に取《と》って部屋《へや》から静《しず》かに出《で》ると、ベッキーの部屋《へや》に忍《しの》び込《こ》み、ベッドの脇《わき》に立《た》ちました。

「ベッキー、ベッキー！」

セーラはささやくように、でも、できるだけ大《おお》きな声《こえ》で呼《よ》びかけました。

「起《お》きて！」

目《め》を覚《さ》ましたベッキーは、ベッドから体《からだ》を起《お》こし、びっくりしてセーラを見《み》ました。

ただでさえ汚《よご》れているベッキーの顔《かお》は、涙《なみだ》をこぼした跡《あと》までついてしまっています。ところが脇《わき》に立っているセーラは、シルクでできた、真っ赤なキルティングのローブをはおっています。顔はきらきらと輝き、すてきな表情をしていました。かつてのようなプリンセス・セーラがベッドサイドに立《た》って、ろうそくを手《て》にしているのです。

「来《き》て。ねえ、ベッキー、わたしの部屋《へや》に来《き》てったら！」

ベッキーは驚《おどろ》きのあまり口《くち》がきけませんでした。ただベッドから起《お》きて、セーラの後《あと》をついていっただけでした。一言《ひとこと》も話《はな》さずに、口《くち》と目《め》を開《あ》けたままです。

自分《じぶん》の部屋《へや》に戻《もど》ったセーラは、ドアをそっと閉《し》めて、ベッキーと一緒《いっしょ》に部屋《へや》の真《ま》ん中《なか》に立《た》ちました。二人《ふたり》の周《まわ》りには暖炉《だんろ》の炎《ほのお》に照《て》らされた、見《み》たことのないような家具《かぐ》が並《なら》んでいます。

「本物《ほんもの》なのよ、本物《ほんもの》なの！　わたしは全部《ぜんぶ》触《さわ》ったわ。わたしたちと同《おな》じように、これは全部《ぜんぶ》本物《ほんもの》なの。きっと魔法《まほう》がやってきてくれたんだわ、わたしたちが眠《ねむ》っている間《あいだ》にね。あなたに言《い》ったみたいに、魔法《まほう》の不思議《ふしぎ》な力《ちから》は、本当《ほんとう》にひどいことが起《お》きないようにしてくれるのよ！」

16　屋根裏部屋《やねうらべや》の訪問者《ほうもんしゃ》

それからセーラとベッキーが、どんなに幸《しあわ》せな時間《じかん》を過《す》ごしたか想像《そうぞう》してみてください。小《ちい》さな暖炉《だんろ》の鉄格子《てつごうし》の中《なか》、パチパチとさかんに燃《も》える炎《ほのお》のそばで、セーラたちがどんなふうに体《からだ》をかがめたか。皿《さら》の上《うえ》にかぶせられていたカバーを取《と》り、豪華《ごうか》で温《あたた》かく、いい香《かお》りのするスープをどうやって見《み》つけたか。

スープだけでも立派《りっぱ》な食事《しょくじ》になるほどでしたが、さらに二人《ふたり》にとって十分《じゅうぶん》なだけのサンドイッチやトースト、そしてマフィンがあったのです。

洗面台《せんめんだい》にあったマグカップは、ベッキー用《よう》のティーカップとして使《つか》われましたし、紅茶《こうちゃ》はとてもおいしかったので、紅茶以外《こうちゃいがい》のものをむりやり想像《そうぞう》して飲《の》む必要《ひつよう》はありませんでした。

体《からだ》が温《あたた》まり、お腹《なか》がいっぱいになったセーラは、夢《ゆめ》が叶《かな》ったことを噛《か》みしめていました。

もともとセーラは、いつもいろんなことを想像《そうぞう》しながら生活《せいかつ》していたので、不思議《ふしぎ》なことが起《お》きてもすんなり受《う》け入《い》れることができたのです。

「誰《だれ》にこんなことができたのかはわからないわ。でも誰《だれ》かがいたのよ。わたしたちは今《いま》、ここで炎《ほのお》のそばに座《すわ》っているし、これは本物《ほんもの》だもの。それにたとえ誰《だれ》であろうと……そしてその人《ひと》がどこにいようとも……わたしにはお友《とも》だちがいるの。ベッキー、どこかにお友《とも》だちがいるのよ」

「お嬢《じょう》さん、これ……」

ベッキーは、口《くち》ごもりながらささやきました。

「溶《と》けてなくなっちゃったりしませんか？　急《いそ》いで食《た》べたほうが良《よ》くないですか？」

ベッキーはサンドイッチを急《いそ》いで口《くち》に頬張《ほおば》りました。

「いいえ、溶《と》けてなくなったりしないわ。わたしはこのマフィンを今《いま》食《た》べているし、味《あじ》がわかるもの。夢《ゆめ》では味《あじ》がしないの。これから食《た》べるんだと思《おも》うだけよ。それにわたしは自分《じぶん》の体《からだ》をずっとつねっているの。さっきは暖炉《だんろ》で石炭《せきたん》のかけらにも触《さわ》ってみたわ。わざとね」

やがて二人《ふたり》の体《からだ》を、ここちよい眠気《ねむけ》が包《つつ》んでいきました。お腹《なか》がいっぱいになり、暖炉《だんろ》の炎《ほのお》で体《からだ》も温《あたた》まってきたためです。

ふと、セーラが自分《じぶん》のベッドを見《み》てみると、そこにはベッキーと分《わ》け合《あ》えるほど、何枚《なんまい》も毛布《もうふ》がありました。隣《となり》の屋根裏部屋《やねうらべや》にある狭《せま》いベッドは、ベッキーが想像《そうぞう》もできなかったほど快適《かいてき》なものに変《か》わりそうです。

部屋《へや》を出《で》ていくとき、ベッキーは敷居《しきい》の上《うえ》で振《ふ》り返《かえ》り、うっとりするような目《め》でセーラの周《まわ》りを見渡《みわた》しました。

「朝《あさ》になったときに溶《と》けてしまっていても、お嬢《じょう》さん。少《すく》なくとも今晩《こんばん》、ここにあったんですよね。あたしはそのことを忘《わす》れません」

ベッキーはそう言《い》って、一《ひと》つ一《ひと》つのものを見《み》つめました。記憶《きおく》に焼《や》きつけるようにです。

「炎《ほのお》はあそこで燃《も》えていて」

ベッキーは指《ゆび》をさしていきました。

「その前《まえ》にテーブルがあって、ランプがそこの上《うえ》にあってバラ色《いろ》に光《ひか》ってる。お嬢《じょう》さんのベッドにはサテンのカバーがかかっていて、温《あたた》かいじゅうたんが床《ゆか》に敷《し》かれていて、全部《ぜんぶ》がきれいに見《み》える、そして……」

ベッキーは一瞬口《いっしゅんくち》をつぐんで、お腹《なか》の辺《あた》りをそっと押《お》さえました。

「スープとサンドイッチとマフィンもあった……あったんですよね」

生徒《せいと》やメイドたちは、いつもどこからか情報《じょうほう》を仕入《しい》れてきて、あっという間《ま》に噂話《うわさばなし》を広《ひろ》めてしまいます。朝《あさ》が来《く》ると、セーラがみっともない真似《まね》をしたことや、アーメンガードが罰《ばつ》を受《う》けること、そしてベッキーが朝食《ちょうしょく》の前《まえ》に荷物《にもつ》をまとめて、学校《がっこう》を出《で》ていかなければならないといったことが、誰《だれ》の耳《みみ》にも伝《つた》わっていました。

でもメイドたちは、ベッキーがすぐに追《お》い出《だ》されたりはしないことを知《し》っていました。わずか数《すう》シリングの週給《しゅうきゅう》で、奴隷《どれい》のようにこき使《つか》える人《ひと》など、なかなか見《み》つからないからです。

一方《いっぽう》、生徒《せいと》たちは、ミンチン先生《せんせい》がセーラについても、したたかに計算《けいさん》していることを見抜《みぬ》いていました。

「あの子《こ》はあっという間《ま》に大《おお》きくなってきているし、ものすごくいろんなことを覚《おぼ》えているの。どうやって勉強《べんきょう》しているのか、わからないけどね」

ジェシーはラヴィニアに言《い》いました。

「だからすぐに授業《じゅぎょう》を受《う》け持《も》つようになるわ。ミンチン先生《せんせい》は、セーラをただ働《ばたら》きさせなきゃならないからね。でもラヴィニア、ミンチン先生《せんせい》に告《つ》げ口《ぐち》するなんて、意地悪《いじわる》だわね。セーラが屋根裏《やねうら》部屋《べや》で大騒《おおさわ》ぎしているなんて、どうやってわかったの?」

「ロッティから聞《き》き出《だ》したのよ。ロッティは子《こ》どもだから、自分《じぶん》がうっかり話《はなし》を漏《も》らしても気《き》づかないの。

でもミンチン先生《せんせい》に教《おし》えたのは、全然《ぜんぜん》意地悪《いじわる》じゃないわ。あたしは、そうすることが自分《じぶん》の義務《ぎむ》だと感《かん》じたの」

ラヴィニアはいかにもまじめぶって言《い》いました。

「セーラは、人《ひと》をだますようなことをしてきたわ。それにあんなに偉《えら》そうにしているなんてバカげてるわ。ボロボロの格好《かっこう》をしているのに！」

「ミンチン先生《せんせい》に見《み》つかったとき、あの子《こ》たちは何《なに》をしていたわけ？」

ジェシーがさらに詳《くわ》しく、話《はなし》を聞《き》き出《だ》します。

「バカげたパーティーごっこよ。アーメンガードが、セーラやベッキーといろんなものを一緒《いっしょ》に食《た》べるために、バスケットを持《も》ち込《こ》んだの。あたしたちのことは、一緒《いっしょ》に食《た》べましょうなんて絶対《ぜったい》に誘《さそ》ってくれないくせに。

まあ、それはどうでもいいんだけど、屋根裏部屋《やねうらべや》に住《す》んでいる召使《めしつか》いと一緒《いっしょ》にものを分《わ》けて食《た》べるなんて、ちょっと品《ひん》がないわ。ミンチン先生《せんせい》はセーラを追《お》い出《だ》さないのかしら……セーラに先生《せんせい》をやらせたがっているのは本当《ほんとう》だけどさ」

「もし追《お》い出《だ》されたら、セーラはどこに行《い》くのかしら」

ジェシーは少《すこ》し心配《しんぱい》そうに、ラヴィニアに尋《たず》ねました。

「なんであたしが、そんなことを知《し》ってるわけ？　これから教室《きょうしつ》に来《く》るでしょうけど、ひどい顔《かお》をしているはずよ。特《とく》に、あんな大騒《おおさわ》ぎがあった後《あと》だし、昨日《きのう》だって晩《ばん》ご飯《はん》を食《た》べなかったわけでしょ。今日《きょう》だって、まったく食《た》べ物《もの》がもらえないことになっているはずだから」

ジェシーは、頭《あたま》のよい少女《しょうじょ》ではありませんでしたが、それほど底意地《そこいじ》は悪《わる》くありませんでした。こう言《い》いながら、落《お》とした教科書《きょうかしょ》を拾《ひろ》い上《あ》げたのです。

「それはひどい話《はなし》だと思《おも》うわ。セーラを飢《う》え死《じ》にさせる権利《けんり》なんてまったくないもの」

ミンチン先生《せんせい》も、意地悪《いじわる》なラヴィニアとまったく同《おな》じことを考《かんが》えていました。ミンチン先生《せんせい》にとってのセーラは、常《つね》に煩《わずら》わしい、理解《りかい》できない存在《そんざい》でした。どんなにつらくあたっても、絶対《ぜったい》に泣《な》いたり、怯《おび》えたりするような様子《ようす》を見《み》せなかったからです。

しかし昨日《きのう》は食事《しょくじ》を与《あた》えられませんでしたし、夜《よる》にはこっぴどく叱《しか》りつけられています。今日《きょう》はさらにお腹《なか》がすいているはずですから、さすがにくじけているに違《ちが》いありません。顔《かお》は青《あお》ざめ、目《め》は赤《あか》く泣《な》きはらされ、みじめそうで、不幸《ふしあわ》せそうで、おどおどした態度《たいど》で教室《きょうしつ》に下《お》りてこないほうが不自然《ふしぜん》でした。

その日《ひ》、ミンチン先生《せんせい》がセーラの姿《すがた》を初《はじ》めて見《み》たのは、フランス語《ご》の授業《じゅぎょう》のために教室《きょうしつ》に入《はい》ってきたときでした。ところが、なんということでしょう。セーラはスキップするような軽《かろ》やかな足取《あしど》りで、口元《くちもと》に小《ちい》さな微笑《ほほえ》みを浮《う》かべながらやってきたのです。顔《かお》が青《あお》ざめているどころか、頬《ほお》も元《げん》気《き》そうにほんのり赤《あか》くなっています。

十分《じゅうぶん》な食事《しょくじ》を与《あた》えられ、長《なが》い時間《じかん》、柔《やわ》らかくて温《あたた》かい毛布《もうふ》にくるまって眠《ねむ》ったとき、あるいはおとぎ話《ばなし》を思《おも》い描《えが》きながら眠《ねむ》り、目覚《めざ》めてそれが本物《ほんもの》であることを知《し》ったときには、不幸《ふしあわ》せに見《み》えるはずなどありません。

でも、そんなことを知《し》らないミンチン先生《せんせい》は、腰《こし》を抜《ぬ》かさんばかりにびっくりしてしまいました。なんであんなふうに元気《げんき》そうでいられるのか、説明《せつめい》がつきません。

ミンチン先生《せんせい》は、セーラをさっそく机《つくえ》のところに呼《よ》びつけました。

「あなたは、自分《じぶん》が恥《は》ずかしい振《ふ》る舞《ま》いをしたという自覚《じかく》がないようね。それをまったく認《みと》めようとしないわけ？」

ところがセーラは、生《い》き生《い》きとした目《め》をして、いつものように、実《じつ》に礼儀正《れいぎただ》しい答《こた》え方《かた》をしてきました。ミンチン先生《せんせい》は、その様子《ようす》を見《み》て、また口《くち》がきけなくなるほどびっくりしました。

「申《もう》し訳《わけ》ありません、ミンチン先生《せんせい》。わたしが恥《は》ずべきことをしたのはわかっています」

「そのことを忘《わす》れないように。それと自分《じぶん》が、お情《なさ》けを受《う》けている立場《たちば》だということも態度《たいど》で示《しめ》しなさい。今日《きょう》は食事《しょくじ》がありませんから」

「はい、ミンチン先生《せんせい》」

セーラはこう答《こた》えましたが、後《うし》ろを振《ふ》り向《む》いたときには、前《まえ》の晩《ばん》に起《お》きたことを思《おも》い出《だ》しながら、胸《むね》がドキドキしていました。

（もし魔法《まほう》がギリギリのところで助《たす》けてくれなかったら、どんなにひどいことになっていたかしら！）

そんなことを知《し》らないラヴィニアが、意地悪《いじわる》そうな笑《え》みを浮《う》かべながらささやきます。

「あれを見《み》てよ。たぶん、自分《じぶん》がおいしい朝《あさ》ご飯《はん》を食《た》べた『ふり』をしているんだわ」

「あの子《こ》は他《ほか》の人《ひと》と違《ちが》うのよ」

小《ちい》さな子《こ》どもたちにフランス語《ご》を教《おし》えるセーラを見《み》ながら、今度《こんど》はジェシーが言《い》いました。

「わたしは時々《ときどき》、あの子《こ》のことがちょっと怖《こわ》くなることがあるの」

「バッカみたい！」

その日一日中《ひいちにちじゅう》、セーラの顔《かお》は生《い》き生《い》きと輝《かがや》いていましたし、頬《ほお》には赤《あか》みがさしていました。召使《めしつか》いたちはセーラの様子《ようす》を眺《なが》めながら、ひそひそ話《ばなし》をしましたし、ミス・アメリアも小《ちい》さな青《あお》い日《め》に戸惑《とまど》った表情《ひょうじょう》を浮《う》かべていました。

セーラ自身《じしん》は物事《ものごと》を何度《なんど》も考《かんが》えた末《すえ》に、一《ひと》つのことを心《こころ》に誓《ちか》いました。自分《じぶん》に起《お》きた不思議《ふしぎ》なことは、できるだけ秘密《ひみつ》にしておかなければならないということです。

ミンチン先生《せんせい》が屋根裏部屋《やねうらべや》にもう一度上《いちどあ》がってきたりすれば、もちろん魔法《まほう》はばれてしまいます。でもしばらくの間《あいだ》、そんなことはしないように思《おも》えました。アーメンガードもロッティも、あれほど厳《きび》しく目《め》をつけられていれば、わざわざもう一度《いちど》ベッドを抜《ぬ》け出《だ》して、屋根裏部屋《やねうらべや》に上《あ》がってこようとはしないはずです。

それにアーメンガードなら秘密《ひみつ》を守《まも》ってくれるはずです。ロッティにも、誰《だれ》にも言《い》わないようにさせることはできるでしょう。もしかすると魔法《まほう》そのものが、不思議《ふしぎ》な出来事《できごと》を隠《かく》しておくために手助《てだす》けしてくれるかもしれません。

(ただ、何《なに》が起《お》きても……)

セーラは一日中《いちにちじゅう》、心《こころ》の中《なか》で自分《じぶん》に言《い》い聞《き》かせていました。

(世界《せかい》のどこかには信《しん》じられないほど親切《しんせつ》な人《ひと》がいて、わたしの友《とも》だちになってくれている。わたしには友《とも》だちがいるのよ。

それが誰《だれ》なのかがわからなくとも……お礼《れい》さえ言《い》えなくとも、もう絶対《ぜったい》に孤独《こどく》に感《かん》じたりはしない。魔法《まほう》は本当《ほんとう》にわたしを助《たす》けてくれたわ！　ああ、魔法《まほう》があって本当《ほんとう》によかった)

この日《ひ》の天気《てんき》は、前《まえ》の日《ひ》よりもさらに悪《わる》くなりました。湿気《しっけ》が多《おお》く、雨《あめ》が降《ふ》ったために道《みち》は余計《よけい》にぬかるみ、そして冷《ひ》え込《こ》んだのです。

セーラがこなさなければならないお使《つか》いは増《ふ》えましたし、コックはもっと怒《おこ》りっぽくなりました。セーラが事件《じけん》を起《お》こしたことを知《し》っていたので、さらに容赦《ようしゃ》がなくなりました。でも、前《まえ》の晩《ばん》に夕食《ゆうしょく》を食《た》べていたので、セーラは元気《げんき》でした。夕方《ゆうがた》になればまた自然《しぜん》にお腹《なか》はすくでしょうが、次《つぎ》の日《ひ》の朝《あさ》ご飯《はん》の時間《じかん》までは我慢《がまん》できるだろうと思《おも》っていました。さすがに次《つぎ》の日《ひ》の朝《あさ》になれば、食事《しょくじ》が与《あた》えられるはずです。

セーラが屋根裏部屋《やねうらべや》に戻《もど》ったのは、ずいぶん遅《おそ》い時間《じかん》になってからでした。いつものように教室《きょうしつ》に行《い》き、夜《よる》の10時《じ》まで自習《じしゅう》するように言《い》われていたのです。セーラは勉強《べんきょう》に夢中《むちゅう》になったため、さらに遅《おそ》い時間《じかん》まで本《ほん》にかじりついていました。

階段《かいだん》の一番上《いちばんうえ》までたどり着《つ》いたとき、セーラの胸《むね》は少《すこ》しドキドキしました。

「お部屋《へや》にあったものは全部《ぜんぶ》、片付《かたづ》けられているかもしれないわ」

セーラは勇気《ゆうき》を出《だ》して、自分《じぶん》に言《い》い聞《き》かせました。

「昨日《きのう》の夜《よる》だけ、特別《とくべつ》に使《つか》わせてもらえたのかもしれないわね。でも一晩《ひとばん》だけでも、いろんなものを貸《か》してもらえたのは事実《じじつ》だわ……わたしは使《つか》ったんだから。あれは本当《ほんとう》のことだったのよ」

セーラは部屋《へや》の中《なか》に入《はい》るとドアにもたれかかりました。そしてハッと息《いき》をのみながら、部屋《へや》を端《はし》から端《はし》まで見渡《みわた》しました。魔法《まほう》が再《ふたた》びかけられていたのです。しかも、前《まえ》の晩《ばん》よりもさらに見事《みごと》な魔法《まほう》がかかっていました。

炎《ほのお》はきれいに揺《ゆ》らめきながら燃《も》えていますし、前《まえ》よりも楽《たの》しげに揺《ゆ》れています。そればかりか、屋根裏部屋《やねうらべや》には新《あたら》しい品々《しなじな》がいくつも運《はこ》び込《こ》まれていました。

低《ひく》いテーブルの上《うえ》には、また夕食《ゆうしょく》が用意《ようい》されていました。今回《こんかい》はセーラ用《よう》のカップや皿《さら》だけでなく、ベッキーのための食器《しょっき》も準備《じゅんび》されています。

古《ふる》い暖炉《だんろ》の上《うえ》の飾《かざ》り棚《だな》には、明《あか》るい色《いろ》でずっしりと重《おも》みがあり、珍《めずら》しい刺繍《ししゅう》のしてあるカバーがかけてありましたし、その上《うえ》にはいくつかの置物《おきもの》が飾《かざ》ってありました。部屋《へや》の中《なか》のむき出《だ》しで見苦《みぐる》しい部分《ぶぶん》は隠《かく》されて、とてもきれいに見《み》えるようにしてありました。

また壁《かべ》には、色鮮《いろあざ》やかな布《ぬの》が、きれいに貼《は》られていました。部屋《へや》の壁《かべ》には、いくつかの素晴《すば》らしい団扇《うちわ》も画鋲《がびょう》でとめてありましたし、椅子《いす》として使《つか》えるような、大《おお》きくて分厚《ぶあつ》いクッションもいくつか置《お》いてありました。木《き》の箱《はこ》は毛布《もうふ》で覆《おお》われ、その上《うえ》にいくつかのクッションも置《お》かれていたので、まるでソファーのような雰囲気《ふんいき》を出《だ》していました。

セーラはゆっくりとドアから離《はな》れて座《すわ》ると、これらの品々《しなじな》を何度《なんど》も何度《なんど》も眺《なが》めました。

「まるでおとぎ話《ばなし》が、本当《ほんとう》に叶《かな》ったみたい。わたしが考《かんが》えていたのと、これっぽっちも違《ちが》いはないんですもの。お願《ねが》いごとをすると……ダイヤモンドでも金塊《きんかい》の入《はい》ったかばんでも……なんでも現《あらわ》れるみたい！　そういうものが現《あらわ》れたって不思議《ふしぎ》はないわ。これは本当《ほんとう》にわたしの屋根裏部屋《やねうらべや》なの？　わたしは凍《こご》えて、ボロを着《き》ている、誰《だれ》からも見放《みはな》されたセーラのままなのかしら？」

セーラは立《た》ち上《あ》がって壁《かべ》をノックし、隣《となり》の牢屋《ろうや》にいる囚人《しゅうじん》を呼《よ》びました。部屋《へや》に入《はい》ってきたベッキーは、驚《おどろ》いて床《ゆか》の上《うえ》に腰《こし》を抜《ぬ》かしそうになりました。

「こういうものは、みんなどこから運《はこ》ばれてくるんでしょうね。誰《だれ》がやってくださっているんでしょう、お嬢《じょう》さん？」

ベッキーはこう尋《たず》ねずにはいられませんでした。

「そんな質問《しつもん》をするのは、やめましょうよ。『本当《ほんとう》にありがとうございます』とお礼《れい》を言《い》えないんだったら、わたしはあえて知《し》りたくないわ。そのほうがすてきに思《おも》えるから」

セーラの部屋《へや》は、一日《いちにち》ごとに快適《かいてき》で、すてきになっていきました。おとぎ話《ばなし》は続《つづ》いていき、夜《よる》、ドアを開《あ》けるたびに、肌触《はだざわ》りのいいものや、きれいなものが姿《すがた》を現《あらわ》したのです。

屋根裏部屋《やねうらべや》は、ありとあらゆる種類《しゅるい》の珍《めずら》しいものや豪華《ごうか》な品々《しなじな》であふれ、あっという間《ま》にきれいな小部屋《こべや》に様変《さまが》わりしました。

見苦《みぐる》しかった壁《かべ》は、絵《え》やひだのついた布《ぬの》で、全体《ぜんたい》が覆《おお》われていきました。凝《こ》った作《つく》りの折《お》り畳《たた》み式《しき》の家具《かぐ》もいくつも現《あらわ》れ、本棚《ほんだな》が吊《つ》るされて本《ほん》が並《なら》ぶようにもなりました。もうこれ以上《いじょう》、欲《ほ》しいと思《おも》えるものはないほどです。

しかも夜遅《よるおそ》く、屋根裏部屋《やねうらべや》に戻《もど》ってくると、朝《あさ》ご飯《はん》の食《た》べ残《のこ》しはきれいに片付《かたづ》けられ、おいしい料理《りょうり》がまた用意《ようい》されているのです。

もちろん、ミンチン先生《せんせい》はいつものように刺々《とげとげ》しく、失礼《しつれい》な態度《たいど》を取《と》っていましたし、ミス・アメリアは気難《きむずか》しいままです。召使《めしつか》いたちもやはり下品《げひん》で横柄《おうへい》なままでした。

そしてセーラは、どんな天気《てんき》でも使《つか》いっ走《ぱし》りに行《い》かされました。何《なに》かといえば怒鳴《どな》られ、こき使《つか》われました。アーメンガードやロッティに話《はな》しかけることさえ、ほとんど許《ゆる》されませんでした。

ラヴィニアは、セーラの服《ふく》がどんどんみすぼらしくなっていくことをあざ笑《わら》っています。他《ほか》の少《しょう》女《じょ》たちもセーラが教室《きょうしつ》に登場《とうじょう》すると好奇《こうき》の目《め》で見《み》つめました。

しかし、この素晴《すば》らしい、不思議《ふしぎ》な物語《ものがたり》の中《なか》で生《い》きているときには、そんなことがなんの問題《もんだい》になったでしょうか？

かつてのセーラは自分《じぶん》を慰《なぐさ》め、心《こころ》に希望《きぼう》を持《も》たせるために、いろんな物語《ものがたり》を考《かんが》え出《だ》しました。

でもいま起《お》きていることは、自分《じぶん》が考《かんが》えるどんな物語《ものがたり》よりもロマンティックで、すてきなのです。

セーラは叱《しか》られているときに、笑顔《えがお》を浮《う》かべるのをこらえきれなくなりそうになることもたびたびありました。

「あなたたちは何《なに》も知《し》らないのね」

セーラは心《こころ》の中《なか》でつぶやいていました。

「もしわたしに起《お》きていることを知《し》ったら、どんなに驚《おどろ》くかしら！」


セーラはあっという間《ま》に、元気《げんき》になっていきました。頬《ほお》には血《ち》の気《け》が戻《もど》りましたし、肉付《にくづ》きもよくなって、顔《かお》が痩《や》せこけているために目《め》が大《おお》きく見《み》えることもなくなりました。

「セーラ・クルーは、すごく健康《けんこう》そうね」

ミンチン先生《せんせい》は妹《いもうと》のミス・アメリアに、苦々《にがにが》しい口調《くちょう》で言《い》いました。

「ええ。絶対《ぜったい》に太《ふと》ってきているわ。飢《う》えた小《ちい》さなカラスのようだったのに」

「飢《う》えているですって！」

ミンチン先生《せんせい》は声《こえ》を荒《あら》らげました。

「そんなふうに見《み》えるわけがないわ。わたしはいつもたっぷり、食《た》べ物《もの》を与《あた》えているのよ！」

「も……もちろんよ」

ミス・アメリアが相《あい》づちを打《う》ちます。いつものように自分《じぶん》がまずいことを言《い》ってしまったのに気《き》づいて、不安《ふあん》を感《かん》じていたのです。

ベッキーも、当然《とうぜん》のように太《ふと》ってきました。そして以前《いぜん》のように、ビクビクすることもなくなってきました。ベッキーもまた、秘密《ひみつ》のおとぎ話《ばなし》を体験《たいけん》していたからです。

ベッキーには2枚《まい》のマットレスと、二《ふた》つの枕《まくら》、そして何枚《なんまい》かの毛布《もうふ》がありました。毎晩《まいばん》、温《あたた》かい夕食《ゆうしょく》をとって、暖炉《だんろ》のそばにあるクッションに座《すわ》ることもできます。バスティーユの牢獄《ろうごく》は溶《と》けてなくなり、囚人《しゅうじん》ももはやいなくなってしまったのです。

こうして暮《く》らすうちに、もう一《ひと》つの素晴《すば》らしい出来事《できごと》が起《お》きました。女学院《じょがくいん》に、いくつかの小包《こづつみ》が届《とど》いたのです。すべての小包《こづつみ》には大《おお》きな文字《もじ》で「右側《みぎがわ》の屋根裏部屋《やねうらべや》に住《す》んでいる少女《しょうじょ》へ」と書《か》かれてありました。ドアを開《あ》けて、その荷物《にもつ》を中《なか》に運《はこ》ぶように命《めい》じられたのはセーラ自身《じしん》でした。セーラは一番大《いちばんおお》きな二《ふた》つの包《つつ》みを玄関《げんかん》ホールに置《お》き、宛先《あてさき》を見《み》ていました。ミンチン先生《せんせい》が階段《かいだん》を下《お》りてきたのはそのときでした。

「そこに突《つ》っ立《た》っていないで、荷物《にもつ》を若《わか》いレディーたちのところに持《も》っていきなさい」

ミンチン先生《せんせい》はきつい口調《くちょう》で命令《めいれい》しました。

「この小包《こづつみ》はわたしのものなんです」

セーラは落《お》ち着《つ》いた声《こえ》で静《しず》かに答《こた》えました。

「あなたにですって？　何《なに》をわけのわからないことを言《い》っているの？」

「送《おく》り主《ぬし》はわかりません。でもわたし宛《あて》です。わたしは右側《みぎがわ》の屋根裏部屋《やねうらべや》で寝泊《ねと》まりしていますから。ベッキーがいるのは反対側《はんたいがわ》です」

セーラのそばにやってきたミンチン先生《せんせい》は、小包《こづつみ》を見《み》て落《お》ち着《つ》かない気分《きぶん》になりました。

「中身《なかみ》はなんなの？　すぐに開《あ》けなさい」

セーラが小包《こづつみ》を開《あ》けてみせると、ミンチン先生《せんせい》はなんともいえない表情《ひょうじょう》を浮《う》かべました。中《なか》から出《で》てきたのは、かわいらしい、そして着心地《きごこち》のよさそうな衣類《いるい》、それもいろんな種類《しゅるい》の衣《い》類《るい》だったからです。シューズ、ストッキング、手袋《てぶくろ》、そして暖《あたた》かいコート、きれいな帽子《ぼうし》や傘《かさ》まで入《はい》っていました。すべて高級《こうきゅう》で高価《こうか》なものでした。コートのポケットには、ピンで留《と》めた紙《かみ》が入《はい》っていました。その紙《かみ》には次《つぎ》のように書《か》いてあります。

「毎日《まいにち》のお召《め》し物《もの》にどうぞ。必要《ひつよう》なときには、他《ほか》のものとお取《と》り替《か》えいたします」

ミンチン先生《せんせい》はすっかり取《と》り乱《みだ》してしまいました。考《かんが》えられないことが起《お》きたからです。

……結局《けっきょく》のところ、自分《じぶん》は勘違《かんちが》いしていたのでしょうか？　貧《まず》しいはずのセーラには、かなりの財産《ざいさん》を持《も》ったおじさんが、密《ひそ》かにいるのでしょうか？　そして突然《とつぜん》、セーラの居場所《いばしょ》を突《つ》き止《と》めて、このような謎《なぞ》めいた、そしてすてきな方法《ほうほう》でプレゼントを送《おく》ってきたのでしょうか？

お金持《かねも》ちで年老《としお》いた独身《どくしん》の男性《だんせい》は、自分《じぶん》のそばに子《こ》どもがいるとうるさがることがあります。でも親戚《しんせき》の暮《く》らしぶりを、遠《とお》くから眺《なが》めているのは好《す》きだったりします。

でも、そのような人《ひと》に限《かぎ》って、気難《きむずか》しく、短気《たんき》な人《ひと》が多《おお》いのも確《たし》かです。もしセーラに、お金持《かねも》ちのおじさんがいて、その人《ひと》に、セーラの痩《や》せこけた体《からだ》やみすぼらしい服装《ふくそう》、少《すく》なくて粗末《そまつ》な食事《しょくじ》、つらい仕事《しごと》のことを知《し》られてしまったとしたら……。


自分《じぶん》の考《かんが》えにすっかり自信《じしん》を持《も》てなくなってしまったミンチン先生《せんせい》は、セーラが父親《ちちおや》を亡《な》くしてから、一度《いちど》も使《つか》ったことのないような声色《こわいろ》で言《い》いました。

「誰《だれ》かがとても親切《しんせつ》にしてくださるのね。部屋《へや》に行《い》って、着替《きが》えていらっしゃい。それから下《した》に下《お》りてきて、教室《きょうしつ》で自習《じしゅう》をするといいわ。今日《きょう》はもうお使《つか》いに出《で》る必要《ひつよう》はありませんから」

やがて着替《きが》えをすませたセーラが教室《きょうしつ》に入《はい》ってくると、女学院《じょがくいん》の生徒全員《せいとぜんいん》が呆気《あっけ》にとられました。

「すごい！」

ジェシーが驚《おどろ》きの声《こえ》を漏《も》らしながら、肘《ひじ》をそっと揺《ゆ》すりました。

「あれを見《み》て。プリンセスよ！」

セーラの姿《すがた》を見《み》たラヴィニアは、顔《かお》が真《ま》っ赤《か》になりました。数時間前《すうじかんまえ》に裏手《うらて》の階段《かいだん》を下《お》りてきたときとはまるで別人《べつじん》です。そこにいたのは、まさにプリンセス・セーラでした。セーラはワンピースを着《き》ていましたが、それはラヴィニアが昔《むかし》、妬《ねた》んでいたのと同《おな》じ種類《しゅるい》のものでした。深《ふか》く暖《あたた》かい色《いろ》をしていて、仕立《した》てもきれいです。いつもは、小《ちい》さな顔《かお》にまとわりついている黒《くろ》い髪《かみ》も、リボンで束《たば》ねてありました。

セーラがこんなにプリンセスらしく見《み》えるのは、お父《とう》さんが亡《な》くなって以来《いらい》のことでした。

「たぶん、誰《だれ》かが財産《ざいさん》を残《のこ》していたのよ」

ジェシーがささやきました。

「わたしはあの子《こ》に何《なに》かが起《お》きるっていつも思《おも》っていたわ。すごく変《か》わった子《こ》だもん。もしかしたら、ダイヤモンド鉱山《こうざん》が突然《とつぜん》、もう一度《いちど》現《あらわ》れちゃったのかもよ」

「そんなふうに見《み》つめて、あの子《こ》を喜《よろこ》ばせたりしないでよ。あんたはバカなんだから」

ラヴィニアが釘《くぎ》を刺《さ》します。

「セーラ、ここに来《き》てかけなさい」

ミンチン先生《せんせい》は生徒《せいと》たちのおしゃべりに割《わ》って入《はい》るように、低《ひく》い声《こえ》で言《い》いました。クラス中《じゅう》の生徒《せい》が見《み》つめて肘《ひじ》をつっつき合《あ》う中《なか》、セーラは自分《じぶん》が昔座《むかしすわ》っていた、特等生《とくとうせい》の席《せき》に座《すわ》ります。そして本《ほん》を広《ひろ》げて、読《よ》み始《はじ》めました。

　その晩《ばん》、屋根裏部屋《やねうらべや》に戻《もど》り、ベッキーと夕食《ゆうしょく》をすませた後《あと》、セーラは座《すわ》ったまま真剣《しんけん》な表情《ひょうじょう》で、じっと炎《ほのお》を見《み》つめていました。

「何《なに》かまた想像《そうぞう》しているんですか、お嬢《じょう》さん？」

　ベッキーはセーラに敬意《けいい》を込《こ》めて、そっと尋《たず》ねました。セーラが静《しず》かに座《すわ》り、うっとりした表情《ひょうじょう》で炎《ほのお》を眺《なが》めているときには、新《あたら》しい物語《ものがたり》を作《つく》っていることが多《おお》かったからです。でも、そうではありませんでした。セーラは首《くび》を振《ふ》りました。

「違《ちが》うの。どうすればいいのかなって考《かんが》えていたの。わたしは、お友《とも》だちのことを考《かんが》えずにはいられないの。でもその人《ひと》が、自分《じぶん》のことを秘密《ひみつ》にしておきたいって思《おも》っているなら、誰《だれ》なのかを探《さぐ》って突《つ》き止《と》めようとするのは失礼《しつれい》にあたるわ。だけど、自分《じぶん》がどれだけ感謝《かんしゃ》をしているのかをわかってほしい……わたしをどれだけ幸《しあわ》せな気持《きも》ちにさせているかということもね。親切《しんせつ》な人《ひと》というのは、他《ほか》の人《ひと》たちが幸《しあわ》せになったのを知《し》りたがるわ。感謝《かんしゃ》されるよりも、幸《しあわ》せになったことを知《し》りたがるの。なんとかして伝《つた》えられたら……」

　セーラは一瞬《いっしゅん》、間《ま》をおきました。その瞬間《しゅんかん》、セーラの目《め》は部屋《へや》の隅《すみ》にあるテーブルに立《た》てかけられている、あるものにとまりました。2日前《かまえ》、部屋《へや》に戻《もど》ってきたときに見《み》つけたものです。それは紙《かみ》と封筒《ふうとう》、ペンとインクが入《はい》った小《ちい》さな箱《はこ》だったのです。

「そうだわ！　どうしてそのことを思《おも》いつかなかったのかしら？」

セーラは立《た》ち上《あ》がって部屋《へや》の隅《すみ》に行《い》くと、小箱《こばこ》を取《と》って暖炉《だんろ》のところに戻《もど》ってきました。

「お友《とも》だちに手紙《てがみ》を書《か》けるじゃない」

セーラは声《こえ》を弾《はず》ませました。

「それをテーブルの上《うえ》に置《お》くのよ。そしたら、他《ほか》のものと一緒《いっしょ》に持《も》って帰《かえ》ってくれるわ。わたしはお友《とも》だちに何《なに》も尋《たず》ねたりしないわ。でも、お礼《れい》を言《い》うのなら気《き》になさらないはずよ」

そこでセーラは短《みじか》い手紙《てがみ》を書《か》くことにしました。これが手紙《てがみ》の内容《ないよう》です。

「この手紙《てがみ》を差《さ》し上《あ》げることを、どうぞお許《ゆる》しください。わたしは失礼《しつれい》なことをしたり、あなたがどなたなのかを突《つ》き止《と》めてやろうなんて、まったく思《おも》っていません。これは信《しん》じてください。ただわたしは、すごく親切《しんせつ》にしてくださって、すべてのものをまるでおとぎ話《ばなし》のように変《か》えてくださったことに、お礼《れい》が言《い》いたいだけなのです。

わたしは本当《ほんとう》に感謝《かんしゃ》していますし、本当《ほんとう》に幸《しあわ》せです……それはベッキーも同《おな》じです。わたしたちは、とても寂《さび》しくて、寒《さむ》くて、いつもお腹《なか》をすかせていました。でも今《いま》は……ああ、3つの言葉《ことば》だけ言《い》わせてください。そう言《い》わずにはいられないのです。ありがとうございます。ありがとうございます。ありがとうございます！」

（屋根裏部屋《やねうらべや》の少女《しょうじょ》より）

次《つぎ》の日《ひ》の朝《あさ》、セーラはこの手紙《てがみ》を小《ちい》さなテーブルの上《うえ》に置《お》いておきました。すると夕方《ゆうがた》には、他《ほか》のものと一緒《いっしょ》になくなっていました。セーラは魔法使《まほうつか》いが手紙《てがみ》を受《う》け取《と》ったことを知《し》り、そのことを考《かんが》えて、さらに幸《しあわ》せな気分《きぶん》で一日《いちにち》を過《す》ごしました。

やがて夜《よる》が来《く》ると、セーラはきれいになったベッドで寝《ね》る前《まえ》に、新《あたら》しい本《ほん》をベッキーに読《よ》んであげていました。その時《とき》、天窓《てんまど》のところで何《なに》かの音《おと》がしました。

本《ほん》から目《め》を上《あ》げると、ベッキーにも音《おと》が聞《き》こえたのがわかりました。窓《まど》のほうを向《む》いて、いくぶん不安《ふあん》な様子《ようす》で、聞《き》き耳《みみ》を立《た》てています。

「あそこに何《なに》かいますよ、お嬢《じょう》さん」

ベッキーがささやきました。

「そうね」

セーラはゆっくり答《こた》えました。

「まるで……猫《ねこ》のような動物《どうぶつ》が……中《なか》に入《はい》ろうとしているような音《おと》だわ」

セーラは椅子《いす》を離《はな》れて天窓《てんまど》のところに行《い》きました。何《なに》か、柔《やわ》らかいものが窓《まど》を引《ひ》っ掻《か》くような音《おと》が聞《き》こえます。セーラは椅子《いす》に上《のぼ》ると、慎重《しんちょう》に天窓《てんまど》を上《あ》げ、外《そと》を覗《のぞ》きました。その日《ひ》は一日中雪《いちにちじゅうゆき》が降《ふ》っていたので、屋根《やね》には雪《ゆき》が積《つ》もっていました。雪《ゆき》の上《うえ》に、小《ちい》さな動物《どうぶつ》が震《ふる》えながら座《すわ》っていました。セーラを見《み》ると、悲《かな》しげに黒《くろ》い顔《かお》をしわくちゃにします。

「お猿《さる》さんだわ！　ラスカーの屋根裏部屋《やねうらべや》を抜《ぬ》け出《だ》して、この部屋《へや》の灯《あか》りを見《み》てやってきたのよ」

ベッキーがセーラのそばに駆《か》け寄《よ》りました。

「お猿《さる》さんを、中《なか》に入《い》れるつもりですか、お嬢《じょう》さん？」

「ええ。外《そと》は寒《さむ》すぎるもの。お猿《さる》さんはデリケートなの。なだめて部屋《へや》の中《なか》に入《い》れるわ」

セーラは片手《かたて》をそっと伸《の》ばして、やさしい声《こえ》で話《はな》しかけました。スズメたちやメルキゼデクに話《はな》しかけたときのようにです。

「こっちへおいで、かわいいお猿《さる》さん。いじめたりしないから」

小《ちい》さな猿《さる》は、セーラが自分《じぶん》を傷《きず》つけたりしないことを知《し》っていました。浅黒《あさぐろ》いラム・ダスの腕《うで》に抱《だ》かれたときも、人間《にんげん》の愛情《あいじょう》を感《かん》じましたし、同《おな》じ愛情《あいじょう》をセーラの手《て》にも感《かん》じていました。

セーラはそっと体《からだ》を持《も》ち上《あ》げて、天窓《てんまど》から部屋《へや》に入《い》れてあげました。腕《うで》に抱《だ》きかかえると、小《ちい》さな猿《さる》は、セーラの顔《かお》を見上《みあ》げました。

「いい子《こ》ね！　いいお猿《さる》さん！」

セーラはなだめるように話《はな》しかけ、そのおかしな頭《あたま》にキスをしました。

「ああ、わたしは小《ちい》さな動物《どうぶつ》が本当《ほんとう》に好《す》きなんだわ」

小《ちい》さな猿《さる》は、暖炉《だんろ》の温《ぬく》もりを感《かん》じて、明《あき》らかに喜《よろこ》んでいました。セーラが膝《ひざ》の上《うえ》にのせると、好《こう》奇心《きしん》と感謝《かんしゃ》の気持《きも》ちが入《い》り交《ま》じったような表情《ひょうじょう》で、セーラからベッキーへと視線《しせん》を移《うつ》しました。

「そのお猿《さる》さんを、どうするんですか？」

ベッキーが尋《たず》ねました。

「今夜《こんや》は、わたしと一緒《いっしょ》に眠《ねむ》らせるわ。それから明日《あした》、インドのジェントルマンのところに連《つ》れていくの。ねえ、お猿《さる》さん、あなたをお家《うち》に連《つ》れていくのは残念《ざんねん》だわ。でも帰《かえ》らなくちゃならないの。あなたはすごく大事《だいじ》にされているはずだから」

17　これがその子《こ》だ

翌日《よくじつ》の朝《あさ》、大《おお》きな一家《いっか》の３人《にん》の子《こ》どもたちが、インドのジェントルマンの書斎《しょさい》に座《すわ》っていました。インドのジェントルマンこと、ミスター・カリスフォードを元気《げんき》づけるためです。

ミスター・カリスフォードは、この日《ひ》が来《く》るのを待《ま》ちこがれていました。大《おお》きな一家《いっか》のお父《とう》さん、つまりミスター・カーマイケルがモスクワから戻《もど》ってくるのです。

モスクワでの滞在《たいざい》は1週間単位《しゅうかんたんい》で延《の》びていました。ついに捜《さが》していた一家《いっか》を見《み》つけたと思《おも》い、家《いえ》を訪《たず》ねたときには、旅行《りょこう》に出《で》かけて留守《るす》でした。そのため旅行《りょこう》から戻《もど》ってくるまで、モスクワに留《とど》まったのです。

体《からだ》の悪《わる》いミスター・カリスフォードは、ゆったりとした椅子《いす》に腰掛《こしか》けていました。その隣《となり》ではジャネットが床《ゆか》に座《すわ》っています。ノラは足《あし》のせ台《だい》を見《み》つけて座《すわ》っていましたし、ドナルドは虎《とら》の敷物《しきもの》の、頭《あたま》の部分《ぶぶん》に跨《また》がっています。

「馬車《ばしゃ》だわ！」

ジャネットが突然《とつぜん》、大声《おおごえ》を上《あ》げました。

「玄関《げんかん》の前《まえ》に停《と》まってる。パパだわ！」

子《こ》どもたちは全員《ぜんいん》、窓《まど》のところに駆《か》け寄《よ》って外《そと》を見《み》ました。

「そう。あれはパパだ」

ドナルドが確信《かくしん》しました。

「でも、小《ちい》さな女《おんな》の子《こ》なんてどこにもいないよ」

子《こ》どもたちはいてもたってもいられず、部屋《へや》を飛《と》び出《だ》して、玄関《げんかん》ホールに転《ころ》がるように下《お》りていきました。

やがてミスター・カーマイケルの声《こえ》がドアに近《ちか》づいてきました。

「子《こ》どもは入《はい》っちゃダメだよ。ミスター・カリスフォードとの話《はなし》が終《お》わったら、部屋《へや》に入《はい》っておいで。さあラム・ダスのところに行《い》って一緒《いっしょ》に遊《あそ》んできなさい」

ドアが開《あ》いて、ミスター・カーマイケルが入《はい》ってきました。いつにも増《ま》して血色《けっしょく》が良《よ》いように見《み》えましたし、元気《げんき》そうな雰囲気《ふんいき》を漂《ただよ》わせています。

「何《なに》かいいニュースはあるかい？　ロシアの人《ひと》が身請《みう》けした子《こ》どもについては？」

病弱《びょうじゃく》なミスター・カリスフォードは、質問《しつもん》をしたくて待《ま》ちきれない様子《ようす》でした。

「その子《こ》は、わたしたちが捜《さが》していた子《こ》どもではありませんでした」

しかし、これがミスター・カーマイケルの答《こた》えだったのです。

「クルー大尉《たいい》の娘《むすめ》さんより、はるかに若《わか》かったんです。名前《なまえ》もエミリー・カレルでした。わたしはその子《こ》に直接《ちょくせつ》会《あ》って話《はなし》もしました」

ミスター・カリスフォードが、がっくりと肩《かた》を落《お》とします。握手《あくしゅ》をしていた手《て》も、だらりとほどけてしまいました。

「じゃあ最初《さいしょ》からやり直《なお》しだ。まあ、椅子《いす》にかけてくれたまえ」

「さあ、元気《げんき》を出《だ》しましょう。そのうち見《み》つかりますから」

「わたしたちはすぐに捜《さが》し始《はじ》めなければならない。一刻《いっこく》もむだにしてはならないんだ」

ミスター・カリスフォードは、やきもきしながら言《い》いました。

「なにか新《あたら》しい提案《ていあん》はあるかね……どんなものでもいいんだが」

ミスター・カーマイケルは椅子《いす》から立《た》ち上《あ》がると、何《なに》かを考《かんが》えているような表情《ひょうじょう》を浮《う》かべながら、部屋《へや》の中《なか》をうろうろと歩《ある》き始《はじ》めました。

「やってみる価値《かち》があるかどうかはわかりません。でもドーバーから戻《もど》る汽車《きしゃ》の中《なか》で、一《ひと》つのアイデアが浮《う》かんだんです」

「どんな考《かんが》えだね？　もしあの子《こ》が生《い》きていたら、どこかにいるはずなんだ」

「そう、どこかにはいるはずなんです。パリの学校《がっこう》はもう調《しら》べました。パリは諦《あきら》めて、今度《こんど》はロンドンの学校《がっこう》を調《しら》べませんか。それがわたしのアイデア……ロンドンで捜《さが》すんです」

「ロンドンには、たくさん学校《がっこう》があるからね」

ミスター・カリスフォードはこう言《い》うと、ハッと何《なに》かを思《おも》い出《だ》したかのように体《からだ》を動《うご》かしました。

「そういえば隣《となり》にも、学校《がっこう》が一《ひと》つあるじゃないか」

「じゃあ、そこから始《はじ》めます。これ以上《いじょう》、近《ちか》い学校《がっこう》はないわけですから」

「そのとおりだ。あそこには一人《ひとり》の女《おんな》の子《こ》がいるんだ。でも生徒《せいと》じゃない。それに肌《はだ》が少《すこ》し浅黒《あさぐろ》くて、貧《まず》しい身《み》なりをしている。クルーの子《こ》どもには似《に》ても似《に》つかない……」

きっとこの瞬間《しゅんかん》に、不思議《ふしぎ》な魔法《まほう》がもうかかっていたのでしょう。

ふと見《み》ると、ラム・ダスが部屋《へや》に入《はい》ってきました。うやうやしくお辞儀《じぎ》をしていますが、黒《くろ》く、キラキラとした目《め》は興奮《こうふん》を隠《かく》せずにいました。

「殿下《でんか》。その子《こ》どもが自《みずか》らやってまいりました。逃《に》げ出《だ》した子猿《こざる》を連《つ》れてきてくれたのです。その子《こ》は向《む》こうで待《ま》たせてあります。殿下《でんか》がその子《こ》にお会《あ》いになってお話《はなし》をされたら、お喜《よろこ》びになるのではないかと思《おも》いまして。気《き》にかけられてきた女《おんな》の子《こ》ですから」

「その子《こ》は何者《なにもの》ですか？」

ミスター・カーマイケルが尋《たず》ねました。

「見当《りんとう》もつかない。神《かみ》のみぞ知《し》るだよ。隣《となり》の学校《がっこう》で下働《したばたら》きをしている女《おんな》の子《こ》だ」

ミスター・カリスフォードはラム・ダスに手《て》を振《ふ》って、言葉《ことば》をかけました。

「ああ、その子《こ》に会《あ》ってみたい。ここに連《つ》れてきなさい」

やがてセーラが部屋《へや》に入《はい》ってきました。

腕《うで》には小《ちい》さな猿《さる》を抱《かか》えています。インドのジェントルマンに初《はじ》めて会《あ》うので、少《すこ》し頬《ほお》を赤《あか》らめていました。

「あなたのお猿《さる》さんが、また逃《に》げ出《だ》したのです」

セーラはかわいらしい声《こえ》で説明《せつめい》し始《はじ》めました。

「昨日《きのう》の夜《よる》、窓《まど》のところに来《き》たんです。外《そと》はとても寒《さむ》かったので、部屋《へや》に入《い》れてあげました。もしあれほど遅《おそ》くない時間《じかん》でしたら、すぐにお連《つ》れすべきでした。でもご病気《びょうき》なのは知《し》っていましたし、邪魔《じゃま》されたくないだろうと思《おも》ったのです」

ミスター・カリスフォードは、くぼんだ目《め》でセーラを見《み》つめました。

「それはずいぶん、気《き》を遣《つか》わせてしまったね」

セーラは、ドアのそばに立《た》っているラム・ダスに目《め》を向《む》けました。

「『ラスカー』に猿《さる》をお返《かえ》ししましょうか？」

「どうして彼《かれ》がラスカーだと知《し》っているんだい？」

ミスター・カリスフォードが、少《すこ》し笑《え》みを浮《う》かべながら尋《たず》ねました。

「あら、ラスカーのことは知《し》っているんです」

セーラはむずがる小《ちい》さな猿《さる》を、ラム・ダスに渡《わた》しながら説明《せつめい》しました。

「わたしはインドで生《う》まれたんです」

ミスター・カリスフォードが突然《とつぜん》、姿勢《しせい》を正《ただ》して座《すわ》り直《なお》しました。表情《ひょうじょう》も急《きゅう》に変《か》わったので、セーラはびっくりしてしまいました。

「君《きみ》はインドで生《う》まれたと言《い》ったね。そうなのかね？　こちらへいらっしゃい」

セーラはミスター・カリスフォードのところに行《い》き、手《て》を重《かさ》ねました。そうしたがっているように思《おも》えたからです。セーラは灰色《はいいろ》がかった緑色《みどりいろ》の瞳《ひとみ》で、不思議《ふしぎ》そうに相手《あいて》を見《み》つめました。

「君《きみ》は隣《となり》に住《す》んでいるんだね？」

「はい。わたしは女学院《じょがくいん》で暮《く》らしています」

「でも生徒《せいと》の一人《ひとり》じゃないんだね？」

セーラの口元《くちもと》に不思議《ふしぎ》な小《ちい》さな笑《え》みが浮《う》かびました。一瞬《いっしゅん》、ためらったのです。

「今《いま》の自分《じぶん》がどんな立場《たちば》なのか、正《ただ》しくはわからないんです」

「どうしてかね？」

「最初《さいしょ》、わたしは生徒《せいと》でしたし、特別寄宿生《とくべつきしゅくせい》でした。でも……」

「君《きみ》は生徒《せいと》だったのか！　じゃあ今《いま》は？」

少《すこ》し悲《かな》しげな微笑《ほほえ》みが、セーラの口元《くちもと》に再《ふたた》び浮《う》かびました。

「屋根裏部屋《やねうらべや》で寝泊《ねと》まりしています。皿洗《さらあら》い場《ば》で働《はたら》いているメイドの隣《となり》の部屋《へや》です。わたしはコックのためにお使《つか》いに行《い》きます。言《い》われたことをなんでもやらなければならないんです。それと幼《おさな》い生徒《せいと》たちに授業《じゅぎょう》も教《おし》えています」

「その子《こ》に質問《しつもん》してくれ。わたしにはもう無理《むり》だ」

ミスター・カリスフォードは、体力《たいりょく》を使《つか》い果《は》たしたかのように椅子《いす》にもたれかかりました。

ミスター・カーマイケルは、小《ちい》さな女《おんな》の子《こ》に質問《しつもん》をするコツをわかっていました。やさしく、相《あい》手《て》を励《はげ》ますような声《こえ》で話《はな》しかけたのです。

「最初《さいしょ》、とはどういう意味《いみ》だい、お嬢《じょう》ちゃん」

「パパに連《つ》れられて、最初《さいしょ》にあそこに来《き》たときは、という意味《いみ》です」

「君《きみ》のパパは今《いま》どこにいるのかな？」

「亡《な》くなりました」

セーラはとても静《しず》かな声《こえ》で言《い》いました。

「パパは全財産《ぜんざいさん》をなくしてしまい、わたしは一文無《いちもんな》しになってしまいました。面倒《めんどう》を見《み》てくれる人《ひと》や、女学院《じょがくいん》の費用《ひよう》を払《はら》ってくれる人《ひと》はいなくなったんです」

「カーマイケル！　おい、カーマイケル！」

ミスター・カリスフォードは思《おも》わず、大《おお》きな一家《いっか》のお父《とう》さんの名前《なまえ》を叫《さけ》びました。

「大《おお》きな声《こえ》を出《だ》すと、子《こ》どもが怖《こわ》がりますよ」

ミスター・カーマイケルは隣《となり》にいたインドのジェントルマンに、こう低《ひく》く早口《はやくち》で言《い》うと、セーラによく聞《き》こえる声《こえ》で質問《しつもん》を加《くわ》えました。

「じゃあ屋根裏部屋《やねうらべや》に移動《いどう》させられて、召使《めしつか》いにさせられた。違《ちが》うかな？」

「ええ、わたしの面倒《めんどう》を見《み》てくれる人《ひと》は、もう誰《だれ》もいないんです」

「どうして君《きみ》のパパは、財産《ざいさん》をなくしてしまったんだい？」

興奮《こうふん》したミスター・カリスフォードが、ぜいぜい喘《あえ》ぎながら会話《かいわ》に入《はい》ってきました。

「パパにはお友《とも》だちがいました……その人《ひと》のことが大好《だいす》きだったんです。でもパパは、お友《とも》だちを信用《しんよう》しすぎたんです」

インドのジェントルマンの呼吸《こきゅう》は、さらに速《はや》くなってきました。

「その友《とも》だちには、悪《わる》いことをするつもりなんてなかったのかもしれないよ。間違《まちが》いを犯《おか》したせいで、そうなってしまったのかもしれない」

セーラは自分《じぶん》の話《はな》している内容《ないよう》が、相手《あいて》をどんなに傷《きず》つけているか知《し》りませんでした。もし知《し》っていたならば、もっとやさしい言《い》い方《かた》をしようとしたに違《ちが》いありません。

「パパはそれで本当《ほんとう》にひどいショックを受《う》けました。そのせいで死《し》んでしまったんです」

「お……お父《とう》さんは、何《なん》という名前《なまえ》だったのかな？」

ミスター・カリスフォードは、ついに一番大切《いちばんたいせつ》な質問《しつもん》をしました。

「教《おし》えてくれないか？」

「ラルフ・クルー……クルー大尉《たいい》です。インドで亡《な》くなりました」

ミスター・カリスフォードが急《きゅう》に顔《かお》をしかめました。

「カーマイケル、この子《こ》だ……この子《こ》がそうなんだよ！」

瞬《いっしゅん》、セーラはミスター・カリスフォードが、このまま息《いき》を引《ひ》き取《と》ってしまうのではないかと思《おも》いました。ラム・ダスはすぐに駆《か》け寄《よ》り、瓶《びん》から薬《くすり》を数滴垂《すうてきた》らして唇《くちびる》に塗《ぬ》っています。

セーラは少《すこ》し震《ふる》えながら、ミスター・カーマイケルのほうを見《み》ました。

「わたしが……どんな子《こ》どもだというのですか？」

セーラはおずおずと尋《たず》ねました。

「まさにこの人《ひと》こそ、君《きみ》のお父《とう》さんの友《とも》だちなんだ。僕《ぼく》たちは君《きみ》を2年間《ねんかん》も捜《さが》し続《つづ》けていたんだよ」

セーラは片手《かたて》で額《ひたい》を押《お》さえました。まるで夢《ゆめ》を見《み》ているようです。セーラは唇《くちびる》を震《ふる》わせながら、ささやくような声《こえ》でつぶやいていました。

「そしてわたしは……ずっとミンチン先生《せんせい》のところにいたのね。壁《かべ》の向《む》こう側《がわ》に」

18　わたしはプリンセス

予想《よそう》もしない形《かたち》でセーラを見《み》つけたミスター・カリスフォードは、書斎《しょさい》で体《からだ》を休《やす》めることにしました。病弱《びょうじゃく》な体《からだ》には、あまりにショックが大《おお》きすぎたのです。

「ああ、なんということだ。あの子《こ》の姿《すがた》が視界《しかい》から消《き》えるのが怖《こわ》いような気《き》がするよ」

「わたしが面倒《めんどう》を見《み》るから大丈夫《だいじょうぶ》。それにママもすぐに来《く》るわ」

ジャネットはそう言《い》いながらセーラを別《べつ》の部屋《へや》に連《つ》れていきました。

「本当《ほんとう》にうれしいわ。あなたが見《み》つかって、どんなにわたしたちが喜《よろこ》んでいるのかわからないでしょうね」

ドナルドはポケットに両手《りょうて》を入《い》れたまま立《た》っていました。そして何《なに》かを考《かんが》えながら、自分《じぶん》を責《せ》めるような目《め》つきでセーラをじっと見《み》つめていました。

「ぼくが6ペンスあげた時《とき》に、名前《なまえ》を聞《き》いてさえいたらなあ。そしたら〝セーラ・クルーよ〟ってぼくに言《い》っていたはずだし、あっという間《ま》に見《み》つかっていたんだ」

そこにやってきたのがミセス・カーマイケル、大《おお》きな一家《いっか》のお母《かあ》さんでした。セーラが見《み》つかったということで、突然《とつぜん》、呼《よ》びにやられたのです。ミセス・カーマイケルは感極《かんきわ》まった表情《ひょうじょう》をしていましたし、セーラを抱《だ》きしめて何度《なんど》もキスしました。

「かわいそうに。戸惑《とまど》っているのね。そうなっても不思議《ふしぎ》じゃないけど」

セーラは一《ひと》つのことしか考《かんが》えられませんでした。

「パパにひどいことをした親友《しんゆう》というのは……」

扉《とびら》の閉《と》じられた書斎《しょさい》のほうを眺《なが》めながら言《い》いました。

「あの方《かた》のことだったのですか？　ああ、お願《ねが》いだから教《おし》えてください！」

ミセス・カーマイケルは涙《なみだ》をこぼしながら、もう一度《いちど》セーラにキスをしました。

「いいえ、悪《わる》い人《ひと》なんかじゃないわ、お嬢《じょう》さん。本当《ほんとう》は、あなたのお父《とう》さんのお金《かね》なんてなくなっていなかったの。そう思《おも》い込《こ》んでいただけなのよ。それにあの人《ひと》はあなたのパパをすごく好《す》きだったから、悲《かな》しみのせいで病気《びょうき》になってしまったし、しばらくは精神状態《せいしんじょうたい》も普通《ふつう》じゃなかったの」

「それでどこに行《い》けばわたしが見《み》つかるか、わたしがどこにいるかもわからなかったのね」

セーラはつぶやきました。

「あの方《かた》は、あなたがフランスの学校《がっこう》にいると思《おも》い込《こ》んでいらっしゃったの。そのせいで振《ふ》り回《まわ》され続《つづ》けていたのよ。だからあなたが家《いえ》の前《まえ》を通《とお》りすぎるのを見《み》かけたときにも、まさか亡《な》くなった親友《しんゆう》の娘《むすめ》さんだなんて、夢《ゆめ》にも思《おも》わなかったの。

でもあなたも小《ちい》さな女《おんな》の子《こ》だから、気《き》の毒《どく》に思《おも》われてね。それでラム・ダスにいろんなものを運《はこ》ばせたのよ」

うれしさと驚《おどろ》きで、セーラの表情《ひょうじょう》が一変《いっぺん》します。

「いろんなものを届《とど》けてくれたのはラム・ダスだったの？　あの方《かた》がラム・ダスに指示《しじ》してくださったの？　夢《ゆめ》を叶《かな》えてくれたのは、あの方《かた》だったの？」

「そうよ、お嬢《じょう》さん……そうなの！　あの方《かた》は親切《しんせつ》な方《かた》だから、あなたのことを気《き》の毒《どく》がっていたの。行方不明《ゆくえふめい》になっていた、クルー大尉《たいい》の娘《むすめ》さんのこともあってね」

書斎《しょさい》の扉《とびら》が開《あ》き、ミスター・カリスフォードが姿《すがた》を現《あらわ》しました。そばに来《く》るようにセーラに手招《てまね》きしました。

セーラは、いてもたってもいられず、話《はな》しかけ始《はじ》めました。両手《りょうて》を胸《むね》のところで握《にぎ》りしめています。

「あなたが、わたしにいろんなものを送《おく》ってくださったんですね。あの、すてきな、本当《ほんとう》にすてきなものを。お友《とも》だちとは、あなただったのですね！」

「そうだよ、かわいそうなお嬢《じょう》さん。わたしがやらせてもらったんだ」

セーラは自分《じぶん》を見《み》つめるまなざしに、亡《な》くなったお父《とう》さんを思《おも》い出《だ》しました。自分《じぶん》を腕《うで》の中《なか》に抱《だ》きしめたいと思《おも》っているときの、愛情《あいじょう》に満《み》ちたまなざしそのものでした。

セーラは、そばに膝《ひざ》をつきました。昔《むかし》、お父《とう》さんのそばでひざまずいたようにです。そして痩《や》せこけた手《て》に顔《かお》をのせ、何度《なんど》も何度《なんど》もキスをしました。

「3週間《しゅうかん》も経《た》てば元《もと》のように元気《げんき》になるよ」

その様子《ようす》を見《み》ていた大《おお》きな一家《いっか》のお父《とう》さんが、横《よこ》にいる奥《おく》さんに言《い》いました。

「ほら、あの顔《かお》を見《み》てごらん。もう元気《げんき》になり始《はじ》めている」


そのとおりでした。ミスター・カリスフォードの顔《かお》つきは見違《みちが》えるように生《い》き生《い》きとしています。親友《しんゆう》のクルー大尉《たいい》が何度《なんど》も口《くち》にしていた、「小《ちい》さな奥《おく》さん」はついに見《み》つかりましたし、これから考《かんが》えていかなければならないこともたくさんあります。まずは女学院《じょがくいん》の問題《もんだい》がありました。ミンチン先生《せんせい》に会《あ》って話《はなし》をし、自分《じぶん》がセーラを引《ひ》き取《と》ると、伝《つた》えなければなりません。その役割《やくわり》は、ミスター・カーマイケルが引《ひ》き受《う》けることになりました。

ところが実《じつ》に奇妙《きみょう》なことに、ミスター・カーマイケルはミンチン先生《せんせい》のところに行《い》かずにすみました。なんとミンチン先生《せんせい》が自分《じぶん》でセーラを捜《さが》しに来《き》たのです。

ミンチン先生《せんせい》は、また何《なに》かの仕事《しごと》をやらせようと、セーラを捜《さが》し回《まわ》っていました。そして驚《おどろ》くべき話《はなし》を耳《みみ》にしました。メイドの一人《ひとり》が、セーラが何《なに》かをコートの下《した》に隠《かく》して抜《ぬ》け出《だ》し、隣《となり》の家《いえ》の石《いし》段《だん》を上《あ》がって中《なか》に入《はい》っていくのを見《み》たというのです。

「どういうつもりかしら！」

ミンチン先生《せんせい》はミス・アメリアに怒鳴《どな》り散《ち》らしました。

「わからないわ。あそこの家《いえ》の方《かた》と仲良《なかよ》くなったのかしら。セーラと同《おな》じように、あの方《かた》もインドに住《す》んでいたから」

「厚《あつ》かましく同情《どうじょう》を引《ひ》こうとしたりするのは、いかにもセーラがやりそうなことだわ。あの子《こ》はもう2時間《じかん》もあの家《いえ》にいるはずよ。そんな勝手《かって》な真似《まね》は許《ゆる》しません。事情《じじょう》を聞《き》いて、セーラが押《お》しかけたことをあやまりに行《い》かないと」

セーラは、ミスター・カリスフォードのそばに置《お》いてある足《あし》のせ台《だい》に座《すわ》り、じっと話《はなし》を聞《き》いていました。ミスター・カリスフォードには、説明《せつめい》しなければならないことがたくさんあったのです。

ラム・ダスが、訪問者《ほうもんしゃ》が到着《とうちゃく》したことを告《つ》げたのはその時《とき》でした。ミンチン先生《せんせい》は正装《せいそう》をして、部屋《へや》に入《はい》ってきました。そして堅苦《かたくる》しいまでに、礼儀正《れいぎただ》しい話《はな》し方《かた》をしました。

「お邪魔《じゃま》をして申《もう》し訳《わけ》ありません、ミスター・カリスフォード。

でもご説明差《せつめいさ》し上《あ》げなければならないことがあるのです。わたくしはミンチンと申《もう》します。隣《となり》にある女学院《じょがくいん》の院長《いんちょう》でございます」

ミスター・カリスフォードは、ミンチン先生《せんせい》を見《み》つめています。もともと気性《きしょう》が激《はげ》しい人《ひと》なので、怒《いか》りに我《われ》を忘《わす》れなければいいが……と思《おも》っていました。

「だとするなら、ちょうどいいときに来《こ》られた。わたしの事務弁護士《じむべんごし》、ミスター・カーマイケルが、あなたに会《あ》いに行《い》くところだったんです」

ミスター・カーマイケルは軽《かる》く会釈《えしゃく》をしました。

「事務弁護士《じむべんごし》ですって！　どうしてそんな方《かた》が、わたしのところに来《こ》られようとしていたのでしょうか。わたくしは先《さき》ほど、生徒《せいと》の一人《ひとり》、他人《たにん》から施《ほどこ》しを受《う》けている貧《まず》しい生徒《せいと》が、厚《あつ》かましくも、あなたさまのお宅《たく》にお邪魔《じゃま》していることを知《し》りました。それでこちらにまいったのです」

こう言《い》うとミンチン先生《せんせい》は、セーラのほうを向《む》き、怒《おこ》ったような口調《くちょう》で命令《めいれい》しました。

「すぐ『家《いえ》』に帰《かえ》りなさい。後《あと》で厳《きび》しい罰《ばつ》を受《う》けてもらいますよ」

ミスター・カリスフォードは、セーラをそばに引《ひ》き寄《よ》せ、手《て》をポンポンと叩《たた》きました。

「この子《こ》は戻《もど》らないよ」

「戻《もど》らないですって！」

「そう。『家《いえ》』には戻《もど》らない……あなたが自分《じぶん》の学校《がっこう》を『家《いえ》』と呼《よ》んでいるのならね。この子《こ》はこれから、わたしの『家《いえ》』で一緒《いっしょ》に暮《く》らすことになる」

ミンチン先生《せんせい》は驚《おどろ》きと怒《いか》りのあまり、たじろぎました。

「あなたと！　あなたさまとですって！　どういうことですか？」

「事情《じじょう》を説明《せつめい》してやってくれ、カーマイケル。できるだけ手短《てみじか》にすませてくれ」

こう言《い》うとインドのジェントルマンは、セーラをもう一度《いちど》そばに座《すわ》らせ、安心《あんしん》させるように手《て》を握《にぎ》りました。これもセーラのお父《とう》さんが、よくやってくれたことです。

ミスター・カーマイケルが説明《せつめい》を始《はじ》めました。いかにも弁護士《べんごし》らしく、話《はな》し方《かた》はとても冷静《れいせい》です。

「ミスター・カリスフォードは、亡《な》くなったクルー大尉《たいい》の親友《しんゆう》なんです。とある大《おお》きな投資話《とうしばなし》のパートナーでもありました。ちなみに、クルー大尉《たいい》が失《うしな》ってしまったと思《おも》い込《こ》んでいた財産《ざいさん》は、無事《ぶじ》に戻《もど》ってきました。今《いま》は、ミスター・カリスフォードが管理《かんり》しています」

「財産《ざいさん》？」

ミンチン先生《せんせい》が思《おも》わず大声《おおごえ》を出《だ》しました。そして真《ま》っ青《さお》な顔《かお》で、再《ふたた》びこう叫《さけ》んだのです。

「セーラの財産《ざいさん》？」

「そう、それはミス・クルーの財産《ざいさん》になります」

ミスター・カーマイケルは、冷《つめ》たい口調《くちょう》で言《い》いました。

「今《いま》の時点《じてん》でも、すでにミス・クルーの財産《ざいさん》になっているのです。財産《ざいさん》の額《がく》は10倍《ばい》に増《ふ》えました。ダイヤモンド鉱山《こうざん》が軌道《きどう》にのったのです」

「ダイヤモンド鉱山《こうざん》……」

ミンチン先生《せんせい》は絶句《ぜっく》しました。

「そう、ダイヤモンド鉱山《こうざん》です」

ミスター・カーマイケルが、弁護士《べんごし》らしからぬ意味《いみ》ありげな笑《え》みを浮《う》かべます。

「ミンチン先生《せんせい》、あなたのところにいた〝施《ほど》しを受《う》けている生徒《せいと》〟はこれからとてつもない資産家《しさんか》になっていきます。世《よ》の中《なか》にはいろんなプリンセスがいますが、ミス・クルーほど裕福《ゆうふく》になる人《ひと》は、そう多《おお》くはないでしょう。これからはミスター・カリスフォードが保護者《ほごしゃ》となります」

さもしいミンチン先生《せんせい》は、ここでバカげた悪《わる》あがきをしようとしました。恩着《おんき》せがましいことを言《い》い、少《すこ》しでも金《かね》をせしめてやろうとしたのです。

「あのお方《かた》がセーラさんを見《み》つけたときには、わたくしの保護下《ほごか》にあったはずです。わたくしはセーラさんのために、ありとあらゆることをして差《さ》し上《あ》げました。わたくしがいなかったら路頭《ろとう》に迷《まよ》い、きっと道《みち》ばたで飢《う》え死《じ》にしていたでしょう」

黙《だま》って会話《かいわ》を聞《き》いていたミスター・カリスフォードも、ついに堪忍袋《かんにんぶくろ》の緒《お》が切《き》れました。

「それでも、あなたの屋根裏部屋《やねうらべや》で飢《う》え死《じ》にするよりは、はるかに楽《らく》だったでしょうな」

ミンチン先生《せんせい》も引《ひ》き下《さ》がりません。

「そもそもクルー大尉《たいい》は、わたくしにセーラさんを預《あず》けられたのです。ですからセーラさんは、成人《せいじん》するまで女学院《じょがくいん》で過《す》ごさなければなりません。もう一度特別寄宿生《いちどとくべつきしゅくせい》になることができます。教育《きょういく》も終《お》えなければなりません。それに法律《ほうりつ》もわたしの味方《みかた》になってくれるはずですよ」

「まあ、まあ、ミンチン先生《せんせい》」

ミスター・カーマイケルが割《わ》って入《はい》りました。

「法律的《ほうりつてき》には、そんなふうにはなりませんよ。確《たし》かにミス・クルーが、あなたのところに戻《もど》りたいと望《のぞ》まれるのであれば、ミスター・カリスフォードもお引《ひ》き止《と》めされないでしょう。でも戻《もど》るかどうかは、ミス・クルー次第《しだい》です」

「だとすれば」

ミンチン先生《せんせい》はなおも食《く》い下《さ》がります。

「わたくしはセーラさんに、言《い》っておかなければならないことがあります。おそらく、わたくしはあなたを甘《あま》やかしたりしなかったと思《おも》います」

ミンチン先生《せんせい》はバツが悪《わる》そうに、セーラに話《はな》し始《はじ》めました。

「でもお父《とう》さまは、あなたの成長《せいちょう》を喜《よろこ》んでいらっしゃるはずです。それに……ゴホン……わたくしはずっとあなたのことが好《す》きでした」

セーラは灰色《はいいろ》がかった緑色《みどりいろ》の瞳《ひとみ》で、そして相手《あいて》のすべてを見透《みす》かすような表情《ひょうじょう》で、ミンチン先生《せんせい》を見《み》つめていました。ミンチン先生《せんせい》が特《とく》に嫌《きら》った目《め》つきです。

「そうなんですか、ミンチン先生《せんせい》？　わたしにはわかりませんでした」

ミンチン先生《せんせい》は顔《かお》を赤《あか》らめながら、胸《むね》をぐっと反《そ》らせました。

「そのことに気《き》づくべきでしたね。お気《き》の毒《どく》なお父《とう》さまとの約束《やくそく》を守《まも》って、わたしと一緒《いっしょ》に戻《もど》るつもりはないのかしら？」

セーラはミンチン先生《せんせい》のほうに向《む》かって一歩《いっぽ》、足《あし》を踏《ふ》み出《だ》しました。自分《じぶん》には身寄《みよ》りがないと冷《つめ》たく言《い》われ、女学院《じょがくいん》を追《お》い出《だ》されそうになった日《ひ》のこと、寒《さむ》くひもじい思《おも》いをしながら、エミリーやメルキゼデクだけを相手《あいて》にしながら過《す》ごした、孤独《こどく》な日々《ひび》のことを考《かんが》えていたのです。

そしてミンチン先生《せんせい》の顔《かお》をしっかり見《み》ながら、こう言《い》いました。

「わたしがあなたと一緒《いっしょ》に戻《もど》らない理由《りゆう》はわかっていらっしゃるはずです、ミンチン先生《せんせい》。誰《だれ》よりもよくご存《ぞん》じでしょう」

険《けわ》しい、怒《いか》りの表情《ひょうじょう》を浮《う》かべたミンチン先生《せんせい》の顔《かお》が紅潮《こうちょう》しました。

「結構《けっこう》です。あなたはもう、お友《とも》だちとも二度《にど》と会《あ》えませんから。アーメンガードとロッティにも会《あ》えないように……」

ミスター・カーマイケルは丁寧《ていねい》な、しかし断固《だんこ》とした口調《くちょう》でミンチン先生《せんせい》の言葉《ことば》を制《せい》しました。

「マダム、失礼《しつれい》。その子《こ》は会《あ》いたい人《ひと》とは誰《だれ》とでも会《あ》えます。ミス・クルーのお友《とも》だちの親御《おやご》さんも、お誘《さそ》いを断《ことわ》るとは考《かんが》えにくいですね。ミスター・カリスフォードも、その点《てん》には注意《ちゅうい》を払《はら》いますから」

さすがのミンチン先生《せんせい》でさえも、どうしようもありません。ミンチン先生《せんせい》はセーラのほうを向《む》いて捨《す》て台詞《ぜりふ》を吐《は》きました。

「また、プリンセスになったような気分《きぶん》でしょうね」

セーラはうつむいて、少《すこ》し赤《あか》くなりました。出会《であ》ったばかりの人《ひと》たちに、自分《じぶん》が大好《だいす》きな空想《くうそう》のことを理解《りかい》してもらうのは、簡単《かんたん》ではないだろうと思《おも》ったからです。

でもセーラは、静《しず》かにこう言《い》いました。

「わたしは……それ以外《いがい》のものにはならないようにしたんです。寒《さむ》くて、お腹《なか》がすいているときも……プリンセスであり続《つづ》けようと思《おも》ってきました」

女学院《じょがくいん》に戻《もど》ったミンチン先生《せんせい》は、すぐにミス・アメリアを呼《よ》びにやりました。そして居間《いま》に閉《と》じこもり、八《や》つ当《あ》たりを始《はじ》めました。ミス・アメリアは、ひどいことを言《い》われ続《つづ》け、ポロポロ涙《なみだ》を流《なが》しました。でも今回《こんかい》は、いつものように黙《だま》っていなかったのです。

「わたしは姉《ねえ》さんほど頭《あたま》はよくない。それにいつも怒《おこ》られるんじゃないかとビクビクして、意見《いけん》を言《い》わなかった。でもそんなにビクビクしないほうが、この学校《がっこう》にとってもわたしたちにとっても、よかったのよ。

本当《ほんとう》のことを言《い》えば、セーラにはあんなに厳《きび》しくしないで、もっときちんとした格好《かっこう》をさせて、もっと気持《きも》ちよく生活《せいかつ》させてあげたほうがいいと思《おも》ったことが、何度《なんど》もあったわ。小《ちい》さな女《おんな》の子《こ》なのにこき使《つか》われて、ろくに食事《しょくじ》を与《あた》えられなかったことも、わたしは知《し》っている……」

「よくもまあ、そんなことが言《い》えるわね！」

「自分《じぶん》でも、どうしてこんなことが言《い》えるのかはわからないわ」

ミス・アメリアは、どうにでもなれとでもいうような気分《きぶん》で話《はな》し続《つづ》けます。

「でも今《いま》、こうして話《はな》し始《はじ》めたんだから、最後《さいご》まで言《い》わせてちょうだい。あの子《こ》は頭《あたま》のいい子《こ》どもだったし、性格《せいかく》もいい。姉《ねえ》さんが少《すこ》しでもやさしくしていれば、その恩《おん》を忘《わす》れずにお礼《れい》をしてくれたはずよ。でも姉《ねえ》さんは、まったく逆《ぎゃく》だった。あの子《こ》があまりに賢《かしこ》すぎるから、いつも毛嫌《けぎら》いしていた。あの子《こ》は、わたしたちのことなんてお見通《みとお》しだったのよ」

「アメリア！」

ミンチン先生《せんせい》は怒鳴《どな》りましたが、ミス・アメリアはもっとヒステリックになっていきます。

「そうよ！　そうなのよ！　あの子《こ》は全部《ぜんぶ》、お見通《みとお》しだったの。あなたが心《こころ》の冷《つめ》たい、俗《ぞく》っぽい女《おんな》だということに気《き》がついていたし、わたしが気弱《きよわ》でバカな女《おんな》だということもわかっていた。わたしたちの両方《りょうほう》が、お金目当《かねめあ》てに卑屈《ひくつ》な態度《たいど》を取《と》るような、下品《げひん》でさもしい人間《にんげん》だということも、そしてお金《かね》がなくなってしまったとたん、ひどい仕打《しう》ちをしたこともね」

哀《あわ》れなミス・アメリアは、完全《かんぜん》にヒステリーを起《お》こし、大声《おおごえ》で笑《わら》いながらさめざめと泣《な》いたり、体《からだ》を前後《ぜんご》に揺《ゆ》すったりするようになりました。

「そしてとうとう、逃《に》げられてしまったのよ。あの子《こ》とあの子《こ》のお金《かね》は、どこか他《ほか》の学校《がっこう》のものになってしまうでしょうし、自分《じぶん》がどんなひどい仕打《しう》ちを受《う》けたのかを言《い》いふらすでしょうね。そしたらうちの生徒《せいと》はみんな引《ひ》き抜《ぬ》かれて、わたしたちは破産《はさん》するわ。

でも、そういう報《むく》いを受《う》けて当然《とうぜん》なのよ。わたし以上《いじょう》に、あなたはそういう目《め》に遭《あ》って当《あ》たり前《まえ》なの。あなたは冷酷《れいこく》な女《おんな》なんだから。マリア・ミンチン、あなたは冷《つめ》たくてわがままで、お金《かね》のことしか考《かんが》えない女《おんな》なのよ」

その晩《ばん》、女学院《じょがくいん》が大騒《おおさわ》ぎになったことはいうまでもありません。セーラはアーメンガードに一通《いっつう》の手紙《てがみ》を寄越《よこ》したのです。そこにはすべての事情《じじょう》が書《か》いてありました。生徒全員《せいとぜんいん》がアーメンガードの周《まわ》りに集《あつ》まり、真夜中《まよなか》近《ちか》くまで何度《なんど》も手紙《てがみ》を読《よ》んでもらいながら、魔法《まほう》のような出来事《できごと》についておしゃべりしていました。

ミンチン先生《せんせい》はそのことを知《し》っていましたが、とても注意《ちゅうい》をしに行《い》く気《き》にはなれませんでした。ヒステリーを起《お》こしたミス・アメリアは、そのままベッドですすり泣《な》いています。一方《いっぽう》、調理場《ちょうりば》も、セーラの話《はなし》でもちきりでした。

そんな中《なか》、一人《ひとり》で寂《さび》しく屋根裏部屋《やねうらべや》への階段《かいだん》を上《あ》がっていく女《おんな》の子《こ》がいました。ベッキーです。もちろんセーラのことを知《し》ったベッキーは、自分《じぶん》のことのように喜《よろこ》びましたが、寂《さび》しさも感《かん》じていました。

今夜《こんや》は暖炉《だんろ》で炎《ほのお》も燃《も》えていないでしょうし、バラ色《いろ》のランプも灯《とも》っていないでしょう。夕食《ゆうしょく》も用《よう》意《い》されていなければ、本《ほん》を読《よ》み、物語《ものがたり》を聞《き》かせてくれる人《ひと》もいません。プリンセスはいなくなってしまったのです……。

ベッキーはすすり泣《な》きをこらえながら、屋根裏部屋《やねうらべや》のドアを開《あ》けました。ところが部屋《へや》にはランプが灯《とも》っていました。暖炉《だんろ》には赤々《あかあか》と火《ひ》が燃《も》えていましたし、夕食《ゆうしょく》も用意《ようい》されています。そしてラム・ダスが立《た》っていて、びっくりしたベッキーに笑《わら》いかけていたのです。

ラム・ダスはこんなメッセージを伝《つた》えてきました。

「お嬢《じょう》さまは、あなたさまをお忘《わす》れではありません。自分《じぶん》に幸運《こううん》が舞《ま》い込《こ》んだことを、あなたさまにも知《し》ってもらいたいと願《ねが》われていました。そしてトレイの上《うえ》にある手紙《てがみ》を、書《か》かれました。カリスフォード殿下《でんか》は、明日《あした》、あなたにも会《あ》いに来《こ》られるようにとおっしゃっています。あなたさまには殿下《でんか》の家《いえ》で、お嬢《じょう》さまの付添人《つきそいにん》をしていただくことになります。部屋《へや》にあるこれらの品々《しなじな》は、今晩《こんばん》、わたくしが屋根伝《やねづた》いにお運《はこ》びいたします」

晴《は》れやかな表情《ひょうじょう》でこう言《い》い終《お》えると、ラム・ダスは小《ちい》さくお辞儀《じぎ》をしました。そしてこれまで何度《なんど》もしてきたように、再《ふたた》び、天窓《てんまど》から軽《かろ》やかに姿《すがた》を消《け》していきました。

19　アンとの再会《さいかい》

大《おお》きな一家《いっか》が、あれほどの喜《よろこ》びに包《つつ》まれたことはかつてありませんでした。子《こ》どもたちが「乞食《こじき》じゃない女《おんな》の子《こ》」を知《し》っていたことがきっかけとなって、セーラの運命《うんめい》が変《か》わったからです。子《こ》どもたちはセーラが体験《たいけん》した話《はなし》を、何度《なんど》も聞《き》きたがりました。特《とく》に喜《よろこ》んだのは、ミンチン先生《せんせい》に邪魔《じゃま》された夜《よる》のパーティーの出来事《できごと》――セーラの屋根裏部屋《やねうらべや》に、魔法《まほう》がかけられたときのことでした。

セーラも、新《あたら》しい事実《じじつ》を知《し》ることになりました。セーラのパーティーがお流《なが》れになったとき、ラム・ダスはその様子《ようす》をずっと見守《みまも》り続《つづ》けていたというのです。

ラム・ダスは、疲《つか》れ果《は》てたセーラが眠《ねむ》ると、ランタンを手《て》に忍《しの》びこんだそうです。そして天窓《てんまど》から荷物《にもつ》を受《う》け取《と》り、揃《そろ》えていったわけですが、セーラがほんのわずか身動《みうご》きした時《とき》には、ランタンのふたを閉《し》めて床《ゆか》の上《うえ》に腹這《はらば》いになったそうです。

セーラとインドのジェントルマンこと、ミスター・カリスフォードも、大《だい》の親友《しんゆう》になっていきました。二人《ふたり》はとても気《き》が合《あ》ったのです。

大《おお》きな一家《いっか》のお父《とう》さんが予言《よげん》したように、ミスター・カリスフォードは1か月《げつ》も経《た》たないうちに、別人《べつじん》のように元気《げんき》になりました。以前《いぜん》は、自分《じぶん》の莫大《ばくだい》な財産《ざいさん》を重荷《おもに》にさえ感《かん》じていたのですが、今《いま》ではセーラを驚《おどろ》かせるようなことを考《かんが》え出《だ》すのが、喜《よろこ》びになりました。

新《あたら》しいきれいな花《はな》がセーラの部屋《へや》に飾《かざ》られていたり、小《ちい》さな贈《おく》り物《もの》が枕《まくら》の下《した》に置《お》かれていたりしたこともあります。またあるときには、夕方《ゆうがた》一緒《いっしょ》に座《すわ》っているときに、ずしりとした手《て》がドアを引《ひ》っ掻《か》く音《おと》が聞《き》こえてきたこともありました。セーラがドアを開《あ》けてみると、ロシア産《さん》の大《おお》きな犬《いぬ》が待《ま》っていました。首《くび》には銀色《ぎんいろ》と金色《きんいろ》の首輪《くびわ》をつけており、そこにはこう書《か》いてあったのです。

「ぼくはボリス。プリンセス・セーラのお供《とも》です」

ミスター・カリスフォードの家《いえ》には、大《おお》きな一家《いっか》の人《ひと》たちが遊《あそ》びに来《き》ました。アーメンガードやロッティがやってきて、みんなで一緒《いっしょ》に、楽《たの》しそうにおしゃべりをすることもありました。

でもセーラとミスター・カリスフォードが二人《ふたり》だけで座《すわ》り、本《ほん》を読《よ》んだり、ゆっくり話《はなし》をしたりする時間《じかん》は特別《とくべつ》でした。

ある晩《ばん》、ミスター・カリスフォードが本《ほん》から目《め》を上《あ》げると、セーラが身動《みうご》きもせずに、炎《ほのお》をじっと見《み》つめているのに気《き》がつきました。

「なんの『ふり』をしているんだい、セーラ？」

セーラは顔《かお》を上《あ》げました。頰《ほお》は赤《あか》らんでいます。

「わたしが考《かんが》えていたのは……お腹《なか》をすかせていた頃《ころ》のことなんです」

ミスター・カリスフォードは、少《すこ》し沈《しず》んだ声《こえ》で言《い》いました。

「どの日《ひ》のことだい？」

「ああ、おじさまがご存《ぞん》じないのを忘《わす》れていました」

セーラはぬかるんだ泥《どろ》の中《なか》から拾《ひろ》い上《あ》げた4ペンスの話《はなし》と、パン屋《や》さんの話《はなし》、そして乞食《こじき》の少女《しょうじょ》の話《はなし》をしました。

「それで、ある計画《けいかく》を考《かんが》えていたんです」

「どんな計画《けいかく》だね？　君《きみ》ならなんでも好《す》きなことができるよ、プリンセス」

「おじさまは、わたしがすごくお金持《かねも》ちになったとおっしゃったでしょ。だったらパン屋《や》さんのおかみさんに、こんなことをお願《ねが》いできないかと思《おも》っていたんです。

もしお腹《なか》をすかせた子《こ》どもたちが、あの時《とき》のような天気《てんき》の悪《わる》い日《ひ》にやってきて、階段《かいだん》のところに座《すわ》り込《こ》んでいたり、物欲《ものほ》しそうに中《なか》を覗《のぞ》き込《こ》んでいたりしたら、食《た》べるものをあげてやってほしいと、お願《ねが》いできないかと思《おも》っていたんです。そして代金《だいきん》は、わたしに請求《せいきゅう》していただくんです。おじさま、いかがですか？」

「明日《あした》の朝《あさ》、さっそくそうしなさい」

ミスター・カリスフォードは言《い》いました。

「ありがとうございます、おじさま！　わたしは、ひもじいというのがどういうことなのか、よくわかるんです。お腹《なか》がすいていないふりをすることさえできないときには、本当《ほんとう》に大変《たいへん》なんです。でもこれでパンを『民衆《みんしゅう》』に分《わ》けてあげられるわ」


次《つぎ》の朝《あさ》、窓《まど》の外《そと》を覗《のぞ》いていたミンチン先生《せんせい》は、とある光景《こうけい》を目《め》にしました。それはおそらく、もっとも見《み》たくなかったものだったでしょう。

大《おお》きな馬《うま》に引《ひ》かれた馬車《ばしゃ》が、隣《となり》の家《いえ》の前《まえ》に停《と》まりました。すると家《いえ》の中《なか》から、ミスター・カリスフォードと、高級毛皮《こうきゅうけがわ》に身《み》を包《つつ》んだ少女《しょうじょ》が乗《の》り込《こ》んでいったのです。そう、もちろんセーラです。

しかもその後《うし》ろからは、やはり見覚《みおぼ》えのある少女《しょうじょ》がついていきました。ベッキーです。ベッキーはうれしそうに荷物《にもつ》を運《はこ》びながら、セーラに付《つ》き添《そ》っていました。ベッキーは幸《しあわ》せそうな、ピンク色《いろ》で丸々《まるまる》とした顔《かお》をしていました。

やがて馬車《ばしゃ》はパン屋《や》さんの入《い》り口《ぐち》の前《まえ》で停《と》まりました。セーラが降《お》りてくると、ちょうどパン屋《や》さんのおかみさんが、焼《や》きたてのパンをショーウインドーのトレイに入《い》れているところでした。セーラがお店《みせ》に入《はい》っていくと、おかみさんは振《ふ》り返《かえ》ってセーラをしげしげと眺《なが》めました。温厚《おんこう》な顔《かお》がパッと明《あか》るくなります。

「ああ、あなたのことはよく覚《おぼ》えていますよ、お嬢《じょう》さん」

「ええ、4ペンスで6個《こ》のパンをくださったことがありましたね。そして……」

おかみさんはセーラの話《はなし》を遮《さえぎ》りました。

「でもお嬢《じょう》さんは、そのうち5個《こ》を乞食《こじき》の少女《しょうじょ》にあげなさったんだわ。あたしはそのことを、忘《わす》れたことがありませんでしたよ。でも、あのときと比《くら》べたら、ずいぶんと顔色《かおいろ》がよくなって」

「ありがとうございます。ええ、元気《げんき》になりました。それにもっと幸《しあわ》せにもなりました。今日《きょう》はお力《ちから》を貸《か》していただきたいことがあって、うかがったんです」

「まあ、あたしにですか？　お嬢《じょう》さん、何《なに》をして差《さ》し上《あ》げたらいいんでしょ？」

セーラの計画《けいかく》を聞《き》き終《お》えると、おかみさんはもう一度《いちど》、驚《おどろ》きの声《こえ》を上《あ》げました。

「なんてことでしょう！　ええ、喜《よろこ》んでそうさせていただくわ。でも失礼《しつれい》、これだけは言《い》わせてちょうだい。あの雨《あめ》の午後《ごご》の日《ひ》から、あたしもできる範囲《はんい》で、パンをあげるようにしたんです。お嬢《じょう》さんのことを考《かんが》えながらね。お嬢《じょう》さんもずぶ濡《ぬ》れで寒《さむ》かっただろうし、ひどく腹《はら》がすいているはずなのに、自分《じぶん》が持《も》ってたパンをあげたんだから。まるでプリンセスみたいに」

ミスター・カリスフォードの顔《かお》から、知《し》らず知《し》らずのうちに笑《え》みがこぼれます。

セーラも少《すこ》し微笑《ほほえ》みました。あの日《ひ》のことをもう一度《いちど》思《おも》い出《だ》したのです。

「おかみさんは、あの子《こ》にまたお会《あ》いになりました？　今《いま》、どこにいるかご存《ぞん》じですか？」

「ええ、知《し》ってますとも」

おかみさんはそれまで以上《いじょう》に、人《ひと》の良《よ》さそうな笑《え》みを浮《う》かべました。

「あの奥《おく》の部屋《へや》にいるんですよ。ここに来《き》てから、もう1か月《げつ》になりますかね。今《いま》じゃあ礼儀正《れいぎただ》しい、きちんとした女《おんな》の子《こ》になりましたよ。お店《みせ》も調理場《ちょうりば》もすごく手伝《てつだ》ってくれますしね。昔《むかし》の様子《ようす》からは信《しん》じられないでしょうけど」

おかみさんはお店《みせ》の奥《おく》にある、小《ちい》さな扉《とびら》のところに行《い》き、声《こえ》をかけました。すると一人《ひとり》の女《おんな》の子《こ》が出《で》てきて隣《となり》に並《なら》びました。それはまぎれもなく、あの日《ひ》に出会《であ》った乞食《こじき》の少女《しょうじょ》でした。

でも今《いま》は清潔《せいけつ》で、こぎれいな格好《かっこう》をしています。動物《どうぶつ》のような表情《ひょうじょう》も消《き》えていました。おそらくセーラのことがすぐにわかったのでしょう。その少女《しょうじょ》も、じっとセーラの顔《かお》を見《み》つめました。

「ごらんのとおりで」

おかみさんは言《い》いました。

「お腹《なか》がすいたときには、ここにおいでって言《い》ってあげたんです。それから時々《ときどき》、仕事《しごと》もやらせるようになって。この子《こ》はやる気《き》がありましたし、あたしもなんだか好《す》きになりました。行儀《ぎょうぎ》もいいし、お礼《れい》だってそれなりに言《い》えるようになりましたよ。名前《なまえ》は『アン』というんです。他《ほか》に苗字《みょうじ》とかはないみたいですね」

セーラはマフから手《て》を出《だ》して、カウンターの向《む》こうに伸《の》ばしました。アンはその手《て》を取《と》り、目《め》をまっすぐに見《み》つめ返《かえ》します。

「本当《ほんとう》によかったわ。わたしは、あることを思《おも》いついて、おかみさんに相談《そうだん》したところなの。おかみさんは、たぶん、あなたにその役割《やくわり》を任《まか》せてくれると思《おも》うわ。お腹《なか》がすいているのが、どんなにつらいか、あなたなら、わかっているはずだから」

「ええ、お嬢《じょう》さま」

アンはとても口数《くちかず》が少《すく》なく、ほとんど口《くち》をききませんでしたが、セーラは心《こころ》を通《かよ》い合《あ》わせることができたように感《かん》じました。

大事《だいじ》な用件《ようけん》を終《お》えたセーラとミスター・カリスフォードが、パン屋《や》さんから出《で》てきました。二人《ふたり》が乗《の》り込《こ》んだ馬車《ばしゃ》が、ゆっくりと通《とお》りを走《はし》り去《さ》っていきます。アンはそれを、いつまでも見《み》つめていました。

訳者《やくしゃ》あとがき

田邊雅之《たなべまさゆき》

「小公女《しょうこうじょ》セーラ」は、フランシス・ホジソン・バーネットさんという女性《じょせい》の作家《さっか》が、１９０５年《ねん》に、アメリカで発表《はっぴょう》した子供《こども》向《む》けの小説《しょうせつ》です

英語《えいご》の題名《だいめい》は「リトル・プリンセス」といい、昔《むかし》から世界《せかい》の様々《さまざま》な国《くに》で映画化《えいがか》されたり、テレビドラマ化《か》されたり、お芝居《しばい》として上演《じょうえん》されてきました。

日本《にっぽん》では今《いま》から約《やく》30年前《ねんまえ》、「小公女《しょうこうじょ》セーラ」というアニメ番組《ばんぐみ》として放送《ほうそう》され、大《おお》きな人気《にんき》を集《あつ》めました。読者《どくしゃ》の皆《みな》さんのお父《とう》さんやお母《かあ》さんの中《なか》には、このアニメ作品《さくひん》を通《とお》して、セーラに出会《であ》われた方《かた》も多《おお》いかもしれません。

では、セーラの物語《ものがたり》は、どうしてそこまで多《おお》くの人《ひと》に、長《なが》い間《あいだ》、愛《あい》されてきたのでしょうか？

主《おも》な理由《りゆう》は三《みっ》つあるように思《おも》います。

一《ひと》つ目《め》は、物語《ものがたり》そのものの面白《おもしろ》さです。セーラがミンチン女学院《じょがくいん》で過《す》ごす日々《ひび》は、ジェットコースターのように浮《う》き沈《しず》みが激《はげ》しく、たいへんドラマチックです。

しかも物語《ものがたり》がテンポよく進《すす》んでいくだけでなく、まるで予想《よそう》していなかったような展開《てんかい》になるので、いったん読《よ》み始《はじ》めると、大人《おとな》まで夢中《むちゅう》になってしまうのです。

二《ふた》つ目《め》の理由《りゆう》は、登場人物《とうじょうじんぶつ》がとても個性豊《こせいゆた》かなだけでなく、まるで実在《じつざい》の人物《じんぶつ》のように、生《い》き生《い》きと描《えが》かれている点《てん》です。

賢《かしこ》くて思《おも》いやりがある反面《はんめん》、正義感《せいぎかん》やプライドも強《つよ》いセーラが、もしもこの世《よ》にいたなら、やはりみんなから愛《あい》される存在《そんざい》になっていたでしょう。おっとりしたアーメンガードや、いつも一生懸命《いっしょうけんめい》なベッキーも、わたしたちの身近《みぢか》なところにいそうなタイプです。

同《おな》じことはミンチン先生《せんせい》やラヴィニアといった、意地《いじ》の悪《わる》い人《ひと》たちにも当《あ》てはまります。

著者《ちょしゃ》のバーネットさんは、登場人物《とうじょうじんぶつ》の外見《がいけん》や服装《ふくそう》だけでなく、話《はな》し方《かた》や行動《こうどう》の仕方《しかた》、そして微妙《びみょう》な心《こころ》の動《うご》きまでていねいに説明《せつめい》しているので、知《し》らず知《し》らずのうちに引《ひ》き込《こ》まれ、誰《だれ》もがセーラを応援《おうえん》したくなってしまうのです。

この物語《ものがたり》には、セーラが自分《じぶん》で考《かん》えた話《はなし》を語《かた》って聞《き》かせ、少女《しょうじょ》たちを空想《くうそう》の世界《せかい》に連《つ》れていく場面《ばめん》がなんども出《で》てきます。わたしたちも、まさに似《に》たような体験《たいけん》をするのです。

セーラが多《おお》くの人《ひと》に親《した》しまれてきた三《みっ》つ目《め》の理由《りゆう》は、物語全体《ものがたりぜんたい》を通《とお》して、イギリスの文化《ぶんか》や歴史《れきし》、社会《しゃかい》の特徴《とくちょう》といったものに触《ふ》れることができる点《てん》ではないでしょうか。

作者《さくしゃ》のバーネットさんは、イギリスのマンチェスターで少女時代《しょうじょじだい》を過《す》ごしただけあって、イギリスの建物《たてもの》や街《まち》の雰囲気《ふんいき》を、とてもうまく伝《つた》えています。雨《あめ》や霧《きり》の多《おお》さは今《いま》でもロンドンの名物《めいぶつ》ですし、冬《ふゆ》になるとあっという間《ま》に日《ひ》が沈《しず》んでしまい、午後《ごご》の3時過《じす》ぎには辺《あた》りが真《ま》っ暗《くら》になってしまうというのも、イギリスに住《す》む人《ひと》たちがよく嘆《なげ》くことです。

ミンチン女学院《じょがくいん》では「半地下《はんちか》」に炊事場《すいじば》がありますが、これもイギリスなどの外国《がいこく》で見《み》かける、独特《どくとく》な建物《たてもの》の作《つく》り方《かた》です。部屋《へや》そのものは地下《ちか》なのですが、直接《ちょくせつ》、地上《ちじょう》に出《で》られる階段《かいだん》が掘《ほ》ってあるため、窓《まど》からいつも外《そと》の光《ひかり》が差《さ》し込《こ》むようになっているのです。

ただし、この物語《ものがたり》の中《なか》で、もっともイギリスらしさを感《かん》じさせるのは、さまざまな登場人物《とうじょうじんぶつ》の「身分《みぶん》」の違《ちが》いのような気《き》がします。

おそらく読者《どくしゃ》の皆《みな》さんの中《なか》には、ベッキーがあまりにもかわいそうだと同情《どうじょう》されたり、プリンセスだった頃《ころ》のセーラが、きれいな洋服《ようふく》を着《き》て、メイドのマリエットと馬車《ばしゃ》に乗《の》るような生活《せいかつ》をしているのに、なぜベッキーは朝《あさ》から晩《ばん》まで働《はたら》きっぱなしで、粗末《そまつ》な屋根裏部屋《やねうらべや》で暮《く》らしているのかと、疑問《ぎもん》に思《おも》われた方《かた》もいるでしょう。

疑問《ぎもん》を解《と》くヒントは、セーラと仲良《なかよ》しになったばかりの頃《ころ》、ベッキーがふと口《くち》にした「皿洗《さらあら》いのメイドに生《う》まれたりしたら」という言葉《ことば》にあります。

イギリスの社会《しゃかい》は、日本《にっぽん》からは想像《そうぞう》もできないほど「身分《みぶん》」や「階級《かいきゅう》」の違《ちが》いがはっきりしています。上流階級《じょうりゅうかいきゅう》や中流階級《ちゅうりゅうかいきゅう》と呼《よ》ばれる人《ひと》たちと、労働者階級《ろうどうしゃかいきゅう》と呼《よ》ばれる人《ひと》たちでは、持《も》っている財《ざい》産《さん》や職業《しょくぎょう》、受《う》ける教育《きょういく》も違《ちが》いますし、話《はな》す英語《えいご》の種類《しゅるい》さえ違《ちが》うのです。

しかもこういう違《ちが》いは、代々受《だいだいう》け継《つ》がれていくケースが多《おお》いのも事実《じじつ》です。もちろん最近《さいきん》では、イギリスもずいぶんと変《か》わってきました。でもセーラがミンチン女学院《じょがくいん》に通《かよ》っていた19世紀《せいき》の中頃《なかごろ》は、階級社会《かいきゅうしゃかい》の特徴《とくちょう》がはるかに強《つよ》く残《のこ》っていたのです。

物語《ものがたり》の中《なか》では、インドの話《はなし》も時々出《ときどきで》てきます。セーラのお父《とう》さんはインドで大尉《たいい》をしていた人《ひと》ですし、ラム・ダスはインドからやってきた召使《めしつか》いでした。このような人物設定《じんぶつせってい》も、かつてイギリスがインドを植民地《しょくみんち》にしていた歴史《れきし》を踏《ふ》まえたものです。

しかしセーラは、身分《みぶん》や立場《たちば》の違《ちが》いにこだわらず、どんな人《ひと》とでも親《した》しく、誠実《せいじつ》に接《せっ》していきます。だからこそ物語《ものがたり》の中《なか》では、多《おお》くの人《ひと》から尊敬《そんけい》されますし、そんなセーラが試練《しれん》を乗《の》り越《こ》え、本当《ほんとう》のプリンセスになっていく様子《ようす》に、わたしたちも感動《かんどう》するのです。

今回《こんかい》、翻訳者《ほんやくしゃ》として、セーラ・クルーという少女《しょうじょ》に出会《であ》えたのは、とても貴重《きちょう》な経験《けいけん》になりましたし、光栄《こうえい》な出来事《できごと》でもありました。小学館《しょうがくかん》ジュニア文庫《ぶんこ》の編集部《へんしゅうぶ》には心《こころ》からお礼《れい》を申《もう》し上《あ》げます。

いつも励《はげ》まし、元気《げんき》づけてくれる妻《つま》と娘《むすめ》にも感謝《かんしゃ》を言《い》いたいと思《おも》います。娘《むすめ》が大《おお》きくなったとき、皆《みな》さんのようなお友達《ともだち》と一緒《いっしょ》に、この本《ほん》を通《つう》じてセーラに出会《であ》ってくれれば、それ以上《いじょう》にうれしいことはありません。

Shogakukan Junior Bunko

★小学館ジュニア文庫★

小公女セーラ

2016年 7 月 4 日　初版第 1 刷発行

作／バーネット
訳／田邊雅之
絵／日本アニメーション

発行人／立川義剛
編集人／吉田憲生

発行所／株式会社　小学館
〒101-8001　東京都千代田区一ツ橋２－３－１
電話　編集　03-3230-5105
販売　03-5281-3555

印刷・製本／中央精版印刷株式会社

デザイン／クマガイグラフィックス

Printed in Japan　　ISBN 978-4-09-230871-8